诗想者

HiPOEM

生　活　,　还　有　诗

一路风雅

经典里的山河

马力 著

广西师范大学出版社
·桂林·

一路风雅：经典里的山河
Yilu Fengya: Jingdian li de Shanhe

特约策划／刘　春
责任编辑／吴福顺
责任技编／王增元
装帧设计／智悦文化

图书在版编目（CIP）数据

一路风雅：经典里的山河 / 马力著. -- 桂林：广西师范大学出版社，2023.5
　ISBN 978-7-5598-5854-2

Ⅰ．①一… Ⅱ．①马… Ⅲ．①散文集－中国－当代 Ⅳ．①I267

中国国家版本馆CIP数据核字（2023）第038308号

广西师范大学出版社出版发行

（广西桂林市五里店路9号　邮政编码：541004）
　网址：http://www.bbtpress.com
出版人：黄轩庄
全国新华书店经销
广西广大印务有限责任公司印刷
（桂林市临桂区秧塘工业园西城大道北侧广西师范大学出版社集团有限公司创意产业园内　邮政编码：541199）
开本：880 mm×1 240 mm　1/32
印张：13　　字数：270千
2023年5月第1版　　2023年5月第1次印刷
定价：76.00元

如发现印装质量问题，影响阅读，请与出版社发行部门联系调换。

失去情怀的风景是苍白的

(代序)

写风景,中国作家向有心得。沈从文这么说:"善于使用手中一支笔为山水传神写照,令读者如身莅其境,一心向往"。如此,他才会倾情于湘西风物,让僻远之地古今人事的种种,皆活在文字里。

风景散文算得一种旧式文体,在古代和现代的创作史上,均有不凡的成绩,体式亦极精致。今天似乎变了模样。这一类作品,像是不能登大雅之堂,成了被列在正宗文学之外的一种样式。多年前,汪曾祺先生对我讲,某刊向他约稿,先做声明:不要写景之文。这是很奇怪的。其实,既能写景,鉴观和欣赏山水必得在先,必得有一定的识见与趣味,故不该将这件事看浅了。

转念一想,也不好全怨编辑大人门户之见太深,在写的一方,是不是也该扪心自问呢?从前我说过,中国山水画的气韵天下无匹。同此山水,入文,应当也是不差的。唐宋文人的风景佳构早已摆在那里。今人执笔述录游迹,像是太过随意,不管有无条件,率然而为，既缺少创作所要求的素养，又缺乏表达上所应有的文学美，草草下笔，真有些枉对过眼山水了。

作家抒写的风景，不离自然景观与人文景观这两个方面。

先说摹状自然景观。不妨借用郁达夫"细、真、清"三个字。这样讲，只因现今的创作中常有"粗、假、浊"的东西入我们的眼睛。粗，便不能细；假，便不能真；浊，便不能清。作品的失败也常在这地方。虽然是一样的写景文字，高下可要差得多。对于古代和现代作家描绘山水的那番笔意，我们只有欣羡。便是今人的游屐所涉更远，模山范水，笔下的泰山风光、富春江景，普遍写不到前人那样好。我们很少在新作品中读到散文史上那些足供师法的经典段落，也就不足怪。

在我看，写景是一大功夫。"状难写之景，如在目前"其实是不易办到的。或偏于工笔，或偏于写意，只是技法的不同，只要笔墨到家，都好。譬如沈从文、郁达夫、徐志摩所写的，便是典型。时下能画出天然美景如这几人者，实在稀如星凤。绘山水之形尚且无力近真，传神就更在题外了。虽有通篇文字在，仍谓笔下无景。对于景物认知的浅深，和作者的心灵相关。无趣的述游文字，记叙流览而非记叙欣赏；缺少情感和知性的渗入，作出的东西终是浮浅与表面的，而非深刻与内里的。泛览流行报刊，普通所写的，大抵是这一类。阅读者更容易深一层体会到，好作品实在不怎么多。此种创作状态的形成，不妨跳到文墨之外去辨问。

歌咏自然是人类的天性。每入山水风光，不禁欢悦叹赏，固性之所近。逢着霜叶红遍的秋晚，行抵江南的郁达夫在怀忆四时烟景的一刻不禁慨叹："啊啊，人类本来就是大自然的一部分细胞，只教天性不灭，决没有一个会对了这自然的和平清景而不想赞美的……"(《感伤的行旅》》)观览景物的方式，古今没有过大分别，文学表现上的差异却如此大，单纯从文学的角度出发，较难做出解释，社会学或可提供一个别样的视角。

　　人类的社会形态，与游牧文明、农耕文明、工业文明、后工业文明的螺旋式演进路径相对应，存在一条心灵与自然既交互依存，又平行并进的线性脉络。从游牧时代对于草原、河流的崇拜，到农耕时代对于土地、山林的仰赖，从工业时代对于城市、厂区的依凭，到后工业时代对于虚拟世界、遥远太空的神往，至少为我们提供了三方面的启示。一是随着生活形态对土地依存度的疏离，人类向自然景观所表达的精神敬意和情感眷恋，呈现着逐渐弱化的趋势，某些时候，竟至表现为一种渗入伤怀情绪的历史回望。感知风景的心态已经发生变易，转换到文学世界中，风景的物质意义正在被精神意义替代，成为审美活动中欣赏与研究的对象。散文家的抒写，又将"景物"提升为"景观"，把"客观自然"升华为"艺术自然"。在"情与景游"的心理幻化中，闪烁的日辉是散文，放彩的月华是诗歌，即借助景物挥写一己的心情，彰示自我的风致与气度。二是城乡人口的频繁迁徙已成社会常态，固守一方乡土的传统生活正被改变，农事歌咏更像是都市男女调适情绪的灵魂补剂，田园美景也就不再为多数人所取材。三是科技时代的行游方式，使今人在大地和天空的移动频次与速率更密更迅，途程上的种种阻限被打破，履迹的广远、眼界的开阔，已非徐霞客时代所能比。这个时候，一个怀着风雅之情的作者，"只要他肯旅行，就自然有许多可写的事事物物搁在眼前"(沈从文《谈写游记》)，著而成文，获得一种内心安适。

社会生活的现代性改变,并没有促成风景散文高峰的到来,大众化出行也未拉近同大自然的心理距离。在人们的意识里,形成一个悖论:今人同风景离得这样近,而同自然美离得那样远。

风景写作应是对自然元素的文学化重构,旨在创造一种心灵的景致。今人的写景,减掉了这番"酵化"程序,过眼景物,不论写得细还是写得粗,因缺少心灵的体贴,便消损了感性和理性的力量,难免是"死"的。无生命的文字,失去的是山水的魂魄,或说是风景之真。阅读这样的写景语句,无味那是当然的。这一文体不被人看重,甚至连这方面的优秀作品都随之湮沉了,虽属可惜,却也无话可说。

生存模式的演进必然带来文体内涵的嬗变,强烈的主体意识日渐化作浓挚的情怀进入作品。古人行吟,对山水有一种虔心的迷恋,包含在景物中的情怀浸染着农耕文明的色彩。今人落笔,情怀基调理应具有当代品格,倾力在岁月的陈迹中发现新鲜的价值,在变迁的环境中萌发深刻的思考,绝非简单回到旧来的那种散文上。

描摹自然风光,关注的乃是人类的心灵。状景大体总算涂抹浮层的东西,值得请上纸面的是和景色相融的情思。情思如梦,因而写风景要有一点浪漫。末流的文字缺少的恰是它。照着平素游览的经验,人在山水间最宜放纵心灵,直抒真性情,可惜转而为文,行走的愉悦多被不成功的笔法掩去。情见乎辞,依我的浅识,虽不必"以抒情的态度作一切的文章"(周作人《杂拌儿·跋》),身临道不尽的胜境,以景述情、缘情叙景的手法总还是要有的。烟云供养,借文章言志、寄慨、托意,可单纯,可扬厉,必以不续弹前人旧调为上。言下的意思是，当今的创作中，寓目摹景文字很多，笔下无情的不少。大自然是有生命的，人类对于自然的态度，就是对于生命的态度。不能从生命中抽离的是情感。失去爱恨的风景抒写是苍白的。有什么办法呢？照我看，还是以修心为上，怀了一颗易感的心，方能对山水有情，竟至"渴慕烟霞成痼疾"，让"上山水佳处去寻生活"成为生命的本能，才可善欣赏、会描画，在风景中领略人生风雨、世间沧桑。用心灵感应对象世界，飞在天边的一片云、一片霞，落在文字里，就能化作教人感动的颜色。

理想的文字，固然要写出对于风景的记忆，更要写出对于风景的回味。前者偏重客观性，物象的方位形态、场景的空间格局等地理要素考验着观察力。后者偏重主观性，强调感性，尊仰诗意，追求心灵化，检视着审美力。自然美和人情美应是深度融谐的，缺失任何一方，空白也就留在那里了。

后说摹状人文景观。所涉物事更多，可说笔墨无所不至。我曾在一篇旧文里说过：山水不孤，笔之所触，其实是大可以宽泛的，除却自然之景，还无妨记人事、叙掌故、谈饮食，岁时风物、祭典礼仪、歌舞乐调皆可附丽，宗教和建筑的学问亦时常旁及。这比绘草木之姿、描花鸟之容、摹虫鱼之状、记瓜果之香，并不省力。少了这些，可说笔下无识。汪曾祺尝谓，要"跳"出风景去写，意思已很明白。铺纸，不能涉笔成趣，捧读就如喝寡味之汤。此话或可道出一些文章的弱处。现代散文家在这上面尤有作为，多能随物宛转，曲折尽情。《湘行散记》和《湘西》那样的长篇记历，将民俗乡风的真实勾绘与充满神性想象的历史叙述相交融；《浙东景物纪略》那样的履旅笔记，把史传逸闻和山光水色相调和，画似的美而又诗似的醇。风景映现的总是人的视角，是"个人"的，而非"人人"的，这才产生了沈从文的湘西、郁达夫的浙东。今人因阅历、经验、学养和功力的亏缺，面对风景中的政治、社会、民族和文化诸要素，缺少驾驭能力，落笔亦极勉强。至多是把方志里面的现成材料一律摘引到文中去，形成一种饱学式的自我陶醉，作品无活力，少光彩，通篇尽为一种沉闷调子罩住了。补救之道，无妨是陆放翁"汝果欲学诗，工夫在诗外"的老话。用心改善学习，学问做好了，感受景物的程度自能深些，出手的文章，文辞讲究，见解又好，断不会被人讥为浅率空疏。用沈从文的话说，就是"作者得好好把握住手中那支有色泽、富情感、善体物、会叙事的笔。……而且还要博学多通，对于艺术各部门都略有会心"（《谈写游记》）。

还要补说几句。现时，较少有人肯做摹景状物方面的技术训练了，多凭了一点旅行经验和习作底子便来写作，较差的语文基础无法满足艺术要求，美而成诵的写景篇章亦较难出现。语言是和内容粘在一起的，粗鄙的文字遇到奇丽的风景，传达不出胜地之美的万一，实难指望写真的成功，映到观者那里的印象必是模糊的。"言之无文，行而不远"，风景散文，语言应该是粹美的。作者虽则纵览天地万象，用笔却是着眼在细处的，力求字句安顿得妙。至于郁达夫"少用虚字，勿用浮词"的主张，以目下一些人的语言条件看，还嫌高级了一点。即便这样，一个风景散文作家，总得有自己的语言，他的语言要经得起玩味。

目　录

江浙篇

大风起兮云飞扬
——歌风台和《大风歌》 …… 003

东海之处耸崇巅
——花果山和《西游记》 …… 007

明月半墙，桂影斑驳
——昆山和《项脊轩志》 …… 012

风生袖底，月到波心
——沧浪亭和《浮生六记》 …… 019

人意山光，俱有喜态
——南旸岐村和《徐霞客游记》 …… 024

秋江岸边莲子多
——范蠡湖和《浣纱记》 …… 038

茂林修竹，流觞曲水
——兰亭和《兰亭集序》 …… 043

山盟虽在，锦书难托
——沈园和《钗头凤》…… 046

穷山海之瑰富
——徐霞岩和《游天台山赋并序》…… 049

斧柯烂尽，无复时人
——烂柯山和《述异记》…… 054

先生之风，山高水长
——严子陵钓台和《严先生祠堂记》…… 057

天姥连天向天横
——神仙居和《梦游天姥吟留别》…… 062

湘鄂篇

九山静绿泪花红
——九嶷山和《湘妃》…… 081

霜叶红于二月花
——岳麓山和《山行》…… 088

乃不知有汉，无论魏晋
——桃花源和《桃花源诗并记》…… 094

一片冰心在玉壶
——芙蓉楼和《芙蓉楼送辛渐》…… 102

遂古之初，谁传道之
—— 桃花江和《天问》 …… 105

洞在两崖相廞间
—— 三游洞和《三游洞序》 …… 110

天下大险，至此平夷
—— 西陵峡和《峡州至喜亭记》 …… 114

诵明月之诗，歌窈窕之章
—— 东坡赤壁和《赤壁赋》 …… 119

唯见长江天际流
—— 黄鹤楼和《黄鹤楼送孟浩然之广陵》 …… 123

皖赣篇

淮王昔日此登仙
—— 八公山和《淮南子》 …… 129

力拔山兮气盖世
—— 霸王祠和《垓下歌》 …… 133

谈笑有鸿儒
—— 陋室和《陋室铭》 …… 137

大雅遗风已不闻
—— 采石矶和《李白墓》 …… 140

醉翁之意不在酒
——琅琊山和《醉翁亭记》······ 144

换得西湖十顷秋
——会老堂和"颍州诗"······ 151

雕檐映日,画栋飞云
——浔阳楼和《水浒传》······ 156

别时茫茫江浸月
——烟水亭和《琵琶行》······ 159

青山遮不住,毕竟东流去
——郁孤台和《菩萨蛮·书江西造口壁》······ 162

把酒长亭说
——鹅湖书院和《贺新郎》······ 165

雄州雾列,俊采星驰
——滕王阁和《滕王阁序》······ 172

闽粤篇

细水浮花归别涧
——九日山和《春尽》······ 181

除是人间别有天
——武夷山和《九曲棹歌》······ 186

智以谋之，仁以居之
——燕喜亭和《燕喜亭记》 …… 192

菩提自性，本来清净
——南华寺和《六祖坛经》 …… 195

夜灯勤礼塔中仙
——惠州和《悼朝云》 …… 201

留得家园五十春
——人境庐和《己亥杂诗》 …… 205

川渝篇

不使将军衣锦回
——落凤坡和《三国演义》 …… 213

绿柳含风，坐卧终日
——醒园和《雨村诗话》 …… 226

旦为朝云，暮为行雨
——神女峰和《高唐赋》 …… 237

不尽长江滚滚来
——白帝城和《登高》 …… 242

山之麓构亭甚清净
——学士山和《养心亭说》 …… 247

陕宁篇

究天人之际，通古今之变
——司马迁祠墓和《史记》 …… 255

天若有情天亦老
——茂陵和《金铜仙人辞汉歌》 …… 270

大漠孤烟直，长河落日圆
——沙坡头和《使至塞上》 …… 273

贺兰山下古冢稠
——西夏王陵和《古冢谣》 …… 279

鲁豫篇

安眠的思想者
——兰陵和《荀子》 …… 287

聚义厅前杀气生
——梁山和《水浒传》 …… 295

春树秋花一草庐
——蒲家庄和《聊斋》 …… 299

家家泉水，户户垂杨
——大明湖和《老残游记》 …… 305

道可道，非常道
——函谷关和《道德经》 …… 316

国丰民宁，远夷慕义
——白马寺和《理惑论》 …… 321

求佛于内，明心见性
——龙门石窟和《龙门记》 …… 326

晋冀篇

黄河入海流
——鹳雀楼和《登鹳雀楼》 …… 333

愿天下有情人终成眷属
——普救寺和《西厢记》 …… 341

鉴于往事，有资于治道
——司马光祠墓和《资治通鉴》 …… 347

凡功名都成幻境
——黄粱梦和《枕中记》 …… 355

送影舞衫前，飘香歌扇里
——丛台和《八咏应制》 …… 359

退而让颇，名重太山
——回车巷和《史记》 …… 364

寿陵余子古来稀
——学步桥和《庄子》…… 366

京华篇

南瞻窣堵，北颒沧波
——琼华岛和《白塔山记》…… 371

会心处不必在远
——濠濮间和《世说新语》…… 380

偃休于吾斋，如偃休乎舟
——画舫斋和《画舫斋记》…… 388

快雪时晴，佳想安善
——快雪堂和《快雪时晴帖》…… 395

附　录 …… 399

江浙篇

大风起兮云飞扬

——歌风台和《大风歌》

我昔年过秦川五陵原,眼扫长陵,深惊其高大。汉世楼台,多求此样气象。

中国古代的宫室,秦汉的几无一存。《古诗十九首》:"西北有高楼,上与浮云齐。"纵使夸张,仍可知汉人筑楼,是不怕与云比高的。我在西安,没有见到汉家宫阙,故对上林苑、未央宫那样的胜迹无从想象。沛县,享帝乡之名久矣,今人兴造汉城,以意为之,略求同旧时相似。我入内一看,深沉雄大,汉世之风近身可感。

汉城建在汤沐湖上,实际是一座浮在水上的宫苑。广造殿堂,高筑帝阙,举目一望,檐牙似无尽端。我有些眼花缭乱。司马相如《上林赋》:"于是乎离宫别馆,弥山跨谷;高廊四注,重坐曲阁……"土木之工仿佛照此而来。汉承秦制,我想,或只是感到,躲开修齐治平不谈,至少在建筑的气派上,秦汉无别。唐杜牧写秦宫的雄丽,和司马相如真是同等笔墨。阿房宫

歌风台

即上林苑前殿。汉唐赋家，身入黄门之内，只好尽心铺张辞藻。

高祖好楚声，他的《大风歌》我在念小学时即能够背诵。诗短，仅三句："大风起兮云飞扬，威加海内兮归故乡，安得猛士兮守四方！"班师过家门的刘邦，在父老子弟面前顾盼自雄，酒酣而歌，何等意气扬扬！萧统把此首乐府歌辞辑入《文选》杂歌类，天下传诵。

《大风歌》和项羽的《垓下歌》，一抒定鼎还乡之喜，一遣失鹿绝命之悲，同为楚骚的名作。刘项二人，都不是摇笔杆子的文士，谈不上什么学问艺术，武功之外的这几行诗，后人讲秦汉文学却躲不开。语曰："固天纵之将圣，又多能也。"刘勰即持此论,云:"高祖尚武,戏儒简学。虽礼律草创,《诗》《书》未遑,然《大风》《鸿鹄》之歌,亦天纵之英作也。"这像是一段谀辞,完全没有说出个所以然。司马迁谓高祖歌此诗后,"乃起舞,慷慨伤怀,泣数行下"。他记项王垓下悲歌,也用了"泣数行下"四字。刘项争锋,得失殊异,吟诗寄志,是本纪中最动人心魄处,太史公在这里不易一字,什么意思呢?我还没能想透。

刘邦置酒沛宫,击筑觞咏,是应该有一座高台的。沛县果然就有歌风台。壁高,殿阔,同《大风歌》的豪气配得上,说它是一座昼锦堂也无不可。唐伯虎的《沛台实景图》不知道是照着什么画出来的。瘦石古柳掩着一角瓦脊,靠右题了数行字,看上去有些清旷,就意境论,和今日歌风台很不一样。

我所见的《大风歌》碑是一件残物,只存上一半,余下的像是补接的。通篇用大篆。年代颇难断定。或曰为蔡邕书,实在也不好确说。假定是真,放入西安碑林也足以有它的高位。伯喈每临池,"如对至尊"。此块诗碑,大概也是这样写出来的。

太史公谓:"高祖为人,隆准而龙颜,美须髯。"后人绘高祖像,大约本此。袁子才《随园诗话》:"古无小照,起于汉武梁祠画古贤烈女之像。"照此看,汉代即有刘邦绘像也是可能的。

歌风台塑高祖像,只看脸,真是"隆准而龙颜,美须髯",有狂霸之气。还可以在一旁配上李白的十字诗,是"按剑清八极,归酣歌大风"。这比把他坐佛似的供在神龛般的御座上要好。

沛县是靠微山湖的,云水苍茫,恰是出《大风歌》的地方。

项羽家在宿迁,去沛县未远。那里也有湖,骆马湖。湖边会有一座西楚霸王的造像吗?可惜我没有去过,无以言,只是觉得,项羽总该是魂返江东的吧!他尝言:"富贵不归故乡,如衣绣夜行,谁知之者!"壮志未酬,项王及死,才三十出头,千载之下还惹人为其功罪扼腕。正统的汉史官却并不怎么尊重这位拔山扛鼎的英雄,司马迁说他"自矜功伐,奋其私智而不师古,谓霸王之业,欲以力征经营天下,五年卒亡其国,身死东城,尚不觉寤而不自责,过矣。乃引'天亡我,非用兵之罪也',岂不谬哉",真是严于斧钺。

我好像望见沛公站在歌风台上冷笑。在知堂老人看来:"项氏世世为楚将,刘氏则是吏胥流氓,成败不同,这大概亦是世家破落后的自然趋势吧。"话虽未可上比史家之言,却实在是外无臧否而内有所褒贬也。年纪大起来了,思及刘、项,尤感前引的几句,比起我少时单纯从说书唱戏上得来的皮毛,深透得多。

东海之处耸崇巅

——花果山和《西游记》

花果山的竹节岭下，有一尊吴承恩像，连云港的同志说，是赣榆工匠刻的。石像卧于花树丛中，我端详片时，如对一山之主。

半山筑吴承恩纪念馆。一带粉墙，瓦屋芳池，不知道是不是他写《西游记》时住过的吴庵别墅。射阳先生为淮安人，坐船北行，经灌河口来访花果山，路很近。馆中有一幅乾隆时绘的《东海云台胜境图》，花果山自波涛中耸出，真是海上的仙山。鼓棹而往固属意中事了。

山中多花。秋天未到，金黄的菊花就在山径两旁吐艳了。鸟鸣与蝉噪互答，有一种天然的和谐，林谷就被衬得极清幽。吴承恩写神话小说的时候，过眼景象大略相近吧。灵思驰骛，所以文字特别浪漫。

"花果山"这名字，大约是从《西游记》里借用的。花果山是云台山的主峰。溯古，云台山又叫苍梧山，让人想到舜帝死于苍梧之野的传说。到了今天,一些连云港人还常把云台、苍梧挂在嘴上。"云台之高,堕者折脊碎脑""苍梧云起至今愁"都是颇牵幽思的旧句。花果山就不会使人忧郁。王维:"花迎喜气皆知笑,鸟识欢心亦解歌。"我踏入一山翠荫中,怀的就是这种心情。

层阶盘折遥入缥缈云气间。这一段山路也叫十八盘,只是同泰山那里的一比,具体而微,足见中国风景在名称上的趋近。登花果山的盘道,要省一些力。因为路短,坡又不甚陡峻,尽可放缓步子,意态悠闲地去走。"策扶老以流憩,时矫首而遐观",看花听鸟的妙处正无妨在此间领受。为游山饶添趣味的是沿途所遇的耍猴人。猴子伏在这些壮汉的肩上,对山外来的男女,全无畏色。

风门口是要过的头一道"天门"。风势果然很大。在炎夏,往这里一站,很凉快。砌了一座山门,有几个卖西瓜的汉子吆喝生意。瓜已熟透,剖开,露出多汁的红瓤。在山行的旅人看,会甜到心里去。四围紧临生凉的深峡,不然,吹不来这样大的风。从这里回望来路,一片苍郁。乱峰缺处,闪出岭底的大村水库,太阳下的波光映着岸边的阿育王塔(本地人呼为大村塔)。由此而慨叹,佛教虽是西来,像是最受祈福的百姓信仰,千几百年来,竟至积厚者流泽广,故浮屠无所不在,其所扎根者可算膏腴之壤。天竺本土,反似差逊一等了。

从风门口转过一道弯,跃上卧在琵琶岭下的九龙桥,昔日进香要从这里过。溪水顺着九条大涧泻下,在桥底汇流,于深谷间激起喧响。桥为明万历十五年（1587）建起，旁植的千年银杏照例极茂绿。在旧籍中发黄的历史，附着这些古物，反会勃发鲜活的生机。由这座砖构拱桥过到对岸，就到了锁涧至水帘洞的路上。北面忽然扑来一座高峰，多佛宝塔和海宁禅寺的檐脊仰翘于一山竹树深处，真有不凡的气象。通上去的索道，教人不禁吟出"云栈萦纡登剑阁"这句唐诗。题勒"花果山"三字的巨岩也一眼可以望到。花馨果馥之外，山中的佛气亦不淡。入寺，从大雄宝殿的三尊佛的面目上，我悟到的只是一个"静"字。释家宗祖的根底，俗人实难揣摩。其实佛身都是照着人像塑出来的。佛也是人，掌管精神的人。院中的两棵银杏，越千载，仍颇顽健。人之百年，犹如一瞬，真也是不堪一想的了。在释界，不焚香祭佛，只谈一些无常的东西，不算逾矩吧！守寺门的是一位圆脸微胖的年轻僧人，颇喜讲论。自他口中闻知，道人也曾入于院墙，易名三元宫。我左右瞅瞅，轻步往来的，偏无束发蓄髯的仙客；若有，眠云卧石，持素修真，必会另有一副样子。

寺后石径是折往水帘洞的。洞不深，微有曲折。壁湿，水珠泠泠下滴。洞口垂落一挂帷幔似的瀑布，其势狂骤。这就是齐天大圣的水帘洞呀！此等地方，少不了古刻。一望，果然。明海州知州王同留下的"高山流水"题镌，略能应景，却稍嫌俗气。清道光帝的"印心石屋"是题赐在淮北盐政改革中建功的重臣陶澍的，这四个字，我在苏州沧浪亭见过，用于馆苑小筑，尚能相宜，放在此处，格局较隘。被考古界尊为山斗的董作宾曾留有行迹，曰："因为看《淮安府志》的时候，偶然见到

花果山林麓

花果山山花

《艺文》里有《朱世臣题云台山水帘洞》的标题，想到水帘洞是美猴王的发祥地，也算是这部《西游记》的出发点，不无研究价值。于是就加意探访，果然寻到了水帘洞的出处。"我仰观飞流，想到彦堂先生履迹曾至，差可把"道夫先路"四字追赠于他。我呢，继以考史吗？自知无可为力。只好迈进洞旁的玄奘纪念堂，领受这位孤征十七载、独行五万里的高僧的遗泽。《玄奘法师译撰全集》四十四函，皇皇其业。无怪游山者争相以香火敬祀。门阶右侧立碑，明人刻的"望天迎佛"还在上面，引得我真要朝半隐在浓淡飞雾中的云台山纵览。清风闲，山如画，腾云似涌烟，我是身在《西游记》的故园啊！

在玉皇阁上凭眺片刻，我向着玉女峰登去。路畔是紫红的鸡冠花，是艳黄的金镶玉竹。山高，鸟音渐渐稀疏，云雾却一缕缕飘得紧了。在这样的地方悠悠地走，仿若放步于宽闲之野。我颇有"天游"的感觉，可说"不亦快哉"了。至额题"迎曙"的石亭，放出目光，才看出一点花果山的雄峻。流烟、青霭、云光，隐约的远峰逸势俱足。千崖万壑覆绿，树茂叶润，浮岚间的云山只有在遥瞻中才显尽它的美。所可惜者是雾气过浓，遮去山边碧色的大海。

此处为江淮崇巅。断崖上深镌榜书："遥镇洪流"。字是康熙帝挥写的，放在这里，势稳。

临危岩而歇坐，我很想喝一碗山中的云雾茶，且盼能够远趋赵明诚、李清照夫妇的芳躅，去郁林观残墟赏看峭崖上的唐隶宋篆。

明月半墙，桂影斑驳

——昆山和《项脊轩志》

阳澄湖之名，我早已知道，小时即常听《沙家浜》，至今还能够学唱谭元寿的那几句西皮原板："芦花放，稻谷香，岸柳成行……"

昆山在阳澄湖畔。

这个地方，可看的不少，鱼塘菜畦以外，是随开放之风而来落户的高尔夫球场、大洋楼。我的兴趣，多在一些同古史相关的人物。往远说，是相传被大禹封为王的巴解，他第一个吃了螃蟹，多少气魄！照鲁迅的意思，就成为天下最勇敢的人。在他以前，螃蟹未有今名，湖边的人只叫它"夹人虫"。自巴解口尝后，老百姓取先王的"解"字，又下添一个"虫"，呼夹人虫为"蟹"。这种说法，我还是头一回听到，同《说文》相出入吗？总之是比叫"无肠公子"容易领会。

巴王让人佩服。阳澄湖边旧有土谷祠，将这位先祖尊为土谷之神。我没有见过这座祠，却看到了未竣其工的巴王纪念馆。

粉垣花窗，一院碧草，大殿非常轩敞，空无布置。这也不难，到时候，单是关于蟹的诗书画，就会摆不下。我想，迎门处应该有一幅《芦滩落雁图》，再以对景的联语为配，就更好。可借用这两句五言的："蟹市沿村远，鱼庄绕岸依。"

巴王像塑得好，执锸，大手很有力，臂膀的青筋鼓着，一看就是个壮汉，有渔牧之风而无神鬼气。黄河岸边的大禹像，比起这一尊，就像个瘦弱的老人了。

来阳澄湖，会想起春来茶馆。不只想，而且还希望能够看见。湖边就真的有一座，是个古典式的大水榭，远比舞台上搭的那个布景阔气。头上悬了两对大红灯笼，八仙桌漆得黑亮，青花瓷碗也都是清一色。茶壶是铜的，腹大嘴儿细，式样和阿庆嫂手里的那一把差不太多。四面开窗，湖水好像会随风涌进来。这时的阳澄湖，没有翻白浪，也不甚青碧，只是苍茫一片，这才疏旷！昔有逸云仙子赋吟："秋来烟雨里，好放米家船。"这一联诗，真好！对饮茶酒，兼怀芦荻秋风，虽是又寻文人旧梦，其境，推想也绝不在重阳之日持螯赏菊的乡俗之下。还可以北望常熟，想到虞山下的钱牧斋和有才色的柳如是。墓草之下，这一对神仙眷属仍在唱和吗？

近岸的浅水中，密集的蟹簖高低一片，颇像我扎过的圈网。包天笑谓："断港渔翁排密闸，总教行不得哥哥。"我们兴凯湖，也是万顷烟波一棹风，出名的只是大白鱼，为什么就不产螃蟹呢？

我来得不是时候，"及斤一枚"的大闸蟹未曾出水，只好取退一步法，改吃幼小的，虽不"膀大腰圆"，总也算是见识了阳澄湖蟹。我上不足以学嗜蟹如命的李笠翁，却可以下比有余，起码在我昔日的渔民兄弟面前，有了自吹的底气。

食蟹之法，有多种，普遍的是《清嘉录》上所载"汤炸而食，故谓之'炸蟹'"。炸，焯也。巴王尝蟹，即取此法。"闸"和"炸"，字音相同，傍湖人家俗写"大闸蟹"，为什么？不必现翻《蟹经》求证，只管点头随大溜吧！

口腹之欲满足后，转而应该说"昆山之所以为昆山"了。对中国戏曲史稍有常识的人也会知道，这里是昆曲之家。领军人物，是本地的梁辰鱼和寄居太仓的魏良辅。梁的传奇剧《浣纱记》我虽没有看过，却明白那里面所讲的故事。范蠡携西施击棹凌太湖之波而逝的那一笔，堪称浪漫。这同梁辰鱼"余幼有游癖，每一兴思，则奋然高举"的个性是不是有些因果关系呢？"吴阊白面冶游儿，争唱梁郎雪艳词。"四百多年前，昆曲就这样走红，总有它的道理。

我听昆曲不多，远的，是前些年曾在吉祥戏院看过一出郭启宏改编的《村姑小姐》，竟以昆曲的外衣包装普希金笔下十八世纪末的俄罗斯乡间风情，颇怪其不伦，继之以三叹郭先生的大胆。还依稀记得一点舞台上的场面，同那些虽老却未掉牙的爱情传奇相仿佛。近的，是夜游网师园，在殿春簃里听到的一曲《牡丹亭》。演员的扮相和身段都美，我这现世人，也恍若走入飘香的花园，魂绕杜丽娘和柳梦梅的悲欢之梦。我这双惯听郑卫之音的耳朵，对昆曲的感受，可概括为一个字：雅。我爱听它那种四平八稳的调子，俗呼"水磨腔"，真形容得准！说到操缦安弦，以笛箫笙和鼓板锣为器也相宜，较三大件伴奏的皮黄，别有韵味。能悦耳，这要深谢魏良辅。我是梨园以外的半个看客，连票友也无望混上，不懂菊部之事，就只得隔门板而说些外行话，见笑。

对我而言，较梁辰鱼更易亲近的，是归有光。古调已邈，古文却常能捧在手里读，《项脊轩志》就是其中一篇。借百年老屋写身世人情，"至琐细，至无关紧要，然自少失母之儿读之，匪不流涕矣"。以琐屑之事发五脏之情外，对宅景的描写亦有动人处。起首云：

> 项脊轩，旧南阁子也。室仅方丈，可容一人居。百年老屋，尘泥渗漉，雨泽下注；每移案，顾视无可置者。又北向，不能得日，日过午已昏。余稍为修葺，使不上漏。前辟四窗，垣墙周庭，以当南日，日影反照，室始洞然。又杂植兰桂竹木于庭，旧时栏楯，亦遂增胜。借书满架，偃仰啸歌，冥然兀坐，万籁有声；而庭阶寂寂，小鸟时来啄食，人至不去。三五之夜，明月半墙，桂影斑驳，风移影动，珊珊可爱。

淡写家常，饶具深长滋味。

项脊轩虽已无存，能见到旧址也好。本地人遥指玉峰之上的一座亭，说那就是。我抬眼望，未敢全信。归有光墓在金潼里，我是后来才知道的，为没能去看而抱憾。五亩之冢，也有一棵枇杷树吗？假定其有，历四百余载风雨，早应亭亭如盖矣。

玉峰

亭林公园

震川路是昆山城中的一条街，我走在那里，仿佛能够望见归有光远去的背影。

亭林公园倚玉峰而设。玉峰，处小城西北，苏沪之野，唯此山独秀，且以昆石称胜。南宋豪放派词人刘过的墓在这里。龙洲道人没有归葬太和，留骸骨在玉峰下，若是他生前主意，足见对这一带山水的深情。立墓之畔，就要吟龙洲词："黄鹤断矶头，故人曾到否？旧江山浑是新愁。欲买桂花同载酒，终不似，少年游。"

龚自珍的羽琌山馆，我没能见到。或谓《己亥杂诗》就是居此而完成的，有羽琌别墅本可证。如果是真，则我的游之憾又要另添一分。

顾炎武纪念馆有规模，门前立一尊他的石像，后面墙上，镌顾氏社会主张："天下兴亡，匹夫有责。"顾炎武是千灯镇人，我曾车过千灯而朝外张望。顾炎武和其母都葬在故宅之前，听说还修了一座日知楼。纪念馆里摆放他的《音学五书》《菰中随笔》《亭林诗文集》《天下郡国利病书》和《日知录》数种书，墙上线刻壁画，叙顾氏生平。能为复社中人，盖亭林先生青衿且舞风云剑。

为写顾炎武，我还应该去看看他曾多次寓居的北京广安门内的报国寺。

昆山人称此地有三贤，归有光、顾炎武外，另一位是朱柏庐。对他，我的记忆里，只有小时候读过的《治家格言》，近乎语录体。还能有什么呢？想在这里多少看一点点书以外的，无非是旧日宅院或者墓,却没能办到。

古代名人来过昆山者,多矣。唐孟郊、张祜,宋王安石、苏东坡、陆放翁,明杨维祯、倪瓒、沈周、高启,清林则徐,加上康熙皇帝,皆有题咏。山有林迹亭,亭柱上铭勒林文忠公所书楹帖:"有情碧嶂团栾绕,得意孤亭缥缈间。"款识:"道光甲午,偶过昆山,来登此亭,因集石湖、放翁诗语题之。"读之乃知,林则徐在江苏巡抚任上,修治水利时经此放览,情动于中,集取范成大、陆游成句,凑成联语。天下胜状不可数,这类吟赞也就无穷尽。

玉峰之下,清溪绕曲桥,碧波映衬低昂楼台。横斜梅影犹俏,散一山清气。坡下有莲塘,花自正仪顾氏园中移来。据周瘦鹃云,这莲花的种子已下传六百年,至珍。昆山的这一塘莲,正和拙政园里的那一大片千叶莲花同根。

香远有盛名的,还在半山桥旁的一座百岁老店,瞧它碧瓦朱槛的气派,像是从宋城老街照搬过来的。推门,在一张桌前坐下,不见笔砚琴剑、书画瓶鼎一类摆设,却有苏肴之味飘来,是带着鱼香的面条。一吃,果然好,非老字号不能为。我看,来昆山的人,都要在这里尝上一碗陈绣娘的奥灶面。

风生袖底,月到波心

——沧浪亭和《浮生六记》

我乐游沧浪风景,是因为读过沈复的《浮生六记》。那位在刺绣之外,颖慧能咏"秋侵人影瘦,霜染菊花肥"之句的陈芸,曾披中秋晚霞登亭,啜茗兼赏月下的幽雅清旷。一晃,二百多年过去,青衫红袖尽化烟成雾。慕古,思忆,直似醉入旧痕依稀的春梦。

已逢叶落的季节,沧浪亭的园径、阶石上随风铺了一层,闪着嫩黄的颜色。百年的朴树和榉树,叶脱而老干犹存精神。有一棵香樟,树身半偃着,斜向园外的碧池,鳞波贴紧枝叶缓缓散去。

沧浪亭的门前很清静,有山门之寂。跨水卧着一座石桥。入园一看,景色倒还真像《浮生六记》所写的那样:"叠石成山,林木葱翠。亭在土山之巅"。额镌"沧浪亭",是俞樾写的。绕阶临亭,在石凳坐下。亭周人迹稀。风吹枯叶,恰宜遥想沧浪韵事。沈复偕妻陈芸"携一毯设亭中,席地环坐,守者烹茶以

沧浪亭

进。少焉，一轮明月已上林梢，渐觉风生袖底，月到波心，俗虑尘怀，爽然顿释"。亭内"课书论古、品月评花"的逸兴，只稍想想，也会动心。去者日以疏，未如断弦的是故人情丝。由远逝的苏舜钦，至较近的沈、陈，往来沧浪之亭，久浸世味的心都会添入一分清凉意，似可暂避许多怅惘与愁苦。来寻旧迹兼发幽情的，只坐于这风中的亭下，默忆古时游乐的佳趣，衣香鬓影就真如近浮眼前。会心微笑过后，又不免生出一缕目送芳尘的凄怨。锦瑟华年谁与度？就茫然如终老吴苑的贺铸，不知梦醒何乡了。亭心坐眺，苏舜钦所记的"草树郁然，崇阜广水"，或是沈复所见夕晖下的数里炊烟，皆为旧日风景。四周环望，纵览的目光总被丛楼隔断，品论云霞、联吟题咏的兴味似要差些。那就亲近亭边的杂花修竹和傍在山下且可以濯缨的沧浪之水吧。水面不广，只是一个潭，浮着几片半枯的叶子和开残的莲花。初冬的霖雨稍歇了，风却吹得愈加湿冷，更给这凝寒的水景别添一番凄清的韵致。陈芸所言驾一叶扁舟，往来亭下的悠闲之境，何处去寻呢？亭周植太湖峰石，不下五六块，借以点缀园中景观。人处其间，也仿佛身在岩岭林峦了。石自取势。我走近一块，看一眼皴皱处所勒篆字"瑞云"，心一动，这就是有名的瑞云石吗？我轻抚着且发出微微的叹息，一时竟珍若怀中之璧了。寒山片石以花光树影为衬，真如玄云一朵，松石闲意当以阮嗣宗"芳树垂绿叶，青云自逶迤"一联诗来旁寄。

　　北面游廊的西端，壁镌归有光的《沧浪亭记》。这篇《记》是应一位和尚之请而作的，似乎不如苏舜钦的那篇有名，也不及他自己的《项脊轩志》《寒花葬志》悱恻动人。我看了几句，沿廊东折，每行数步，粉垣即闪出一扇花窗，凝目，天然画景入框矣。南人造园的巧妙真是无处不在。穿东北角的小门，迎面一片水。我在临池而筑的静吟亭里站了片时，读着墙上苏舜钦写的《沧浪亭记》，"前竹后水，水之阳又竹，无穷极。澄川翠干，光影会合于轩户之间，尤与风月为相宜"，真似临景的摹状。可望园外屋巷的是耸于西南角的看山楼。游过闻妙香室、明道堂，站到双层的楼头，抬眼看去，并不见山，只是一片乌瓦檐。老巷拐得很深，飘着几把印花的雨伞。垂帘的窗后飞出轻语，恰可来伴长巷里响过的清脆足音。在这一幅姑苏冬霖的图上再旁添几笔柳堤蓼渚和曲水长桥,赏玩的滋味同夜倚秦淮河岸南望长干人家的灯火,有何两样呢?

看山楼下为印心石屋,虔修的禅者会对这座宜于焚香的静室抱有兴趣。其南植数亩琅玕,飘闪一片翠光。碧叶在篱栅后摇着,如醉。假定设榻于月下的竹院,邀侣弦歌,煮泉清谈,闲中雅趣比之垂影沧浪毫不相差。绿筠稍北筑一座竹亭,秋夜未央时,月光入户,最宜三五文士雅集。若觉纸窗竹榻前的聚笑意味略浅,则可在雕栏旁摆一张笔砚都齐的条案,壁上再悬几副楹帖,以沧浪亭旧主苏舜钦的七言诗"秋色入林红黯淡,日光穿竹翠玲珑"嵌联,继而做长夜的觞咏,还不够好吗?浮想之际,那七位魏晋的贤士于竹影中放诞的形骸也仿佛印在这浸碧的堂中。被放黜的公相,身退三舍而心近仙道,筑造园舍似乎也多在栖息上刻意以不思仕进。入了这样的私家宅邸,把四面的情形一看,亭榭泉石的中间,官户的吏势全消,似只剩得陶渊明的那一声林烟樵唱了。苏舜钦《沧浪亭记》:"予时榜小舟,幅巾以往,至则洒然忘其归。觞而浩歌,踞而仰啸,野老不至,鱼鸟共乐。"语中有真意哉。我常游云烟别馆或是山林精舍,非有与古为徒之嗜,只是觉得这些木石之筑,实在久泛着贬官文化的气味。

五百名贤祠中,刻循吏隐士众小像于壁上,盖图形立庙也。登榜者自春秋迄明清,有北宋的苏舜钦吗?我没有细瞅。入于图牒碑版的人物,皆会心仪"芳林列于轩庭,清流激于堂宇"的栖逸之境吧。一祠风流,俱往矣,只有旁栽的几株木樨飘香慰魂。告别名贤祠,我好像从天上的凌烟阁下来,一步踏返人间。出园的时候,不禁朝土丘之上的那座古亭看了看。沈复、陈芸伉俪的昔游之乐仿若还萦系在亭心。丽人幽吟,寒士清咏,相偎的影子被浸月的沧浪之水映着,平日里兰室凤帷后的喧笑对酌,也宛然可想了。轻踩着花叶间的微径,或可出入他俩近在亭侧的芸窗绣户,无妨对闺房之乐和坎坷之愁也来一番体贴。"来时兔月照,去后凤楼空。"对景怀人兼想到那册尽倾鸾凤笃爱的《浮生六记》,辞园,就似动了离忧,不胜杨柳依依之感。欲寄情于平仄,惜我素无诗家的厚赐,才难及。幸而有宋人词可供远求,那就怅望风中亭影而默诵"小园香径,尚想桃花人面"此类的旧句吧。

人意山光,俱有喜态

——南旸岐村和《徐霞客游记》

江阴的同志送我一套《徐霞客游记全译》,四册,装在一个长方形的硬盒里。我手边有几种《徐霞客游记》,这应该是最全的一种,足本。

徐霞客的书,素为江阴人所重,是当地一宝。因为徐霞客是这里的人。

徐霞客的出名,和丁文江有一些关系。丁文江是地质科学家,泰兴人,宽一点说,和徐霞客似能沾上一点乡谊。丁在江之北,徐在江之南,前后又隔了差不多三百年光景,或许有人会说我太勉强,但二人的心志实在有许多相近。丁文江从英国得了动物学、地质学双学位回国后,在滇黔诸省搞地质调查。胡适给他作传,里面这样说:

> 他最佩服徐霞客,最爱读他的游记,他这一次去西南,当然带了《徐霞客游记》去做参考。他后来(民国十年)在北

京的"文友会"用英文讲演徐霞客,特别表彰他是中国发现金沙江是扬子江上游的第一个人。在民国十五年,他在《小说月报》(第十七卷号外)上又特别表彰这部空前的游记。他对于这位十七世纪的奇士,费了很多的功夫,整理他的《游记》,给《游记》做了一册新地图,又做了一篇很详细的《徐霞客年谱》,民国十七年由商务印书馆印行。(《年谱》又附印在商务印书馆的《国学基本丛书》的《徐霞客游记》的后面。)

若缺了丁文江的这番辛劳,徐霞客于后世的影响或许不会如此大。这两个人,生不同代,心意所向竟是一样的。在学术上,他俩都是有光彩的大人物,是值得国人纪念的。

徐霞客在我心里,是有一幅画的:着长衣、芒履,拄杖;腰间勒一根布带,肩背行囊,不过在荒山野水间行走,穿戴不会那么整洁;人很瘦,头戴远游冠,那是母亲针针缝出的;满身风尘,那是高山和深谷的馈赠,眼光却是亮的。这是中年的徐霞客。

年轻时的他,不是这个样子,身上盈着朝气,青春如花。当时的中国,为什么出了徐霞客?这是历史出给我的一个题目。思维的触须伸向苏南乡野,伸向太湖流域。推究起来,根由总是在骤转时代上面的。我引几个理由来旁证这看法。

第一,人口之变。有明一代,土地兼并之风日盛,大量失去田亩的农民流向城市,成为新市民;江浙一带人,调往云贵边地驻戍(我在贵州安顺看过明代军屯旧迹,那里的老少——屯堡人，有的还能讲一口明代官话，是六百年前的南京腔，言谈间仍然放不下过去）。偏远的乡村变了，城乡民众的社会角色也发生了转换。

第二，心态之变。明中叶之后的社会，透过制度的裂罅，人们能够呼吸到自由的空气了。封建枷锁开始弛懈，禁锢变为流动。人们不甘以一隅自限，要探知外面的世界，要了解陌生的一切，民众出游成为普遍风气。风气的倡举者，是士大夫阶层：求自适，以性灵游；苦心志，以躯命游。道里，可以不问；程期，可以不计。新兴的旅行家群体（徐霞客是这班有远见的人里面特有作为的一个），奉行的便是这样的信条。

第三，观念之变。新的人生选择，直接颠覆了传统认知。个性上，不矫情、不逆性、不昧心、不抑志的立场，张扬了自我志趣，自由的曙光照进心灵；商业文明开始影响农耕文明，公正、平等的交换原则，从贸易场合渗透到精神领域，民主意识进入普通人的思维。

第四，文学之变。嘉靖、万历两朝，刻书之风极盛，多刊印描写市民生活的小说和戏曲，其势胜过正统散文与诗歌。小说、戏曲的创作同现实的距离近，贴着底层生活写，表现城乡工商业发展更直接，反映个人命运与社会现实的关系更紧密，又多是彩色套印，看上去漂亮。这些民间的、通俗的作品，印量大，自然夺了旧式诗文的市场，也促成它的变革，始有公安、竟陵，以抒写性灵与前后七子的拟古之风相抗。

第五，教育之变。重"实学"、轻"科举"的人生方向，狂飙般冲荡着帝制古国的旧有秩序。天降大任的有志者，摆脱精神羁绊，取"遨游"而舍"举业"，放开双腿，从狭小书斋和科场走向广远江河与山岭，以"自然之书"取代"四书五经"，更以山水的"天下"对峙朝廷的"天下"（徐霞客去世三年后，朱明王朝就灰飞烟灭了），遂觉眼界一新，生命一新。

这个背景下的徐霞客，为时势所趋，选择这样的人生方向，是反了常道的。他心向的山水，是最壮阔的生命场域。他的大地行走，远超文人的感性视角，而以理性精神审视天地；他无意诠解客观物象与自我主体的对应结构，而要探究人类和自然的深刻关系。江、浙、皖、闽、赣、粤、桂、黔、滇、川、湘、鄂、豫、陕、晋、冀、鲁诸地，他无所不到，尤能倾情考察僻远之域的地貌、水文、地质、植物等科学成因。深一步，家住长江边的他，对于这条大江从哪里来，连同山经地志认定"江源短而河源长"的不刊之论，久蓄探究之志。离邑初游，首选太湖洞庭西山林屋古洞，兴致不在领受天下第九洞天的仙趣，也不在踏寻春秋之时那位灵威丈人的遗踪，却在洞藏的夏禹治水的三卷《素书》上面。在那书中，有他精究详诘的端绪，他要用此书核验图经志籍的是非。"自万历丁未，始泛舟太湖，登眺东、西洞庭两山，访灵威丈人遗迹。"这几句是徐霞客与友人灯下夜话时讲出的。大胆怀疑的立场，促使他穷尽九州，探微测幽，还山川一个真面目。他的事业由此发端。心知长江的流向，他的游迹大体是逆水而上的。一个人，一条江，在那段岁月，相向而行。溯江探源的实践，让他敢于断定长江上源是金沙江，而非岷江。他的江源说，一改《尚书·禹贡》"导河积石""岷山导江"的千年之论。这在中国地理史上，大有地位。《荀子·子道》"昔者江出于岷山，其始出也，其源可以滥觞"的话，亦自成疑。

　　徐霞客应该是读过王安石《游褒禅山记》的，因为我从他的游历中同样看到了这样的心志："夫夷以近，则游者众；险以远，则至者少。而世之奇伟、瑰怪、非常之观，常在于险远，而人之所罕至焉。"他的灵魂是开放的，能够反映那个年代的知识分子的精神特征。他是一个旅行家，怀着寄情山水的魂魄；他是一个地理学家，有冷静的科学眼光；他更是一个从富庶家庭走出的读书人，调查于田野，访求于民间，培养起浓厚的人文情怀。欣赏清奇的峰峦岩岭，探寻山脉河流、溶洞泉瀑、水文气象、奇珍异物、风情土俗，体味底层的生存实状，他的述游，以游踪为结构，全凭耳目所亲，殊无雕凿，人情物象的实态，历历如在目前；虽用了文学笔墨，却不染义瘠辞肥、晦涩艰深之病。揣摩其语气，体贴其内心，似见汉晋唐宋的纪游风味，而又是他个人的笔调。旅行日记能精详而又清逸若此，实不多见，所具价值，大概为宦游士和游方僧笔下所无。他不慕科场，但芸窗奋志的历练一定还是经过的，不然，手里怎会有一笔好文字？胸中志向，促他前行；身上气力，让他破阻；心间光明，使他不惑。由此，内无愧悔，外无讥讽。这是旅游的理想状态。徐霞客勇毅的行姿，成了旅游史上清晰的画面。他每向前一步，装在心里的世界，就延展了几分，乃至推动着人类文明的进步。被胡适赞为"我们这个新时代的徐霞客"的丁文江，于徐氏的成就最有心得，他在《徐霞客年谱》里说：

> 然则先生之游，非徒游也，欲穷江河之渊源，山脉之经络也。此种"求知"之精神，乃近百年来欧美人之特色，而不谓先生已得之于二百八十年前。

胡适亦抱有近似的态度：

> 徐霞客在三百年前，为探奇而远游，为求知而远游，其精神确是中国近世史上最难得，最可佩的。

他的"最后之游"，给世人的印象尤其深。以半百之岁，偕一僧一仆，足涉西南边荒，遇盗、绝粮、染疾，尽受常人不堪之苦，历四年而东归，亦将沿途考察的资料带回江阴。这一刻，奔劳旅痕、辗转游迹，化为片片心影，碑石似的矗立于生命史上。

游访徐霞客故居，是我久有的想法。多少年过去了，未曾断念，却等不到一个时机。这回，借了纪念"中国旅游日"的契机，总算夙愿得偿。

徐家堂舍，颇清整，在这个名为"南旸岐"的村子里，有不凡之气。我是来"串门"的，对老屋的感情，不像徐家人那么深。房子修得细，檐头的瓦也像是新的，刚好下了一阵雨，不但黑，而且隐隐地亮，鳞片似的。旧日的痕迹修没了，格局应该还是当年的。一看大小几进的规模，在镇上，也算坐拥恒

徐霞客故居

产的富户。有人说，徐家家产极盛时，田产达万亩。家道衰落，田租也很可观。徐母手巧，靠着家里几台织机，织布卖钱，别有进项。徐霞客远游路上的花销，要靠家财的接济。一间偏屋里，就有一件雕塑：一架织机，一个妇人坐在那里织布。旁边站着一个汉子，比画着说些什么。应该是徐的双亲吧。有一道门，门楣上刻四个字，是《诗经·大雅·下武》里的一句：绳其祖武。在徐的父母看来，世传的荣业，不在物质，而在精神，便是徐霞客无力耕织，能够游而有得，即可说"克绍箕裘"了。

果然，《徐霞客游记》出来，足可上比北魏的《水经注》。徐家有幸！

前院东侧，有古松，罗汉松，皱皮皴理，傲然直上，仰不见木杪，盖数百年物也。它是"见"过徐霞客的。老树犹发新枝，一身都是沧桑。徐的父亲徐有勉从京城把树苗带回家，徐母为砥砺儿子周游的"奇癖"，将其栽在窗前。植树和励志有什么关系呢？"十年树木，百年树人"的古训，徐母心里是有的。天下父母之心，自古皆然。陈继儒最知徐母甘苦，以为"弘祖之奇，孺人成之"。一句话，几成千古定评。陈继儒应该是徐霞客的知交，"霞客"这个号，听说就是他给起的。在我的推想里，这位陈眉公可能是见过徐母在屋子里纺纱织布的。这个江南女子王孺人，对徐霞客的行旅成就，是产生了重要作用的。一个家庭妇女，眼界却不窄。丈夫不事稼穑，儿子又要远足，她靠着一双勤劳的手，撑起门户。那个年月，她是破了一些妇人之常的。后人对徐霞客的景仰之情中，含着对她的才德、胸襟的钦敬。她是一个具有新思想的开明的人，可说是徐霞客的第一位老师。徐父高隐好义，志行纯洁，董其昌云："盖公性喜萧散，而益厌冠盖征逐之交。"徐母贤淑明理，勤勉达观，李维桢云："代夫以父其子，代妇以子其孙，代子以克其家。"语多感动。据说有勉、孺人是合葬的，在他人眼中，二人"尤为无双佳偶，而霞客先生之空前高行，由是胎焉"。徐霞客感念母亲的劬劳，罢游归乡，总会捎些吃食让母亲尝鲜。材料上提到两样：碧藕和雪桃。只读字面，果色甚艳。雪桃，滇西北玉龙雪山下所产最为有名，徐霞客《丽江日记》还说到木增所馈的白葡萄、龙眼、荔枝诸贵品，酥饼油线、发糖诸奇点，其味亦馨游子齿颊吧。谈山水，讲风情，述异俗，也是徐霞客在母亲膝前要做的事情。

院子里最气派的，是崇礼堂。崇礼堂有些像徐氏的一个堂号（江阴、武进、常州一带，多有崇雅堂）。堂门南启，一看匾题的这三个字，我也如侧立于徐氏宗亲的一旁，沿袭称郡望的旧例，也能领略一门的操守功业、嘉德懿行了。屏壁上悬着中堂，是一幅山水画。配了对子，临董其昌的字，可说神似。我还记得那联语："奇石似人花下立，仙云如鹤竹间来。"幽淡清远。

崇礼堂这边的院子，大概是徐家内宅。这个家，已经不是用来"住"的，是给人"看"的，看徐家留下的生活痕迹。一座正厅、几间闲房，更有鳞状的檐瓦、砖雕的门饰、栽种的花树，我静静地瞧着。凝眸院中景物，徐氏后人，心得尤深矣。

徐霞客游不忘孝，走到天边，心也是系着家的。母亲八十岁那年，为祝寿，他建起一座晴山堂。晴山堂在崇礼堂的对面，一砖一瓦总关情，最为他所属意。

这个院子，青瓦粉垣。门扉低小，而院室甚幽窎。新葺过，门楣上砖额"晴山堂"，楷书，是顾廷龙写的，涂成青绿色，在灰底的砖面上，很打眼。天气略阴着，雨点滴落檐瓦发出的细响，棕榈、桂花散溢的清芬，愈使人恍惚了。我的步子迈得极轻，怕扰了一院的静。

堂中一尊徐霞客母子塑像。隐约的天光从苍灰的湿云中挤出来，透过隔扇花窗，落在上面。徐母的脸侧垂着，瞧着怀里的孩子，神容温婉。望儿，天下母亲应都是这种表情。这是爱！壁上不空，晴山堂石刻，洋洋乎大哉。崇祯三年（1630），母逝，徐霞客遂将集藏的褒誉祖上的诗文、祝颂母亲的墨迹，摹勒上石，砌嵌于家宅内壁，敬悼先妣。霞客尽孝，亦不俗。

读壁，元末及明朝三百年文人书迹，一惊眼目。倪瓒、宋濂、祝允明、顾鼎臣、高攀龙、李东阳、文徵明、米万钟、黄道周、文震孟，历数下来，皆为史上享大名的人物。尽心题咏，徐家之望不浅矣。乡人常说到的陈继儒《寿江阴徐太君王孺人八十叙》《豫庵徐公配王孺人传》，董其昌《明故徐豫庵隐君暨配王孺人合葬墓志铭》，王思任《徐氏三可传》，张苓石《秋圃晨机图》，张大复《秋圃晨机图记》，李维桢《秋圃晨机图引》，夏树芳《秋圃晨机图赋》，悉有刻存。在我看来，诗书都是一流。可比快雪堂、三希堂法帖吗？

往西走，就是徐霞客的墓，隐在院墙前一片清樾中，踏堂后一段甃石短径可达于前。墓本不在这里,三十多年前从几里外的前马桥移过来的,徐家祖坟在那边。为什么要移呢?

墓不高大,圆形,青石围砌。封土微微鼓起。落了一地黄叶,说不清是哪年的,踩上去,脚下轻细地响。钻出几簇草,草色鲜碧秀润。花岗石墓碑据说是清代的,比两旁翠枝交覆的松柏,经了更多春秋。有人走过来,绕着瞅几眼。墓中人和这个世界的联系从来没有断过。四围一片安静。走了一辈子山水,徐霞客也该歇歇了,永远。

徐霞客素与临海人陈函辉交好。陈函辉为知友作过墓志铭,把徐霞客写活了。

晴山堂先前不像如今这样大。扩辟其地,大加充拓,广可若干亩,亦在近年。添凿清池,引流贮水,聚石艺竹,结篱围栏,筑轩阁于环岸,造廊桥于水面,颇惬观赏,殆非寻常笔墨所能到。南人造园,借景写意,当属大学问。他们有自己的营造法式。

这个院落的北门,匾上的篆字是"仰圣园"。后人尊徐霞客为"圣",游圣。

仰圣园脱胎于晴山堂。

常年汪着一片水,水上的空气是清凉的。穿云的雨丝射下来,清光万点,饶有意色。雨打荷叶,声细如闲花落地。惠风水月的光景,最宜雅人亻宁而放眺,醉享一目千里之感,神亦静远。独临池台,隔水望去,思霞厅翼然覆于波流之上。身在此刻,心念彼时,忆弘祖旧事,游圣宛在水中央了。更有一只泊岸的木船，长橹的一半拖在水里，矮篷被细雨打湿，泛出乌亮的光。这只船不是无意义的摆饰，它使许多人神飞意遐：一个薄雾的早上，水天明洁，花影娟丽，柔风若丝竹摇荡，空气中飘着杂树和野草的芳香，解缆，摇橹，清漪晃漾，水面的静影乱了。徐霞客站在船头，衣袂飘举。很远的那个秋天，他赴虞山拂水岩访钱谦益时，在村前河浜登上的就是这样的船吗？自埠头东折而南，一路平田远水，林峦丛秀，何等闲旷！此般风神，又适于园外的天地了。游廊盘曲于池面，与拱桥相接，弯折作九曲状。人走廊上，每一趑转，轩窗那边，新景片片映出。畅观，教人一发清吟，是刘禹锡的《杨枝词》："迎得春光先到来，浅黄轻绿映楼台。"清斋禅诵之士、性乐疏散之叟，难经大风雨，低回此境，闻竹风萧萧，赏柳丝袅袅，呼云醉月的情致恐先得之。若再雅聚而撰赋品题，比那濒流被褉的俗尚，总有别一番兴会吧。

徐霞客不恋慕这些。堂东一片水，卧着桥，胜水桥。这座麻石单孔石板桥，样子平常。据传，徐霞客就是从这儿开始了奇壮的远征，徐母相送到桥头。母子会在水边牵衣而泣吗？晨送行舟，静闻游子唱离歌，遥望烟涛微茫的途程，连眼睛都是湿的。波光、烟柳、荷影，颇涉浮想。这年，他刚二十八岁，意气飞扬！

他的出游，要比《徐霞客游记》的开笔早好些年。最初是在家乡四近：苏州洞庭东西二山，无锡惠山、太湖、斗山等地。陪我的司机是江阴人，对徐霞客深怀同乡之谊，他讲，这些名胜,徐霞客也记过,找不到了。唉!丁文江的慨叹发得更早些,"他最惋惜徐霞客的《金沙江游记》散失了,使我们不能知他在三百年前'对于金沙江的直接观察'"(胡适《丁文江传》)。史上多少有价值的材料,亡佚了,连残文也无,殊为可惜。历史是由人的无数具体行为构成的,种种可珍的东西多被时光湮灭了。只说徐霞客的交谊,松江佘山访陈继儒,句容茅山访黄道周,常熟虞山访钱谦益,都含着有意趣的细节。好在尚有文士记其雅游,今人纵使无缘亲睹,粗得梗概亦聊可补憾。

《徐霞客游记》以《游天台山日记》为首篇。他的头一脚,迈进了浙江:"癸丑之三月晦,自宁海出西门。云散日朗,人意山光,俱有喜态。"这个"喜"字,用得好!一片春景,养眼、娱心、怡神。鲁迅年轻时给《徐霞客游记》下过四个字,像是从司空图的《诗品》里来的:独鹤与飞。我喜欢跟前面几句合起来念:

> 素处以默,妙机其微。
> 饮之太和,独鹤与飞。

我的气质,大概也适合独往孤行,这和徐霞客有一些相近。行走是要有一点"独"的。一个远途上的放游者,纵意于云天之外,朝碧海而暮苍梧,如独飞的仙鹤一般,意态逍遥,杖底烟霞,折映着无尽的瑰丽。这种境界,成了我欣羡徐霞客的地方。徐霞客的游历,主要靠走,最原始,也最苦累。他的游记是"走"出来的。徐霞客又是多远的路也敢走的,这一走,就收不住脚，前后三十多载，志向常在荒寒多苦的边野。这一点，我学他。我这几十年，汗漫而游，虽则踪迹不尽同于他，却也爱深入不毛，毫不畏难，这大概是受了他的影响。并且徐氏所游的地方，有些我也是到过的，其间却隔去了数百春秋。钱谦益称徐霞客手中有"奇文字"，记江郎山的一段，就是。我登此山，入霞客亭，仰观危峰，叹服他这么写山："若断而复连者，移步换形，与云同幻矣！"文字真是奇。山水召唤他的心灵，他又把心灵托付给山水。

徐霞客一生之功，全在六十万言奇书中，虽说不好全当作文学书来读，亦堪与千百年游记争短长。那个时代，奔行于阔远山川的还有别的人，为数漫不可考矣，但没能写出这样一本书，其名也就不彰。崇礼堂的书橱里，摆着几种《徐霞客游记》，都是老版本。书皮的纸又黄又薄，翻旧了。仰圣园一进门的右边，一溜碑廊，选霞客之书的段落刻上去。有些选得是很好的，传达出徐氏文句的神韵，语词与刻工，皆美。我上下读过数行，领受其文气，体味其笔势，观止矣。徐霞客行文，有他的内在节奏，顿挫感强，一些句子很上口，是适于诵读的。比方这几句："四望白云，迷漫一色，平铺峰下。诸峰朵朵，仅露一顶，日光映之，如冰壶瑶界，不辨海陆。然海中玉环一抹，若可俯而拾也。"（《游雁宕山日记》，雁宕山即雁荡山）郁达夫的游记，有些语段略带霞客笔意。两位异代的远游人，履齿印天下，连那山行的曳杖之音，也仿佛相近。

秋江岸边莲子多

——范蠡湖和《浣纱记》

昔年读太史公《史记·货殖列传》,知越大夫范蠡助勾践雪会稽之耻后,"乃乘扁舟浮于江湖,变名易姓,适齐为鸱夷子皮,之陶为朱公"。明人梁辰鱼櫽栝其事,编为传奇剧《浣纱记》。(梁是昆山人,其名不彰,但是讲到昆曲,不能躲过他。)范少伯汉朝入史,明代入戏,春秋人物中,此公名气似不在齐桓晋文以下。

范蠡载西施,远迹于五湖烟波,世人莫知其所终。听上去颇似一段仙话。本事失考,故真伪就很成疑问。认为不可信的,是明代的杨慎:"世传西施随范蠡去,不见所出,只因杜牧'西子下姑苏,一舸逐鸱夷'之句而附会也。"此论或许近真。升庵受任翰林修撰,喜索隐发微,在这一点上大约不会有疏失。西施的所归呢?梁辰鱼曰:"若耶缥缈,浣纱溪在何处?"似也无迹可寻。不久前,我迎雨过诸暨,举目向天边一扫,不见半缕村户的炊烟,却望尽随风轻舞的雪絮般的湿云,山痕如翠眉,恍若入梦。好在我是常人,不出入经史,也就乐得把齐东野语请到耳旁。据我看,古越史上有这一段艳情在,总也别饶意味吧。

五湖即太湖。佳人才子相偕,在无边秋水中放舟而逝,蓼渚荻洲,雁飞鸥翔,是非常浪漫、多情的,可以撩起后人许多浮想。戏中唱:"问扁舟何处恰才归?叹飘流常在万重波里。"太史公说范蠡"卒老死于陶",大概是纪实。只是每读到这里,感觉似乎不妙。我宁愿多听几句优伶的随弦小唱。

《浣纱记》第三十出有采莲古歌,词很美,配昆腔唱,听者三月不知肉味矣。其词是:

> 秋江岸边莲子多,
> 采莲女儿棹船歌。
> 花房莲实齐戢戢,
> 争前竞折歌绿波。

又:

> 采莲采莲芙蓉衣,
> 秋风起浪凫雁飞。
> 桂棹兰栧下极浦,
> 罗裙玉腕轻摇橹。

此境往矣,幸而在范蠡湖尚余一缕情调。

湖在嘉兴的街面旁,不很阔,说它是一片池沼也无不可。波影溪桥,风送荷香。傍岸叠山石,亭轩相望,颇得庭园之胜。

嘉兴的同志说，范蠡和西施是在这里歇棹栖隐的。这是真的吗？唉，逝者如斯，吴越之地有这处故迹可看，聊以慰情，有什么不好呢？

范蠡是一个值得研究的人物。

中国的士大夫，行藏无定，似乎一直在仕与隐的异途上犯难。语曰："天下有道则见，无道则隐。"却并非"古之人皆然"，范蠡就敢越常理。太史公曰："范蠡事越王勾践，既苦身勠力，与勾践深谋二十余年，竟灭吴，报会稽之耻，北渡兵于淮以临齐、晋，号令中国，以尊周室，勾践以霸，而范蠡称上将军。"这是大勇。"还反国，范蠡以为大名之下，难以久居，且勾践为人可与同患，难与处安，……乃装其轻宝珠玉，自与其私徒属乘舟浮海以行，终不反"，是大智。（《老子》曰"功遂身退，天之道"，意正相合。）同为越大夫的文种就不行，难悟范蠡的劝退之词，终受越王赐剑自刭，堪悲。绍兴府山筑文种墓，一亭一碑，孤倚荒林。我旧日游山，听雨吊冢，真有十足的凄凉意。可叹的不止他一人，敌国的伍子胥遭太宰嚭谮毁，吴王夫差赐属镂之剑，乃自刎死，真同命也。春秋无义战，吴越争霸，本无多少是非可说。戏曰："看满目兴亡真惨凄，笑吴是何人越是谁。"家国将相，其间多少悲慨！

范蠡自号鸱夷子皮，很怪。颜师古注《汉书·货殖传》云："自号鸱夷者，言若盛酒之鸱夷，多所容受，而可卷怀，与时张弛也。鸱夷，皮之所为，故曰子皮。"假定颜说可采，则范蠡是看得很透的。登庙堂，心知退身；处商市，照样。太史公实录

其言:"居家则致千金,居官则至卿相,此布衣之极也。久受尊名,不祥。"这是见解很深的话。戏中有唱:

> 尊王定霸,不在桓文下。为兵戈几年鞍马,回首功名,一场虚话。笑孤身空淹岁华。

这说得更为明白。故此,他"乃归相印,尽散其财,以分与知友乡党",就不足为奇了。

范少伯云游泉壑,浪迹溪山,颇以遗世得意,很带些半人半仙的味道。这种人生态度是放旷的、美的。

前朝风流,多入后世赏心歌咏,纵使影撰其事,久诵毫不惮烦。我偏爱的几段全在稼轩长短句中。《洞仙歌·所居丢山为仙人舞袖形》:

> 十里涨春波,一棹归来,只做个、五湖范蠡。是则是、一般弄扁舟,争知道,他家有个西子。

又有词:

> 谩教得陶朱,五湖西子,一舸弄烟雨。(《摸鱼儿·观潮上叶丞相》)

辛词多持戈跃马之气,上引的这些,却很含情,笔带剪红刻翠的柔性。盖稼轩在赋壮词之外能吟情语也。

范少伯祠和西子妆台濒水而筑。西子就是在这儿轻启镜奁的呀!临水照影,脂粉落入湖中,螺蛳争食而纹焕五彩。这当然是一则趣谈，却有美感。髻儿斜，裙钗湿，千种娇羞。据此不难编一出戏，用越调唱，会很入耳。

听戏，如果神思飘飞，还可以梦游灵岩山，或去馆娃宫遥寻遗在响屧廊的千古芳尘，或随采香径上的凌波微步而临鸳鸯浦。

妆台壁上，刻两个字：浮碧。字是文徵明写的，推想无典源可考。字面上却似乎带一点淡淡的诗意，聊可映带眼前之景，因为一汪湖水的确是浮碧的。

对面为金明寺，不甚高大。红幔低掩一角，入内之人，犹见花烛影里的云鬟雾鬓。李白有句"西施醉舞娇无力，笑倚东窗白玉床"，似含花间派气味，却能同寺景对应。有块断碣嵌入老墙，不知是什么年代的。就此无妨猜测，这座寺很古了。

吴越轩近处的槜李亭，有典可据。槜李，古地名，在今嘉兴西南。《春秋》："於越败吴于槜李。"在湖边的山石上造这样一座亭子，意在彰显范蠡用计、西施倾国之功吧！一说槜李为可食之果，多产于嘉兴、桐乡一带。西施病，心痛蹙额，遇一老翁出槜李请服，体遂愈。此为杂记所录逸闻无疑，细想，并非了无端崖。"春水，千里，孤舟浪起，梦携西子"，完全出诸诗情，美丽的西施亦有捧心而颦的苦状。金明寺里就塑着那位救药的老翁像，拄杖，须眉皆白，一眼看去，颇似可入古仙谱的道叟。

湖光闪烁处，浮莲田田。橹头响鸟音，差得苎萝村溪之趣。李白诗云："浣纱弄碧水，自与清波闲。"云影悠悠，落晖下，水面飘一缕疏香。缱绻不去的，犹是越溪之女的粉脂痕。

茂林修竹，流觞曲水
——兰亭和《兰亭集序》

在兰亭的竹影荷香里走，晋人的名士气韵虽已远，也能入心，易于惹我对旧物和古境着迷。

山中风景，颇近桃花源，也就宜邀竹林七贤歌啸或者陶翁耕锄。曾巩谓"方羲之之不可强以仕，而尝极东方，出沧海，以娱其意于山水之间"，是摹状性情之笔。魏晋文人的所好，一是服丹散，一是醉自然，旁的，难说。

右军祠廊下的碑刻，多以王羲之为宗，气象虽然难比长安城里的古碑之林，放在这里，却可以使山阴道在人烟竹树、畦花河桥之外，别添一种深邃的美，犹胜新稻之香。兰渚、鉴湖一带，恍若可望长髯翁叟笔落山水，笑伴牧童清歌。河岸鳞瓦万家，同鲁迅《故乡》中"苍黄的天底下，远近横着几个萧索的荒村"的深冬景象，大不相近。

墨华亭独在池水之上，有人坐在那里摇扇，门外荷叶送来一片碧影。亭上一联颇好，是"竹阴满地清于水，兰气当风静

兰亭

若人",似能应景。

竹篱那边,一道清溪流淌于翠峦下。水清,沙石可数。柳河东笔下的小石潭画意并非永州一地独有。也似曲水流觞,漂浮一段修禊故事吗?听流水音,吟千家诗,意在寄远,虽带有游戏味道,其雅,却正同艺术的本质相合。它的出现,也只有在魏晋。

"鹅池"和"兰亭"碑都看了,已无纸上淋漓的墨气。在吴冠中先生看来,写成的字刻成碑,往往面目全非。我也有同感。

兰亭"御碑",甚高大,正面是康熙临帖之笔,风神不似右军。一篇《序》,值得流连于前,多次念兼吟味(无法上比李世民,因爱其翰墨,竟将之带入地下,永伴墓中尸骨)。袁宏道谓:"晋人文字,如此者不可多得。"我赞同他的话。

《兰亭集序》曰:"此地有崇山峻岭,茂林修竹,又有清流激湍,映带左右,引以为流觞曲水,列坐其次。虽无丝竹管弦之盛,一觞一咏,亦足以畅叙幽情。"落在纸面的几十字,固属摹景,若无落拓襟怀,断是写不出的。咏觞得趣,可以无弦。在兰亭,所获是正始、太康那一班文人遗下的散逸风度,书法气象仿佛还不是最要紧的。

又曰:"仰观宇宙之大,俯察品类之盛,所以游目骋怀,足以极视听之娱,信可乐也。"俯仰之际,乃将天地装入心间,自然又是一番气魄。

《越绝书》记,此地旧为越王勾践种兰之地,但来这里的人,恐怕不会想起他。

兰亭近旁,有王阳明墓。我曾经写过一篇《游墓》,记所看的古人之冢,当然是只看不吊。自以为还可以添续文。这位儒林丈人的葬地近在眼前,四百年后能来,虽是不期然,也算得了机缘,纵使未入其门庭,明白姚江学派之旨,总也该看一眼。竟未成,只好摇头短叹。

山盟虽在,锦书难托

——沈园和《钗头凤》

沈氏园,已非旧观。柳色下的竹篱茅舍却仿佛昔日模样,得柴扉小扣之境。池上笼烟,似不散的轻愁。秋雨如丝,湿一片红荷绿萍。翠竹泉石间,闪出临水的亭身桥影。若在秋凉的静夜,望池上之月,怕又要遥想陆唐旧事,也是"红泪清歌,顿成轻别"。别,陆唐总还是有幸得遇。在这一刻的举止,推想也会不违世家子弟和名门闺秀的纲常。"以荫补登仕郎"的陆放翁,竟至还会有诗意,心寄改适赵姓的唐表妹。"执手相看泪眼,竟无语凝噎"之后,目送芳尘渐渐消失在花影或是烟雨的深处,也是一种境。情虽哀婉甚至于悲,谱入《钗头凤》,就成经典古调,也似为沈家之园别作津梁。上阕:"红酥手,黄縢酒,满城春色宫墙柳。东风恶,欢情薄,一怀愁绪,几年离索。错、错、错!"爱而不能,尽吐苦调哀音。佳人的红润之手、官家的黄封之酒、春柳的明翠之色,皆入忧伤的怀忆中。下阕:"春如旧,人空瘦,泪痕红浥鲛绡透。桃花落,闲池阁,山盟虽在,锦书

沈园

难托。莫、莫、莫!"昔年的欢眷感悦,凝为后日的心底深愁,永世化不开。

孤鹤轩悬联,竟是无限凄凉意:"宫墙柳,一片柔情,付与东风飞白絮;六曲阑,几多绮思,频抛细雨送黄昏。"自有脱胎。

葫芦池静绿,无惊鸿之影,唯数只白鸭凫水,波纹轻漾,似在摇醒水下的旧梦。碧池浮几片闲叶,吹一缕风,又皱几层清漪,颇有流水落花之意。只是此情太过于悲,还应该重现歌笑。比方幻想着,虽然已隔千年音尘,但有情人朱颜未老,浪漫如在春日里。男,书剑风流意凌云;女,"小钗横戴一枝芳",穿花踏草而来,其旁,是"带香游女偎伴笑,争窈窕,竞折团荷遮晚照"。这是思情过深,转而期于梦中的聚笑,虽聊可慰情,总是太缥缈,难以久长。梦逝,则又不免"想佳人花下,对明月春风,恨应同",愁苦或许更深。

凭栏,双眉是敛久于舒。沈氏之园柔柳出墙,易教人低唱"柳丝长,咫尺情牵惹;水声幽,仿佛人呜咽"之词。纵使风吹雨,《花间集》中飘落的昨日花瓣也不会被碾为红泥,仿若都会飞上枝头,化为一片缤纷。其下,必也有愿寻鸳梦的男女,相挽于绿荫,足印萋萋芳草,爱而流连。

穷山海之瑰富

——徐凫岩和《游天台山赋并序》

徐凫岩这个地名,是从神话里来的。神话是文学的源头,中国景观的命名,也多半留着神话的痕迹。说到徐凫岩的价值,绝壁的奇和峻、泉瀑的柔与秀固然瞧得出来,终还有一层:不应轻看的神话意义。仙翁乘凫入云的故事,自古而传。他的离去,其速徐缓,其态安稳,尽是对人间的眷恋与顾怀。"徐凫岩"三字,殆因之而得。晋人撰集的《搜神记》这部志怪书,我还不曾读完,所载神灵妖异之事四百多件,徐凫岩的这一段,像是未见。

神祇灵异以此山为家,倒也不怪。

> 天台山者,盖山岳之神秀者也。涉海则有方丈、蓬莱,登陆则有四明、天台,皆玄圣之所游化,灵仙之所窟宅。夫其峻极之状,嘉祥之美,穷山海之瑰富,尽人神之壮丽矣。

这是我从东晋那位擅作玄言诗的永嘉太守孙绰的《游天台

徐凫岩

山赋并序》中抄来的一段话。古人认为，四明山和刘阮遇仙的天台山初为一体，但放旷浙东山水的我，实在也望不出它们的分界设在哪里。我就只当孙太守有后知数百年的神通，专意把此节文字留给肇创于宋代的溪口古村。

山状多奇，落在笔上，手段却难见奇，取譬设喻像是习常不止。徐凫岩亦存肄旧之例。这岩早先叫"鞠猴岩"：崖顶突着一石，做出猴子在天底下鞠身的模样，虽不逼真，却还神似。顽石有灵，仙翁被它诱了来，才生出驾凫翩然而去的那一段。

踅上四明山，随眼一望，悦目的好景绝不会少。岩崖、草树、泉流凑在一处，显出的那种样子，若换了叠石弄水的匠人来，便是用尽气力，也不见得胜出。山石既堆不到这样峭，流水也难治得这样顺。我的这个感受一来，仿佛山中的千百种景观不易分出高下了。哪能呢，徐凫岩就因姿态的雄异而把远近山景比低了，绝不甘在峰岭峦嶂中去充一个寻常角色。

仙翁邈矣，来游的人身无飞翼，不能跟了去，那就登临正对着徐凫岩的凌云渡，在栈道上站定，隔着千仞之壑，看瀑布。

悬濑偏傍绝崖栖。崇山浚谷、雄峰奇峦有的是水，顺着断壁坠落，便成瀑流。瀑布不知疲累，总是带着一股冲劲儿激涌，狂泻。飞流声在空中轰响，从深夜到天明。我向来佩服天下瀑布，看它们前去无路的一瞬，跌下去，碎了身子，也不露出惊慌的样儿。那种天然的意态是从容的，随性的，无羁的，甚至有一点浪漫。这种本事与风度，人所难及。

此山壁削岩深，你若从崖巅俯视下去，环曲的阶径、偃仰的磐石，皆在眼底一览无余。沟壑的深峭更是惊着心，盯得久了，微眩之际更会脚下发颤。瀑布却只管往崖底的水潭扑，霄汉之下，自飞一段烟雨。水石相激，幽谷间的訇响，啸音似的热奋，仿佛漂泊的人寻到了归处，难抑火一般的情绪。我这么想，并非对徐凫岩偏了一点心。只就浙江一个省份看：雁荡大龙湫的爽飒，它可以比；文成百丈漈的宏壮，它可以比；诸暨五泄瀑的劲捷，它也不妨来较量一番。

那么高的山岩，从低处望上去，它的另一面的好处倒也看出了，并且愈见其雄。岩巅的边缘被丛密的乱树遮掩，从远方跋涉而来的大水漫溢着，前路猛一断，失掉方向的流水没有任何选择，来不及向苍莽的山林回望，就飞快调整疾涌的姿势，朝无底涧谷直直地跃下。迸溅的水浪激响着，宣示着告别大山的心迹。它知道，在前方等待的，是河，是江，是海，是全新的世界。从掀天的奔腾里，我能够听出大自然的豪荡气象。群山似在飞动，心里哪还存得下一丝静？直要伴着飞湍从口中发出声声呼喊了。

仙人野凫到底远在天外，生民既然离不了大地，尘世的苦乐哪能躲得开？躲，去处常在陵谷间，又因地太僻、境太清而别添一缕愁。柳宗元寻至寂寥无人的小石潭，顿觉"凄神寒骨，悄怆幽邃"，不肯久作消磨。徐凫岩若是近了他的身，心情或可朗迈，只因将目光放出去，飞散的雪瀑在阳光下翻舞，山不再安静，水色洁澈，尽在那里闪熠明亮的笑纹。挂满流水的山崖，急湍般奔冲，会教灵魂逃脱一切限制。入山采樵的乡民、栖息林泉的隐士，都成了可亲的人，朝夕相对，诗酒啸咏，一派天真，其乐不逊仕进。岩嶂之上镌榜书："徐凫溅雪"。为凑趣，我无妨来接四个字：空谷奔涛。

岩下临着直峇溪流过的地方，跨着一座年久的石拱桥，像是专给身心都闲的人设在这儿的。桥身巧秀，含映水木。它得了个好名字——岩登桥，取意是带着一点遐想的，撩人去做游仙之梦。静坐沦涟微漾的桥头，望岩、听瀑，当然是福，不是随便就能修来的。穹崖深谷的气势虽大，压不住如飞的想象。太阳底下烟浮霞蔚的景象自不必说，清月映岩时分，山鸟的啼啭衬得四围皆寂，默望山容壁色，不知送走多少时日，因忆方苞"盖至此，则万感绝，百虑冥，而吾之本心乃与天地之精神一相接焉"之句。清代古文家中，方苞的山水记，颇饶理趣。

瀑布的姿态是随水势而变的。水大时，它壮阔；水小时，它柔曼。无论壮与柔，身段都跟一个"美"字连着。徐凫岩上悬注的沧沧之水，泛着澄莹的白光，有些轻，有些细，仲春节气里，"浙东第一瀑"当然是这般景状，堪赏。

峭立的崖壁上，粗硬的褶皱被金色阳光勾勒得异常清晰，闪着炫目的光。默望的一刻，我恍如瞧见广成子、赤松子在画里的枯槁容貌。上古神仙，杖履凌云巅，纵使年光邈远，总有行迹可寻。大山因之不空，尤显苍润。

方苞往游雁荡山，作过一篇《记》，云："又凡山川之明媚者，能使游者欣然而乐。"这句话，或可道出我在徐凫岩前的心境。

斧柯烂尽,无复时人
——烂柯山和《述异记》

烂柯山有道士气,樵隐岩中斗棋的仙童犹不肯推枰罢手,输赢无定,只好久争一角之势,毫不理会过往千秋。赤松阁早已颓尽,梅亭尚在。疏梅余香不散,却无处去寻老子炼丹旧迹。

鸟音响在竹林间,长伴王质的痴影。

樵子入山采薪,斧柯随风而烂,我在小时即把它当作催梦的故事来听。此番游山,无法抛闪这老而未掉牙的旧调。原文,在任昉的《述异记》里可以读到:

> 信安郡石室山,晋时王质伐木至,见童子数人,棋而歌,质因听之。童子以一物与质,如枣核,质含之,不觉饥。俄顷,童子谓曰:"何不去?"质起,视斧柯烂尽,既归,无复时人。

这是一篇寓言,写了一个美丽的梦。若让我来比较,同《幽明录》所载刘晨、阮肇采药上天台,在桃源洞遇仙的传说颇相似(六朝志怪,杂录灵境妖异,虽近道家者言,荒怪中却含世

烂柯山岩崖

间情味。今人弄笔,未必能及)。浙地多名山,也就少不了浪漫的仙话。即便在今天,我游而访之,流泉涤心,晴岚沾衣,也会生出一缕怀仙的遐想。

烂柯山的佳处,是山顶的石梁。郁达夫说它"真像是悬空从山间凿出来的一条石桥",差能状其面貌。我站在下面,仰头看看,很像是到了千古的石窟。明代知府李遂写的"天生石梁"四字还留在东端的壁上,体大,比颜鲁公的气势不弱,刻在这里,恰可配景。隔过数百年,许多碑碣都磨灭了,我们还有幸看到这样完好的摩崖,实属不易。

石梁下刻出一个棋盘,巨型,布在方格上的棋子都如碾盘大。以博局之图附会尊神列仙的故事,颇相得宜。石梁可攀。山岩全是沙石质,脚下感到酥松。斜坡上凿出痕浅的阶磴,曲折绕至横在岩间的一道狭缝,弯身可以望透,竟使北面天底下的远峰也奔入视野。所谓一线天便是此处。往上走，就到了石梁的顶端，很平阔。临风骋目，望不断仙霞岭青绿的影子。一眼看到西边的乌溪江，就想起方才驱车越江时迎送的沿岸村景。春日的红桃开在瓦屋篱栅，远古的画意似还轻笼江畔人家。目光落在近处，刻着"青霞第八洞天"的碑碣默立于一块伏虎状的盘陀石上，八角的日迟亭配在一旁。不必去查《烂柯山志》，就明白这亭名无疑是从古旧的纪闻中衍生的。

烂柯山无道院，却有一座南朝梁的宝岩寺，已很残破了。地藏殿、西方三圣殿的样子大体如同往日。宽绰的院落里堆放着不少木石，以备修建居中的大雄宝殿。堂皇的一座刹宇，近年可期。求佛的心，历代都是不灭的。在这样幽僻的山里，照例忙碌着的老少禅客，黄色或灰色的僧衣影，教人感到世外的清静。

寺内掘一眼井，盈着水。圆形的石栏上镌"古泉"二字，仿佛深藏什么典实。或曰朱元璋攻衢州，胯下战马即饮过此水。人在山间，编织种种纲鉴不载的逸话，毫不足怪。

梅岩高砌仙乐台，封神列榜的姜太公那里，相拥着张天师等异域的灵仙，赤松子、黄石公、安期生也来凑趣，热热闹闹（镂像于木，印之素纸，列仙的绣像久已印行。如我这种最初从图赞上对他们产生兴趣者，在烂柯山中又见奇古的造像，自然不会陌生），王质的清梦怕是早给扰醒了。

崖下筑烂柯山庄，若得缘入住，静夜无思，坐眺槛外烟痕、庭前花影，遥听林野间的樵夫之歌，在拙于行棋的我看来，其境略近笑卧桃花源深处的秦人宅。

先生之风，山高水长

——严子陵钓台和《严先生祠堂记》

约在十几年前，我去叶浅予的甘雨小院，在那里看过他的《富春山居新图》，青绿山水，略近黄公望画意。吴均《与宋元思书》邀风景入尺牍，我曾读多遍。"自富阳至桐庐一百许里，奇山异水，天下独绝"，写尽沿江气象，亦不妨在叶先生的画中找到落实的地方。

君子求隐，反致成名。怎样"隐"呢？我看也简单。一是入山林。唐尧时，深居箕山的许由、巢父可算初开风气。往后，秦末汉初，避世于商山采芝的"四皓"，唐代走终南捷径的卢藏用、归太白山而染烟霞痼疾的田游岩，明朝那位躲在九里山，以梅花屋为宅的王冕，都可入此榜。二是临水湄。处渭河而设钓的周太公望、悬丝饵鱼的梁任昉、筑台玉渊潭旁的金王郁，全算。严子陵呢？可说亦山亦水。

范晔《后汉书·逸民列传》略叙其行状："严光字子陵，一名遵，会稽余姚人也。少有高名，与光武同游学。及光武即位，

严子陵钓台

乃变名姓,隐身不见。帝思其贤,乃令以物色访之。后齐国上言:'有一男子,披羊裘钓泽中。'帝疑其光,乃备安车玄𫄸,遣使聘之,三反而后至,舍于北军。给床褥,太官朝夕进膳。"这几笔,草绘子陵风神,真叫悠闲!把他视为寒江孤舟上的披蓑钓翁,恰意耳。光武尚贤,想和这位老学友聊聊。"司徒侯霸与光素旧,遣使奉书。使人因谓光曰:'公闻先生至,区区欲即诣造。迫于典司,是以不获。愿因日暮,自屈语言。'光不答,乃投札与之,口授曰:'君房足下:位至鼎足,甚善。怀仁辅义天下悦,阿谀顺旨要领绝。'霸得书,封奏之。帝笑曰:'狂奴故态也。'车驾即日幸其馆。光卧不起，帝即其卧所，抚光腹曰：'咄咄子陵，不可相助为理邪？'光又眠不应，良久，乃张目熟视，曰：'昔唐尧著德，巢父洗耳。士故有志，何至相迫乎！'帝曰：'子陵，我竟不能下汝邪？'于是升舆叹息而去。"严子陵有实才，何以全无城阙之恋？是为了免撄世祸、远害全身，还是厌恨马随鞭影的无聊奔趋？这里未加说明，不好妄猜。可知的是，他在确守自处的极则。往下："复引光入，论道旧故，相对累日。……因共偃卧，光以足加帝腹上。明日，太史奏客星犯御坐甚急。帝笑曰：'朕故人严子陵共卧耳。'除为谏议大夫，不屈，乃耕于富春山，后人名其钓处为严陵濑焉。"这样一个人，由史官纪德，很不容易。此段旧史，即在今天，也还是有读头的。

严子陵很会为钓台择址，正在子陵峡。江面至此一片开阔，云雾来去，更使两岸山势多了一番雄峭的姿态。这一段水程通常被呼为七里泷，为富春江风景最胜处。岸北耸出两座披绿的山峰，很苍润，顶上都有筑了碑亭的盘石，颇似分坛而钓的样子。西台为谢翱哭祭文天祥处，东台即严子陵钓台。碑石上刻《严光传》全篇，舍此，似无旁物。苍崖俯水，形近李谪仙骑鲸捉月的牛渚山采石矶。

坐钓是很省事的。长竿在手，外添一块能够歇身的光石就够了。这里距江面，少说也得三百米，何其危矣。或曰：渔矶之高，无过严子陵钓台。庄子的鄞城钓台、昭明太子的玉镜潭钓台，名虽大矣，却无法与之比高。我很犯疑，离水波这样远，怎么能钓鱼呢？《庄子·外物》："任公子为大钩巨缁，五十犗以为饵,蹲乎会稽,投竿东海,旦旦而钓,期年不得鱼。"神乎其技矣。钓丝何长？无从想象。假定这样的大钩粗索世间实有,会教天下钓徒目瞪口呆。对此看得很透的是王思任:"空钩意钓,何必鲂鲤"。真是片语解纷,垂丝入水,非为求鱼耳。八个字,直指钓翁心思。任父是蹲在会稽山上钓鱼的,子陵则是端坐富春山,他像是存心仿学这位古时善钓的高人。罗隐诗:"世祖升遐夫子死,原陵不及钓台高。"汉光武帝和严子陵,隐化之后,一陵一台的高下总不难分出。诗很深刻,似乎也顺带点明,钓台高筑并非无因。范仲淹有句:"世祖功臣三十六,云台争似钓台高。"洛阳云台广德殿,总该近于汉唐的麒麟阁和凌烟阁吧！盖希文诗同罗隐用意相似。

严子陵长日孤守钓濑,眼底驰波跳沫,心与水为嬉,他耐得住寂寞吗？身浸溪光,泉声、涧声、竹声、松声、山禽声、幽壑声围紧他。天地清籁入耳,一竿烟雨,半榻琴书,同山居禅修像是所去不远了。闲钓的他,是在力效隐耕的东野丈人,观时以待,有意来和高卧龙床的同门暗争短长,至少要在怡心适情上超出一段。对此,汉光武帝是遵之以道的,不违子陵志趣,这也算一点可取的地方。君臣相逢一世,何谓知心？这就是。

刘秀亦能文章。他的《与子陵书》,篇短而字句婉转,不见霸横之气。其文曰:"古大有为之君,必有不召之臣。朕何敢臣子陵哉！惟此鸿业,若涉春冰,譬之疮痏,须杖而行。若绮里不少高皇,奈何子陵少朕也！箕山颍水之风,非朕之所敢望。"王符曾《古文小品咀华》专有一节关于上文的赞词:"字字精悍,奇哉！曰'何敢'，恭敬得妙。曰'奈何'，埋怨得妙。曰'非所敢'，决绝得妙。搬运虚字，出神入化，不可思议。"又曰："两汉诏令，当以此为第一。"武帝《下州郡求贤诏》，喻藏机锋，与此同一气概。

严先生祠后面的山上，立着百方诗碑，真是"密若龙鳞"。碑勒历代咏严高士的留题，我读了一些。作者多是做过各种官的，属于出仕派，为什么还会诗赞严子陵远遁的精神呢？宦途知止，顿悟就不难。贡师泰说："惭愧白头奔走客，题诗也到富春山。"这是甘苦之言，似也能够折映不少同命人的心态。

范仲淹《严先生祠堂记》是写钓台的名篇。我在祠内看到一块碑，刻着这篇《记》，文字岁久难辨，但文尾四句不陌生，是"云山苍苍，江水泱泱。先生之风，山高水长"，很有境界。对于严子陵，他是颇仰慕的。洞庭湖畔有范仲淹的《岳阳楼记》，是他在政治失意时写下的。"居庙堂之高，则忧其民；处江湖之远，则忧其君"，这种人生态度是入世的，进取的。约隔千年，抱守独善之道的"汉皇故人"竟然会对志在兼济的范文正公产生至深的影响，是值得思考的。严先生之德，真可说是"留鼎一丝"了。

江岸筑静庐山庄。碧水东去，缕缕流闪的光纹映上粉白的砖壁。入屋，临窗读过郁达夫《钓台的春昼》，把满纸才子情调的旧书合好，唯愿枕江声做一场崇古的清梦。或许得缘在幻境里和颔飘长髯的子陵钓叟诗酒笑晤，更邀三五栖逸野客，相乐于严滩的月下烟波，同其酣放。

天姥连天向天横

——神仙居和《梦游天姥吟留别》

一

　　天快放亮时响起几声山雀叫，断了又啼，破了晨晓的宁谧，也夺去清猿和天鸡的鸣音。啾唧之中，一夜清梦便给催醒了。窗外的天光微微地耀着，纯净的青色泛得愈浓。澄廓的高空宛如平滑而晶澈的湖面，几丝云轻飘，移得不急，在我的视野里显露逍遥的意态。待到日影一升，高过尽处一带低昂坡冈，曙色来得更艳。霞彩炽烈地燃烧，熹烂荡射，炫示着向地球映射的力量。赭石诸峰皆作一片橘红，正和朝阳一起上升。圣洁的神灵在光明里飞翔，歌唱。这时的我，心灵向前飞奔，只觉得随晨景而来的一切都异样地新鲜，连山中的空气也水一般纯，深吸几口犹能涤净尘世的烦虑。

　　我对天姥山的歆美，是从入山的第一个黎明开始的。

　　近前的山景，数峰清瘦，各个孤起，互不依傍，明暗不定的光色里，显映的轮廓和影像均极清晰，峭卓之姿是很"傲"的，好似一群积古的老人，摆出久阅世故的样子。这种大自然赋予的原始形状，会在绚美的幻感中化为纯粹的艺术样态。雾来了，闪光的雪片那般，"如赤子婉娈于父母侧而不忍去"，漫得淡白一片，林麓愈显虚渺。我只在湘西的山里见过这样好的岩峦。白云青霭、流烟乱雨虽则任性来去，怕也折不了它的筋骨。真是"逸峰"！巍峻的巅崖，人是上不去的，只有目光能够抵达。异世仙尊在我的面前接受欣赏，我恍如望见他们眼睛里明澈的光芒，思绪的翅膀在这光芒中扇动。

桌面放着一本画册，对照着窗外之山来看，横列在云霞里的岩嶂，恰是"西罨慈帆"这一景。细加端详，一峰兀然似帆，有点像楠溪江的石桅岩。景名大约凭此而来。我们住的宾馆建在这里，可与"慈帆"晨昏对晤，如睹元人浅绛山水。设计这家宾馆的，是个有心者。西罨古寺，宋时建筑久圮，湮到泥草里去了，只剩一个空名。

这片山，雄踞浙江东南的仙居县境。你若当它是风景区，"神仙居"之名使人颇生往游之心——道教出自中国。民间祀奉，谱系很杂。众神毕至，群仙咸集，神仙居成了他们的家。你若当它是诗歌圣境，"天姥山"这三字顿撩憧憬之意——天姥山在地球上的神圣位置，不是一个能够引起质疑的问题，况且它早已进入人类的情怀。古今凡是读过几首唐诗的人，毋庸审辨，大概都明晓这座山在中国诗歌史中的高度。

此前的一千多年，李白的诗魂在这里恣游，他的《梦游天

天姥山"太白梦游处"刻石

姥吟留别》,先让我领受了一段风光。诗歌的功能在于引发惊奇感,美的文辞永远闪熠思想的光辉。德谟克利特认为:"一位诗人以热情并在神圣的灵感之下所作成的一切诗句,当然是美的。"古典的诗意已经渗入苍山坚硬的肌体,千仞连峰会拖着明翠的光,朝天际轻盈飞去。我默默自问:是李白的诗句把我的灵魂引向神仙居的胜境,还是神仙居的胜境把我的灵魂带进李白的诗行?凭这缘故,我已在心里默唤它作天姥山了。我短少天赋的才华,对自家的语言能力很是怀疑,效李白梦中成诵尚不能,张口讽咏他献给天姥山的诗,总不会太难吧。

天姥山因李白出名,但有一件:他在此座神仙之宅留下过屐痕吗?累世存疑。山间一块黑皱的石上,刻了"太白梦游处"五字,是吴昌硕的篆书,仿佛诗仙真在这石下卧而成眠,眠而生梦,梦而得诗。一幅擘窠书,像是断尽古来辩讼。

仙居曩为临海之域。括苍山脉向远方延袤，苍苍横翠微。青葱山色是丰富的想象之流的源泉。岁月运行亿万斯年，经过了骤雨和烈风，岩浆曾在这里逞虐。桃渚火山有些名气，应该距此不远。火山也进艺术之力，雕刀一落，大地上幻出的熔岩景观满足了人类的幻想。那是刺天的石柱，那是丛聚的峰林，那是波状的流纹……流纹岩凝得久，苍皱的表层残留着岁月的牙齿啃噬的痕迹，活泼泼的生命却掩不去，我的手掌只一触，觉出了它的柔软，像洇湿了山麓的永安溪一样，润着我的心。放眼一望，座座山峰都受着这种美丽涡纹的装饰呢。

从前我过宁绍平原，农田、湖沼入目，以为地势不恶。今日又来，视线只消向南面海岸那边一偏，尽让浙东丘陵的雄险派势把心一惊。这里的山容峭，这里的草木茂，神思极易飞升。寂寞中一抬眼，恍若瞧得见岩穴山林里的九天玄女。道教宜在於越之地生根。越人每说起括苍山，短不了追史：南朝那位出身医学世家的陶弘景，入山结庐涧栖，采掇仙药，垒坛炼丹，全是仙家气派。

浙东一带，崇仙奉道的风气这般重，其间道理，来一番析微也是可以的。

从文化地理上着眼，不妨把天姥山放在仙界版图中看待，和昆仑山上的瑶台、阆苑，东海中的蓬莱、瀛洲、方丈等齐观（昆仑与东海，是中国古代两大神话系统的起源地。清都紫微、神霄绛阙之境，百神游于钧天，广乐九奏万舞，宛然梦中景象）。据此，还可将名为天姥的仙人排进神灵谱系中，与玉皇大帝、王母娘娘、碧霞元君诸仙圣并列。

道和仙、仙和神之间,存在变化关系。精神化的道,归入灵性范畴,以霏烟作譬,袅袅升入清虚世界。用庄子的话说,是"以本为精,以物为粗"。得道之人,心灵和有形世界相通,便臻于仙境,"独与天地精神往来"。再封了神,更是等而上之,行天道的法力便附身。东海岸边,仙文化自古盛行。除去仙居,天台山的名声亦不算小。东晋干宝著《搜神记》,以志其怪。所撰刘晨、阮肇踏山采药,遇仙女招其为婿的传说,比李白的梦游诗还要早。周作人懂得乡民信奉本土宗教的道理,不以为异,他还理出道士的修行求仙之术:"一是吐纳,二是服饵。"常人只当闲话偶听的种种,真的进到生活中来。

不是所有地方都能产生神仙信仰的。一赖精神土壤,二赖地理条件。而这,浙东之地都不缺少。

精神土壤。佛教和道教自存差歧。佛教以生为苦,以死为乐;道教以生为乐,以长寿为大乐,以不死成仙为极乐。找寻现世之乐,是信道之人的内驱力。周作人讲过"贵生"的话:"中国人对于宗教不大热心,求仙思想固然荒唐,但也是从现实主义出发的,他不追求虚幻的灵魂与天国,只想改进并延长现世的幸福"。照此来看李白移情天姥的梦游之诗,他把仙界吟诵得那么奇美,一面是那里没有权贵,没有牢愁,一面是那里满是欢欣,满是悦乐,可寓长怀和永思。天上诸神列仙超越了生命,与霄壤相融,甚或消弭了生理条件的限制。故此,形而上的道,刺激了诗人的想象力,一成歌诗,出圣入神。在李白心里,天姥山和昆仑山是可并为仙境的。他的《天马歌》有句："请君赎献穆天子，犹堪弄影舞瑶池。"比起此前梦萦天姥山时豪咏的"我欲因之梦吴越，一夜飞度镜湖月"来，意气到底是稍衰了。虽入暮年，他也不肯低头叹老，忍把朝簪换钓竿，用世之志仍未断灭。世外寻履，李白犹似一步踏入仙途，且从神话中获得了现实力量。

仙界是会生梦的，梦是一种理想之境。在浙江，天姥山、天台山，还可以加上一个烂柯山，都和梦脱不了关联。李白做的是诗梦，刘阮误入桃源，做的是仙梦。樵夫王质伫于石室，观仙人对弈，斧柯烂尽，也如一梦。唐人诗"烟霞不省生前事，水木空疑梦后身"，语多沧桑之慨。过去我看郁达夫一篇《烂柯纪梦》，记住了这个故事。

地理条件。越地多山水，多奇禽异兽，草木又极蓊郁，容易产生原始想象，也养出了桀骜的山野气，只这山野气中倒含些刚直好义的血性，媚世求显自是民性所不容的。自古浙人辟草莱，浮大泽，断发文身，骨气极硬。鲁迅引述过本乡贤才王思任的话："会稽乃报仇雪耻之乡，非藏垢纳污之地。"在社会压力面前，气性如铁的浙人挺得住脊梁。一本写仙居的书上，举本县人卢迥于燕王朱棣攻伐建文帝的"靖难之役"中"抗节不屈，缚就刑，长讴而死"和郑恕"率乡兵拒战，败而南奔，寻被获，不屈，以八月十七日诛死，二女配亦死之"事，且将此尚义任侠、慷慨刚毅的志节赞为"台州式硬气"。这种挣脱束缚、向往自由的精神之力，和那道教的"贵生"主张，并无扞格。

所以这里出了秋瑾、徐锡麟和陶成章。

从创作心理上着眼。唐代是中国山水诗的繁盛期，李白的《梦游天姥吟留别》，反映了艺术精神和道教信仰的关系。芳年华月时的李白，相信自己生而不凡，是从天界贬谪下来的仙人。谪仙之称其来有自。自视之高，可算古今一人。李白的身份，除去文学史认定的"诗仙"，还有游侠、隐士、道士、神人、仙才诸种。他崇道慕仙，年轻时即"仗剑去国，辞亲远游"，登上访道求仙的长路。"五岳寻仙不辞远，一生好入名山游"，状其行迹。他访过泰山、嵩山、庐山、峨眉山、青城山、天门山，他结交的道士多为上清派。他在江陵和司马承祯相往来，在嵩山与元丹丘隐居修仙，还结识了元丹丘的老师胡紫阳。这些道友皆属上清一派。诗酒酬唱中的交游，自然影响了李白的创作。

李白素怀建功立业的志向。他的济世情怀，根底不在孔孟荀颜的儒家学派，而在黄老列庄的道家学派。道教徒修其行，由"仙道"入"人道"。语曰"人道渺渺，仙道莽莽"，似不可捉摸，其实还是有所依循的。修人道，也以功业烂照、留名青史为荣福。李白一生，在"因求仙而出仕"，又"因出仕而归仙"的反转中度过。出自幽谷，迁于乔木也好，下乔木，入幽谷也罢，怀才不遇的感伤和愤世嫉俗的怅恨左右着他的生命走向。在崇道之风炽盛的唐代，出现李白这样的人物，当时的政治空气、文化观念和哲学氛围，构成了重要的外部环境因素。

李白受诏入宫，辅弼之臣没当成，倒做了一个翰林供奉，"但假其名，而无所职"，还不是正式任命的官员。长安三年（实足也就一年半），镇日宴乐赋咏，取悦于君。换作旁人，当会自感优游。李白却意甚无聊，性情狷激的他嫌厌这种日子，不甘与杂流同处，又与唐玄宗互相疏远，终被赐金放还，逐出京城。经世致用的理想破灭，内心之苦可知。天宝初年，盛唐转衰，李白亦年逾不惑，失意郁悒之时，求仙意识重新占据心怀。这时节，他神遇天姥山，天姥山也接纳了他。

　　李白出京放游，天宝三载（744）秋冬之际，到了东鲁。翌年南游吴越（照施蛰存先生的看法，"吴越"是复词偏义，主要是"梦越"，为了凑成一句七言诗，附了一个"吴"字）。他寄意于仙界——《游泰山》中有"仙人游碧峰，处处笙歌发"句；他寓情于梦境——《梦游天姥吟留别》中有"霓为衣兮风为马，云之君兮纷纷而来下"句。李白作诗，可说极尽夸张，全在驰想。诗评家惯将李白诗才归诸想象，这也许只占一半道理，因为想象是理性的现代人对于精神活动的相对面——情感活动而言的。或云：想象是一种心理机制。到了诗人这里，就成为重要的创作能力。李白的诗，想象是天真的、朴素的、单纯的、明朗的。这种想象力用在人与自然的关系上，特能透显魅力。李白的瑰丽奇想，证明他具有人类童年时代的"原始感情"与"原始思维"。他的心中充满对神的本真情愫，才拿自我和天神相比附，笃信内心世界与神的世界的一体性。对这种深藏于心的感觉，很难做出冷静理智的分析，表达起来，其言亦难惬当。就是说，千数百年前的诗人和受过逻辑思维训练、秉持理性主义的现代人之间，不光有时间的距离，更有文化的距离，但并非没有打通阻隔的可能。

李白没有诗歌理论的论述,却在创作中表现着美学品格。以俊逸的诗风营构奇幻的仙界灵境,实在是老庄"天道无为"的思想使然了。吴越之国的传说,让李白魂萦天姥山。他描画了大山的壮景,更抒写出一己的心灵气象。盛唐文人诗的道家意蕴,从他的一吟一哦中大可看出。这和魏晋南北朝文人的游仙诗——歌咏仙人漫游之情的诗歌、道士的步虚词——道教唱经礼赞的辞章,同一气调,存在着创作上的呼应关系。这首与东鲁诸公相别时所作的《梦游天姥吟留别》,钱基博先生将其和《蜀道难》《将进酒》一起辑入他晚年教授中国文学史课程时编纂的讲稿,赞此首七言古诗"气象高朗,风骨恢张"。

得道者成仙,访仙即求道。李白行走山水,天仙的传说,勾惹吟魂。他把自己放进天姥山,从入梦到梦游,再到梦醒,时空大幅跳转,虚境与实境迭次错综,他创制了一个奇幻的梦世界。这梦,千年之后仍是新的,光影闪烁。

天上的世界是自由的,因而神往;梦中的乾坤是畅朗的,因而沉醉。古今颂山诗文,在艺术情绪上,能和李白的这一首同此热奋的,是徐志摩的《泰山日出》。

二

甫辞仙居,我即兴写了一段话:

> 我从天姥归,携取一片霞。

千年之前，一首七言古诗成了李白献给山东友人的留别之词。逍遥、飘逸、清真、自然，奇幻的仙景灵境是他构制的经典。

我在山中一日，清朗的天光沐过了，欢悦的鸟音闻过了，绝险的栈道走过了，孤峭的峰峦眺过了。收住脚步的瞬间，定住心神的那刻，我向内心发问：用什么持赠这片浙东山水？

神仙居的空间足够开旷，容得下丰沛的诗意、浪漫的想象、浓挚的情感。诗意、想象、情感，将化作热烈的语句，铺展在纸上，一个散文化的天姥山，会接续诗仙的余音。

我自知，传达景之真，须靠观察的眼光；表现山之韵，须凭通达的识见；摹绘梦之美，须有艺术的情怀。游山过后，动笔之先，必得经过一番含咀，笔底文章方能让云端的神、雾中的仙绽露微笑。

神的微笑，在我的遐想中浮闪；诗仙的余音，在我的耳畔袅绕。游山者的眸光里，耸拔两座高峰，一座是石头的，一座是诗歌的。石头之峰装点大地，诗歌之峰摇撼心灵。

天姥山既这般雄阔，将横斜偃仰之势收到几百字的诗里，是很难的。托之于梦，确是一个办法。一首诗和一座山的因缘就这样结成了。李白把梦中的山化作诗歌的山，只能说，这是神笔。

"名山何壮哉，玄览一徘徊"，唐人崔湜的这联诗，颇能道出我初游天姥的心境兼情状。写好这座山，断非易事。天姥山太大了，太深了，太奇了。烟雨微茫时，更可见出它的幽；岩鹰清唳时,更可见出它的寂;草木纷披时,更可见出它的森;云岚飘升时,更可见出它的峭。摹状这番山景,躲不开崔嵬、嵯峨、岩峣、绝险、峥嵘,全是"大词",气韵十足。"天姥连天向天横,势拔五岳掩赤城。天台四万八千丈,对此欲倒东南倾",这感性的姿态哟,李白夸张得好!他在为仙山造型。纵横宕逸的诗风,华嵩也要折服,且朝他拜揖。到了这山,谁人不想力践一个誓约似的仰天长啸呢,或是把动情字句写几段在纸上?只叹灵思罄尽,其力难逮。感谢李白,不负仙才!

若论美的形态,天姥山担得起"崇高"之誉。大块文章入眼,我记起王朝闻先生在《美学概论》里讲的话:"自然界的崇高首先以其数量上与力量上的巨大引起人们的惊讶和敬赞。它们经常以突破形式美(如对称、均衡、调和、比例等)一般规律的粗粝形态——如荒凉的风景、无限的星空、波涛汹涌的磅礴气势、雷电交加的惊人场面以及直线、锐角、方形、粗糙、巨大等等(与美的曲线、圆形、小巧、光滑……恰恰相反)来构成崇高的特点。"我在一个从峭壁伸出的石台上放出目光:时近初夏,诸峰上的野树已浓得如一片海,闪出鲜绿的光。也无论朝夕,也无论晦明,也无论晴雨,也无论寒暑,天姥山不改姿容,高仰着头颅,眼底掀涌着东溟的浪涛。

张岱尝谓:"泰山元气浑厚,绝不以玲珑小巧示人。"浙东的舆地大势,壮矣,奇矣,瑰矣,伟矣,正与齐鲁相似。我甚至觉得,李白梦中的朗吟,融进了对泰山的印象。

山中多峻峰,攒立直起,皆有风姿。它们的结合产生和谐,表现原始的美。美是大自然创制的永恒作品。前面说到的"西罨慈帆"那样的好例,还可枚举,皆取"因形赋名"之法。"仙之人兮列如麻",朝朝暮暮,高贵而圣洁的仙灵,站在深邃的苍穹下相互观望,尤以佛祖、观音、天姥为异。佛祖峰,正面望去,更像一扇断崖,宕出的几道崖纹,遒劲中略含水墨的软,颇近匠人摹刻。肉髻、螺发、衲衣,还有垂肩的双耳,依稀显出大致模样。释尊的方圆面相上,修长眉目,宛然可辨。凝眸的一刻,如见含蓄的微笑、温婉的神情,法相自然是庄严的。山就是佛祖安坐的莲瓣和华盘。一个修禅者到了这里,大概会面山趺坐,端然入定了。冥想最宜于入暮时,只因日光下的诸仙好像并不显灵,他们偏爱在蟾光升起的一刻,在绮梦里的氍毹上旋如莲花。夜吟前的空山待月,犹得太白仙诗妙境,足堪幽赏。

　　若讲海拔之高,若说空间之广,若谈体积之大,若论形姿之美,观音峰实为全山之极。这里的地形很开阔,很幽旷,怎么会矗起这么一块奇壮的大石?它的巨状超越了相伴的俦侣,像粗健的根株深植于山中,每日从太阳那里获取恒久的光明。吸收灼亮阳光的它,如一颗硕大的钻石,每个棱面都泛出绚丽的辉泽,比笑容灿烂,且朝四外反射,给整个天地敷上欢乐的光色。对面屏列的削壁,如汉代画像石似的,驳杂的褶痕上,犹能端量出身形,袍衫、幞头、革带,很像一排冠服齐整、手执朝笏的臣子,恭顺地静伫着。默望中,我渴望倾听,却听不到一丝言语。有观音峰凛凛地耸立,远峰近峦的威势都给压了下去。这岑峭的岩柱,出于嶂谷,斜阳下看,最能显示线条的

神仙居天姥山

简畅。高近千米的它,仪态不雄,竟有一点姣。飘拂的天衣、悬垂的条帛、光洁的宝瓶、立身的莲台,皆隐在缥缈的祥霭深处。菩萨的端庄妙丽,至此而极。林岫间的数株老松,伸枝摇叶,犹似躬首。崖罅间蓬生绿丛,一派氤润中透出郁勃的生气,如同在苍古的画幅上再添几抹皴擦。

染绿的岩峰绕着我旋转,我和对面的层峦之间,隔着旷阔的峡谷,巨大的宽度测量着视力的尺度。对于山水灼热的爱意,催促我迈上一个凸起于巉岩的眺台往谷底看,尽碧,洞壑之黯、溪涧之窈,至少遮去大半。是观世音的杨柳枝幻化的吧。那不间断的绿,把我的视线从一座山峰引向另一座山峰。我宛似望见万紫千红的花朵,那是仙真点化的灵物。无边之绿中,闪出一角瓦檐,山居人家!我恍若听见窗前儿女语,喁喁。

我忘不了这片四月的大山里的浓绿。

天姥峰应为一山之主。但不是的。若与观音峰比高,它要矮些,通身的势头自减几分。不要紧,它不争这个。李白写诗给它,它却不恃此自负,姿容娴婉,不着一点狂态。这是我欣恋天姥峰的地方。

天姥峰也是一尊孤岩,怡静,婉丽,形貌近仙,意态全在清虚守神。天姥本是一个仙人,有人说就是西王母。这位创世女仙,冶容媚姿,早不是上古神话里"豹尾虎齿而善啸,蓬发戴胜"的凶厉兽相了。

天姥女神在圆润丰满上略逊于观音菩萨,故而天姥峰比那观音峰,身姿确要娇小,却自有一段娉婷,欣怡的风神是不差的。朝晨,她露出袅娜的身形;夕暮,她显出秀逸的剪影。四围悄寂,难见丝毫异兆。不闻尘世的言语,只有朦胧的圣容。

山间诸峰,皆不倨傲,得失也不理会——此心安处是吾乡。真参得透世间况味。山中清寂,缺了谁,月下的伶俜也是难挨的。顽石通灵,人尤能感物,且喜咏志。临着静虚之地,只管取情于山,取意于海,听那风中婉曼的清歌:江山风月,本无常主,闲者便是主人。

"接雄词于章句,窥逸迹于篆籀",韩愈口吐平仄。雄词有李白之诗在,逸迹则是同样布在崖头的蝌蚪文。日月虫鱼之纹,颇类巫觋云篆、术士灵符。谁家手笔呢?《古谣谚》云"夏禹所践刻此壁",也是依凭鬼神传说。总之是:难解。只好归之于天,把它呼为"天书蝌蚪"。观此摩崖,要越天姥峰,东去而北折。

梦游的时光正在飞逝,我的耳畔飘响一种神妙的语汇,空灵、邈远,如一阕古老圣歌。我不遑思索自己从哪里出发,心魂却已追随一大群翔舞的天仙返回灵境。

山中无宫观。有亭阁:九思亭和丹丘阁。都有来历。双眸和匾上的"丹丘阁"三个字一接,就推想造阁的用意只在李白的好友元丹丘身上。李白把这个人写进了《将进酒》。后来看过九思亭,方知兴许是我搞差了,一亭一阁,全是为了纪念一位叫柯九思的乡贤,和李白结识的元丹丘不是一个人。柯九思,仙居柯思岙村人,字敬仲,号丹丘生,官奎章阁鉴书博士。元文宗力兴文治,亦能书画,笔墨别饶意匠。他推崇汉文化,在大都创设奎章阁，这是一座艺文庙堂，供列图籍典册、丹青妙墨之珍。用心恰同宋人曾巩《秘书监制》所云略近："帝王之治，必有图籍之藏，又择当世聪明拔出之士，聚于其间，使得渐磨文学之益，奖成其材，以待国家之用。"朝廷擢任，柯九思入其内，寄心楮墨，为皇室整理、鉴定、访求古书画。终日埋头窗下，所劳多在缥缃卷帙、宝器雅玩。王献之《鸭头丸帖》、虞世南摹《兰亭序》、杨凝式《韭花帖》、关仝《关山行旅图》、张择端《清明上河图》等，由他经眼，俱无俗品。柯九思也嗜集藏，自诩可以上比米元章。苏轼《天际乌云帖》、黄庭坚《荆州帖》、米芾《研山铭》，都是他的旧藏。柯九思这位奎章人物，在元代鉴藏界有些名气。他的身份高，眼光亦不低。

柯九思书艺亦精，又擅以苍秀之笔画墨竹。启功先生说"元代名家之书，无不习染赵雪松法"，而"柯丹丘掉臂于赵派盛行之际，而能自辟蹊径，以大小欧阳为师，所谓同能不如独异者"。其《论书绝句》亦云：

丹丘复古不乖时，波磔翩翩似竹枝。
别调自弹非赵派，安详序画写宫词。

诗、书、画，柯九思能推群独步，诀要正是"别调自弹"，恰可见出"古不乖时，今不同弊"的艺术态度。

涧籁在亭边轻响，泠泠，淙淙，汨汨，潺潺，一洗心尘。我浮想得出，残星凉月下，夜云流曳，消隐了远近景物，峰崖依然挽留缕缕光的印迹，幽冷、迷离、杳茫。月曜夜未央，天姥之峰仿似巨型的圣烛，莹洁的光体一般，映亮远天的星辰。

待到阳光回到世间，浓艳的彩晕里，天空又会幻出灿美的图景，那么寥廓，那么悠远，无数仙子在云影中翩跹，在霞辉里咏唱。瞬间，我被一片明媚的灿光接引，鸟一样贴近温暖的泥土低身掠驰，又斜着冲向碧云里去。

陈子干君，经营这座神山，颇极苦心。无瑕的生命在宇宙中萌毓，为山水命名是一项庄严的工作，仿若同天地对话。峰、岩、崖、谷、亭、阁、桥、台、道、瀑的得名，均耗着他的心力。学问思辨之外，云光煦风中，铺纸，濡毫，腕底便生好字，笔姿清妍、古淡。筑造此亭此阁，聊寄书家兴味，意蕴不浅。邀客坐入太白书屋雅集时，为抒高情，遣逸兴，纵壮思，他会临牖搦寸管。一点一画，皆有筋骨。再看充盛的笔气、酣畅的文意，那纸上便是亮的了。毫颖如飞，法书是蘸着清澄的泉溪"泼"出的。假定在太白书屋的楹柱上题联，仍可借用启功先生之句：

分明流水空山境，无数林花烂漫开。

恍兮惚兮，神的笑影浮映于诗墨，顷刻就氤氲得如梦。

湘鄂篇

九山静绿泪花红

——九嶷山和《湘妃》

九嶷有斑竹。《述异记》:"昔舜南巡而葬于苍梧之野。尧之二女娥皇、女英追之不及,相与恸哭,泪下沾竹,竹文上为之斑斑然。"虽属小说家言,灯下读,犹深以为美。

我入九嶷山,却未见斑竹。如果复南行六十里,到了宁远、蓝山、江华三县接壤处的三分石,就可望见大片的斑竹林,广可万亩。忆古,怀怨,撩我遥吊泣血的湘娥。

永州之野多花。旧载:"九疑舜源峰上多紫兰"("九疑"即九嶷山),"舜源峰下产九节菖蒲","零陵山谷木兰生焉","零陵县有香茅,气甚芬香","零陵香,生九疑间,实产舜墓","乌鸢草,生九疑山谷"。我长于燕赵,对于湖湘草木多不能识,飘溢于字面上的花草的淡香却像是可以嗅到。又,"零陵香,即蕙草也,又名薰草。《楚辞》:'又树蕙之百亩',盖古人尝栽种之矣。其产湘源者,最盛。"江皋湘花、陵谷楚竹,仿佛尽在风中瘦去,况且舜娥的悲影未逝,又依稀望见三闾大夫怅怅的飘襟,我真

舜庙

欲长吟几句浪漫的屈骚。

  湘南之山，到了宁远这里，其形忽变，一座座翠润地耸突，衬着高苍的晴空，宛似画里的峰峦。时已初冬，想起延袤于北方的披雪的寒岭，就无法不感叹山河之异。

  所谓九嶷者，是九峰近簇的一片山。数峰清瘦，互不依傍。若放到阳朔去比，则稍显紧凑了些。说是山，似不够高大。蔡邕曰："岩岩九疑，峻极于天。"语多夸张。而讲到山体的玲珑，又是只显示雄峭的北方之山所难及的。峰秀数郡之间，元结曰："九峰相似，望而疑之，谓之九疑。"可说道出其名的由来。碧岑入望，梦天的李贺所诵齐烟九点之美也尽于此吧？

访九嶷，要怀谒山的心。舜源峰下有舜庙。我在数日前去晋南的临汾游过陶唐之庙，舜受尧禅的旧典正出自这里。抬脚又到有虞的葬所，我也可以远学孟子，"言必称尧舜"了。此座舜庙是在明洪武四年（1371）的故基上重修的。起冢立祠，树圣人之德，可谓不朽。若为舜庙续史，理应新添一笔。亭殿多座，入内，犹可呼吸到上古的空气。过午门，进到三楹的拜殿，四壁悬垂条板，刻字。读罢"虞舜者，名曰重华"一句，知道是从《史记·五帝本纪》中得来。长沙贾谊故宅也有镌板，聊传汉简的风致。湘人拟古，自有不俗处。

司马迁曰："天下明德，皆自虞舜始。"虞舜成了一尊道德神。帝舜铜像置于正殿神位上，仗剑，坐在那里，多君主的尊威而少慈和气。不知道是照着什么铸出来的。我赶上了祀典。焚香烛，献五谷，颂瑟雅奏，借用元曲之句，是："猛听得仙音院凤管鸣，更说甚箫韶九成。"殆有"八佾舞于庭"的隆盛，祭礼极守法度。壁上舜迹图，势雄，境阔。《韶乐图》绘记虞舜弹五弦之琴，以歌南风，诗曰："南风之薰兮，可以解吾民之愠兮；南风之时兮，可以阜吾民之财兮。"这般和婉的古歌，只有垂拱而天下治的圣人才会唱出。

寝殿中，深勒"帝舜有虞氏之陵"七字的石碑，为午后的日光所斜映，约略现出它的斑驳，不问也知是久历沧桑了。传为汉代零陵郡守徐俭所立。如果是真，当属至珍的古物。

所云"宁远县舜陵有古杉十五。……高可三百尺，势俱参天"的话,在未湮的旧籍中能够读到。我仰而观之,却见高出宫墙的五百年枫香,多株,当为明人手植,遮得满院都是碧森森的。老树中,尤以苦楮为胜。昔人谓:"舜陵有楮木二,当祠门,大数十围。"我见到的这一株,树身瘦皱若皴石,却不秃枯,苍枝横斜,乱叶飞绿,犹存一股生气。朱元璋封之为"将军",真是树中栋甍!我今春入浙,在楠溪江边的丽水村初识苦楮树,其龄也只有五百余岁。舜庙的这棵,一问,已阅两千四百春秋。周秦的风云,在它也是等闲一看。

天近晚,未登庙后的舜源峰。假若临顶,朝南望过去,可以看到名为娥皇、女英、桂林、杞林、石城、石楼、朱明、箫韶的翠峰,远近拱耸,于暮霭中隐隐显出秀丽的姿态,无妨以李贺"九山静绿泪花红"之句摹状,仿若湘妃哭舜的哀史又到眼前,且叹悔迟看了九嶷的山水。

李贺这诗,题为《湘妃》,全首八句:"筠竹千年老不死,长伴神娥盖江水。蛮娘吟弄满寒空,九山静绿泪花红。离鸾别凤烟梧中,巫云蜀雨遥相通。幽愁秋气上青枫,凉夜波间吟古龙。"长吉之诗,想象清奇:湿翠的斑竹,澄澈的湘水,村女的甜歌,葱碧的秀峰,幽怨的鸾凤,遮山的云雨,青苍的枫林,哀吟的潜龙,连绵意象,映出一种凄婉的画境。湘妃思舜的深情,让他数语道尽。在这湘南的大山里,就我读后的感受而言,真如清人所谓"皆足以增隐忧而动深思"也。一时觉得,钻到云里去的近峰远岫,很似古老的躯影,迎着千年风雨,为情而奔。

舜源峰南面的玉琯岩,曾是洪武之前的舜庙旧址。一条清浅潇水曲折不尽，映带着岸畔摇翠的垄亩和浮烟的山村。岩中呼作何侯石室的溶洞，又以尧时避世炼丹的隐士真元出名。他的披金坐像前，长燃着四方求道人敬焚的香炷，清夜月冷，亦不觉寒。拈取唐人赋里"自我放逐，块然岩中"八字给他，大约也配得起。遍有古人摩崖于岩窦间。目之，为蔡邕《九疑山铭》，颂虞舜之德，隶体以骨力见高而文辞舒详安雅，真是"不能骏逸而为冲和者也，不能闳丽而为雅澹者也"。钱基博谓蔡中郎所著诗、赋、碑、诔、铭、箴、吊、连珠、论议、祝文、章表、书记、哀赞、神诰，凡百四篇，今存九十篇，墓碑居其半。此篇《九疑山铭》，可说是祭舜之作。

徐霞客在《楚游日记》中写到的紫霞岩，是一座长逾千米的钟乳洞。须得拨开杂树的丛枝，由石砌的斜径下到深凹的谷底，才可寻至黝黯的洞口。站在洞外，只消仰看，万古石崖峻峭的气象，真不知怎样才能够形容得出。岩侧塑一尊颇具风神的像，眉目如画，推想应是那位入洞"闲则观瀑，寒则煨枝，饥则炊粥"的弘祖先生吧？日沉星浮，只有夜月下的品竹弹丝，方可聊慰寂寞。

在整部《徐霞客游记》中，《楚游日记》占着较重的分量。九嶷山风物，更被他笔笔写到。我入山访胜，大体循其游踪，过眼景状恰如他的摹绘。"途中宛转之洞，卓立之峰，玲珑之石，喷雪惊涛之初涨，潆烟沐雨之新绿"，历历如画，一位旅行家不倦的行姿更立于心目中。迎送着巉石嵯峨、叠云耸翠、乱峰环回的山景，徐霞客游至帝舜炼丹的紫霞岩，携火炬历磴而下。

宁远文庙木雕

古洞中探幽，甚苦，竟使他"草履已坏，跣一足行"。待到从洞中出来，"已薄暮，烧枝炙衣，炊粥而食，遂卧岩中。终夜瀑声、雨声，杂不能辨，诘朝起视，则阴雨霏霏也"。激腾的龙湫，令他忘掉旅途困惫，心间顿生由衷文字。隔过一日，徐霞客打着伞，雨中谒舜庙。帝舜的牌位、寝殿的楹额、碑上的诗词，荒古，空寂，清冷，眼观心悟，其所寄意，必于追史的慨叹中挟一番跌宕之气。

夕晖被崖上的丫杈遮着，透不到幽暗的谷底。默对一片苍翳，只在这飞闪的瞬间，便有一缕道不明、解不透的凄寥，萦满心头。我虽未进洞，里面的景致已大略可想。

　　此段湘南的游程似乎将尽，待到次日天明，过山下的宁远县城，又把北宋乾德三年（965）建起的文庙匆匆看了。历代的教化，使得儒林之士常对在上的孔夫子心存虔敬，祈望他的福佑。可叹泮池的荷叶难耐冬寒而枯残，大成殿内供祀的至圣先师，其旁未见恭侍四配十二哲，不免孤清。记起岳麓山下文庙的一副联语："道若江河随地可成洙泗，圣如日月普天皆有春秋。"正不妨移赠眼前的这尊孔像。清人补镂的石柱群，凤舞龙腾，自有它的气势。据传是宋代原物的一对敷彩的顽狮，似又胜之，自会牵紧我亲抚的目光。宁远地偏，檐下竟有这样精妙的雕品，真该以一句旧诗"金眸玉爪目悬星"来夸赞。

　　出棂星门，离城西折，往道县的方向驰行。九嶷青碧的峰影渐远，恋恋不去的，是浸泪的苍梧云。

霜叶红于二月花

——岳麓山和《山行》

岳麓山，高不足三百米，却略尽丘壑之美，这大约得益于一亭一院。

先说亭。早先是从谢冰莹的文章里领受爱晚亭的美丽：

> 萧索的微风，吹动沙沙的树叶；潺潺的溪水，和着婉转的鸟声。这是一曲多么美的自然音乐呵！
>
> 枝头的鸣蝉，大概有点疲倦了？不然，何以它们的声音这样断续而凄楚呢？
>
> 溪水总是这样穿过沙石，流过小草轻软地响着，它大概是日夜不停的吧？
>
> 翩翩的蝶儿已停止了它们的工作躺在丛丛的草间去了，惟有无数的蚊儿还在绕着树枝一去一来地乱飞。
>
> 浅蓝的云里映出从东方刚射出来的半边新月，她好似在凝视着我，睁着眼睛紧紧地盯望着我——望着在这溪水之前，绿树之下，爱晚亭旁之我——我的狂态。

这是散文诗！走进清风峡，用自己的眼睛一打量，真不枉她的笔墨。碧溪依旧，风撩起柔细的皱波。绯红的碧桃、艳黄的迎春把花影投入水心，虽是寥寥数枝，却透尽精神。开得繁茂热闹，还算初春吗？

环山枫香，皆飘一片翠绿。将唐诗读通了的专家说，李贺喜拈一个"白"字入诗，温庭筠则爱用"红"字，而杜牧独钟一个"碧"字。个性的差异，影响到笔墨的色彩。有多少道理呢？从杜牧的《山行》中可以略有端详，是："远上寒山石径斜，白云生处有人家。停车坐爱枫林晚，霜叶红于二月花。"在这里，他竟破例醉心于热烈的红，哪有秋色的萧疏、凋萎与凄怆？一笔出自胸臆的点染，境界便获升华。"读此可见诗人高怀逸致。霜叶胜花，常人所不易道出者。一经诗人道出，便留诵千口矣"，这是他的创作留给后人的实感，妙矣。"七言绝句一体，殆尤专长"，这是后人给他的创作的赞词，切矣。

诗中景是否本诸岳麓山？难做断定。虚摹的色彩，所据空间应当无限，范围就不妨随想象而扩大。李元洛说这位晚唐诗人二十五岁时曾经游过湖南澧县，潇湘秋景在他这二十八字里大有可观。

杜牧"停车坐爱枫林晚"，恐非他一人。枫红寒山，霜染层林，历代来游山者，当然先悦自家眼目，却仿佛也在为杜牧之捧场，捧得这般水乳交融，在风景史上似不多见。世间若有第二例，无过于岳阳楼和范文正公的那篇《记》了。汪曾祺认为："写这篇《记》的时候，范仲淹不在岳阳，他被贬在邓州，即今

爱晚亭

延安，而且听说他根本就没有到过岳阳。《记》中对岳阳楼四周景色的描写，完全出诸想象。这真是不可思议的事。……范仲淹虽可能没有看到过洞庭湖，但是他看到过很多巨浸大泽。他是吴县人，太湖是一定看过的。我很深疑他对洞庭湖的描写，有些是从太湖印象中借用过来的。"但出手的文章，了无痕迹，他人鲜有其功。人们认可的，是洞庭气象，也包括了范公的绝唱。

一座爱晚亭仿佛专门附会《山行》而造。亭名旧为"红叶"，据说是随园老人櫽栝杜牧诗意，易作"爱晚"的。这是清代的事情。古典风格的形制和做背景的山色很相宜。枫香树亦不负盛名。我在亭边看到两株，峻木寻枝，亲若兄弟。独株，一人难以合抱。均为百年古树，望之森森有沧桑感，亭与之俱老。

岳麓书院

再说院,岳麓书院。湘学兴,楚材出,赫曦台立得好,一块古碑石,数行名人诗,就将书院的主题点透了。朱熹、张栻二位是这里的根基人物,开名山以设坛席,求经义,究名理。从师风上看,可以从孔圣人杏坛讲学那里找到渊源。碑上题了一首王守仁的七言绝句:"隔江岳麓悬情久,雷雨潇湘日夜来。安得轻风扫微霭,振衣直上赫曦台。"像是即兴口占。诗的优劣且放在旁边,单说陆王学派中举大旗的他,能跑到论敌程朱学派领军人物的旧地咏上一首七绝,也很能够教旁人有所联想,想起遥在赣东那座同样有名的书院,以及朱熹和陆九渊的"鹅湖之辩"。观点未必有所调和,贵在一代学风不泯。故诗碑上阳明先生这二十八字,别有风景,亦为岳麓书院添一笔足供传世的情节。相搭配的，是迎春的柔条，在阳光下闪着艳黄。花间深藏一片心，取的是修辞上的隐喻格。这里的一副对子就题得传神："沅生芷草，澧育兰花。"化用《九歌·湘夫人》句，较为得当。睹芳草香花而思贤人，取譬引类，诗之兴寄也。

院落皆花草之胜，美游者眼和心。嘉卉不可以短雪泉碧池。拟兰亭、汲泉亭间夹一道石桥，桥下清波粼粼，颇有画意。御书楼为书院极处，重门深锁，望之俨然，饶太学气象。不知是否如乾隆年间的内廷四阁、宫外三阁，皆用作藏书之所了。左右廊壁精镌诗文，呈烘托之势。御书楼联：

> 圣域修文，前有朱张讲坛，宋清宸翰；
> 名山汲古，上藏三坟五典，诸子百家。

有一种集纳兼容的气度。这教我记起过去读到的两副楹联，不妨追补于此。

其一，见于宁波天一阁：

> 此地有崇山峻岭，茂林修竹；
> 其人读三坟五典，八索九丘。

其二，抄录于成都古籍书店：

> 博观六经四书百家诸子，
> 能读三坟五典八索九丘。

互存异同，境界却可并列。

院墙之内，石径转折，杉影松荫掩着濂溪祠、四箴亭、船山祠、六君子堂，均有来历。廊前点缀三两青石桌凳，聊有山斋野庵的隐逸味道。不见人影，满院学问似乎深藏若虚。翠鸟歌其间，真得一个"静"字。

粉墙以外，曲桥流水花树，杂以笑语，葛天无怀之风，一派桃花源风景，无甚道统气。为学之境如此，并世似无第二家。操觚啸咏于斯，无存他想矣。

山深饱毓龙虎气。书院朱廊琉璃檐脊，尽显帝王殿宇风神，贵辉煌之色，在江南，益增其峥嵘。岳麓山之魂，钟于此也。

极顶有一座道观，是名气不小的云麓宫，规模当然不及北岳恒山上的会仙府。香火中，照例供奉一尊关老爷，封为武财神，披红衣，白脸，长髯，较清瘦，眉目仿佛老子。这同恒山那尊青绿龙袍金面关公像，相去远矣。一位小道士袖手转悠，似在无心哼小曲儿。

倚望湘亭观风景，本为一乐，但雾锁湘江，远近皆一片模糊。《南岳记》有句："南岳周围八百里，回雁为首，岳麓为足。"在衡岳七十二峰中，岳麓可真是位列伯仲叔季之后了。魏源说："恒山如行，岱山如坐，华山如立，嵩山如卧。惟有南岳独如飞，朱鸟展翅垂云大。"魏公，湘中邵阳人，故乡的这座神山对他，若鲲鹏之于庄周。我在多年前曾从衡阳过，遥望回雁、祝融诸峰耸翠，若鱼龙之舞。心慕其高，却不及往。没承想今朝竟站在七十二峰之尾。自然极想跃上葱茏，览尽衡岳大观。

一段山水文章，似乎刚落下笔墨。

乃不知有汉，无论魏晋

——桃花源和《桃花源诗并记》

雨中的红桃虽是新开，意境却很古，古到周秦先人对它所抱的感情越千年而依旧，惹得晋唐往后的读书人差不多都要心怀陶靖节描画的古桃源梦影，施施而来，不计路之远近。在山中的客舍住上几日，赏过溪水桃花，这才像成就了一桩人生伟业，方肯轻声哼着会心的腔曲，扬长离去。

武陵山中的桃花较山外好像要多一些，红得很有精神，独领山水风韵。陶翁像就塑在桃仙岭下，悠然远望跃上枝头的花色，如醉心于桃花女浮满春树的甜笑。油菜花开得正旺，金黄一片，衬得桃花红满山。嫩黄与艳红互为搭配，若姊妹亲偎。一彩坊，一草亭，一飞檐，添上淡雾中闲走的耕牛来入画，意趣足有十分。

桃花源，应该是这个样子。

宿秦人宅。宅居半山。门窗之外，奔涌冷绿之色，如一片云。坐卧其中，妙在意境好。环山皆竹，茂而深，从涧底长上

桃花源

来，朝天空探去，弯出很美的弧度，鸟鸣碧叶间。众竹相争日光，拼命拔高，故躯干偏于细长，当得"修篁"二字。它们并不老，有些发笋于去岁孟春，转过年来，势已寻丈。故这一带风光，显媚的除了绯桃，还应有翠竹。

风景以悦眼目，清心的无过于喝擂茶。观桃花，品擂茶，当推为这里的双绝。擂茶享名久矣，长沙马王堆汉墓中的竹简上都有记载。具体来历和东汉的伏波将军马援相关。本地百姓能将他的传说聊得极有板眼：他带兵到武陵征讨五溪蛮，将士闹起瘟疫，土人献"三生饮"，又名"五味汤"（即擂茶）治之，顿愈，得以流传。也有说统军的是张飞。我在沅江边的崖壁上钻过两孔古洞，村里人咬定是马援征蛮时住过的，遂疑其说。马援最后病死军中，病因不知和楚地湿寒瘴疠有没有牵扯。可以推知，擂茶只能调理，难于根绝疾患。

擂茶选桃花源自产的大叶茶，取其鲜，我在山中多有所见。

坡岗上，几道竹篱将茶田圈起，叶片湿翠。这一景，和洞庭湖里的君山仿佛。冲泡则汲桃花山的清泉，取其纯。这是深得品饮神理的。古人饮煮尊惠山泉，且将其作为礼品赠予友朋。刘献廷《广阳杂记》："惠山泉清甘于二浙者，以有锡也。"桃花山之泉，因有缤纷落英，其质与味，当别有天地。擂茶中，茶叶只占一部分，尚有生姜、茱萸、芝麻、绿豆、大米诸味掺入，一同放在擂钵里研碎成末，这是依本草、重药理的饮法。不能少的还有盐。苏辙诗《和子瞻煎茶》："又不见北方俚人茗饮无不有，盐酪椒姜夸满口。"可知，不消说江南，就是在北方，茶水中放入姜、盐、椒，也早就寻常，同擂茶相去不远。依《都城纪胜》和《梦粱录》中有关茶肆、茶坊的记载，宋代，擂茶多于冬月叫卖；但在桃花源，是四季常饮的。桃源人同擂茶情分深矣，千古不能易其俗。农闲时，中饭干脆以一顿擂茶应付。

钵，陶质，底儿扁平，环布螺旋纹。将茶叶、芝麻、生姜诸物杂放在里面，以擂杵捣碎，研之。这即是"擂"字的本义。擂杵用山胡椒木制成，有异香，春出的茶也自然含上香气。研茶是力气活儿，还要有耐心。这同我在拉萨看藏民打酥油茶一样，旁观容易实干费力。手中擂杵多已磨秃，仍不舍弃换，足证此木之贵。将钵中物研细后，便能够冲饮，稍加烹煮也无不可。

佐茶的吃食十几种，摆满一桌，计有藠头、刀豆、洋姜、花生、锅巴、大米花、炸红薯片、腌萝卜干诸味，均价廉之物，但用来伴饮，却为他物不能替代。这些小菜嚼在嘴里，多酸辣，可依人口味添减，也很便当。书载，长沙市面上的茶铺，"凡饮茶者，既入座，茶博士即以小碟置盐姜、莱菔（即萝卜）各一二片以饷客"。吃食并不泡入茶水里，任意拣择，边喝边吃，这是将饮与食并重的。我在长沙天心阁看到有卖"芝麻豆子茶"的，以盐姜、豆子、芝麻置于茶中，倒同擂茶接近。擂茶入口，味偏于辣和咸，碗中如腾云梦之气，不似绿茗淡远，茶之苦香倒不怎样浓。我看似与冲得极稀的炒面仿佛。茶色浅黄，不透亮，同藏人喜饮的酥油茶相像，却绝无膻味儿，较易接受。添茶用一个很大的铝壶，可以放在火上温。擂茶须趁热喝，随喝随续，喝透了，浑身冒汗，很舒服。若天寒，围一炉红火而饮，剪灯闲话，最有情味，萧散不逊晋客秦人。喝擂茶尽可放量，形同牛饮。本地人笑说，喝足八碗，方能去钻秦人洞。这又同酒后醉上景阳冈的武二郎好有一比了。在桃花源喝擂茶，得山野之趣。竹轩临崖，涧溪漱石，烟树蔚秀，皆浮青翠光色，人如沉碧潭中。此境宜弹筝，宜赋诗，宜沐岚霭，宜醉风月，宜在丝竹声中听村寨小歌，或效古仙人之法，倚石桌石凳对弈送光阴。

清景可入于纸笔。

这究竟还是凡间的活法，欲品神仙家滋味，要钻秦人洞而入那边的风景，差可得靖节公灌园之乐，做一回古隐君子。他不是说"乃不知有汉，无论魏晋"吗？这感觉很准。

若使游踪得诸始终，大约要从沅水边的缆船洲举步，都说武陵渔人就是由这儿系舟上岸的。过问津亭，缘涧溪以入，渐得山水趣味。两岸摇曳桃花影，虽不成林，意境却已不浅，若不是被雨水冲涤，会愈显其红艳，当得"燔山熠谷"四字。过五柳湖，涉穷林桥。桥跨桃花溪上。桥头立一尊碑，甚富古意，刻张旭《桃花溪》一诗，且衬以彩绘山水。若获拓本，聊可持赠。我在这里读过两块碑，皆取桃源石刊勒。除去这一块，菊圃里还有一块，精镌陶翁像，极具风神。桃源石为湘西美物，米芾当拜为石中丈人。石质硬，耐磨，很费工。要使它变为一件艺术品，可见多么不容易。近旁的碑廊，立着一些古碑，有的已很残了，却不贱其价。多为历代旧物，杜牧、李群玉、袁宏道笔也。中郎先生是明公安派的领衔人物，他的"桃花不肯流，溪水无情逝"一句，步靖节韵，放在雪溪虹桥边应景，很合适。

　　踏雨钻了秦人洞。洞裹有三，其一已被堵死。这个洞传说是第一洞，因其险，恐伤游客，故塞之。余二洞，大同而小异，异在一洞稍短，水音滴沥，壁覆苔藓，脚底湿滑，沧桑感浓些。另一洞长若隧道，支岔纵横，且亮着幽暗灯光。这是人工结构，却显然被尊为正宗。洞口石壁刻四个漆红大字：秦人古洞。猫腰走进去，几步远，洞的那一端隐约闪出亮光。其实，只要不是死洞，"仿佛若有光"并不奇异。尽之，临洞口的一段枯柳下，立了渔父问津于避乱秦人的塑像，是用来附会陶翁那篇《记》的。所塑之像形神清逸，可惜无东晋光景来做背衬。这就算一步迈进世外天地了。塑像是泥的，真的桃源人则是守在洞口挽竹篮而立的妇女。篮中盛着撒了辣椒的刀豆、藠头；还有洋姜，切成薄片，用尖细的竹签一穿，卖与过客，无饰语，多真情，价钱也便宜。这些山里的女人不避风雨，沿路提篮小卖，能挣钱，肯吃苦。

临洞筑高台，状若城楼，名"豁然台"。居此，秦人村全貌皆可俯望。风景悉本于陶翁文章，且有翻新。垦出几块地，赋名"千丘田"。并不见生长什么，大约是时节未到，没泛出园蔬山蕨的鲜绿。倒是刻意将几尊水牛和戴斗笠、执耒耜的农人塑像摆列进去，尽若盆池小景，耕稼图也。猛一眼看去，竟会误以为真。造景者真有办法。同行中一位颇富诗人气质的青年说：千丘田无桑麻，只生长理想。这个说法很浪漫。闲步陌上，情在古今间，遂不免掀髯一笑。山间一些低洼地，存了几片水，若清浅的小湖，无风，凝碧可鉴须眉。岸边秀竹、天上白云，皆静憩于水面。屋舍已很俨然，悉为新盖起的酒家、作坊、旅舍，亦存老屋两三耳。命名多檃栝陶翁的《桃花源诗并记》，像余荫堂、奇踪馆、延至馆都起得恰好。外观饶古野之趣，黄竹为壁，树皮作檐，亦有茅草苫顶，极似山居者所结之庐。过其门者，多被笑语相邀。

众轩馆虽依冈阜而散布，却被一条弯曲的长长竹廊连接，互为映带。长廊随山势俯仰，人游观其间，如蝶入花心，又恍若徐行山阴道上。廊内多题刻，集古人章句。此处最宜怀一颗轻松之心闲步，走走看看，随手抄下一些，自生境界。时有山里精壮汉子轿抬佳人，在唢呐声中飞步闪过。这种近于表演的嫁娶仪式，在外面的人眼里，也算一种风俗，足堪放笔一叹。游廊极险处，若巴蜀绝崖深峡间的古栈道。脚下酸乏了，可倚竹窗朝山顶回眸。最使我觉得有姿态的，是傩坛的牌坊。檐脊在微雨中耸出，如望云烟中的丹城玉府，且白得耀目，形制显然取法徽派建筑风格。这大约同桃花山昔为道教圣地有关。宫观的着色仍不舍青白。傩坛里虽然还有身裹黑、红、绿三色长袍的短髯道士唱诵不绝，引得走四方的游人在缭绕的香火中跪拜于神像前，可此山的道士气并不如何重。得诸逍遥的是在静绿潭水中点篙弄筏的青年，穿一身秦时衣裳，望翠萍碧荷间的红鳞而怡然自乐，仿佛是从"童孺纵行歌，班白欢游诣"的诗境中摹下的一幅画。廊畔竹棚相接，凌虚而设，似不借尺土，较吊脚楼简陋，却略具其形。棚内食摊连属，以擂茶奉客。桌面一律擦得很亮。摆放佐茶的酸辣酱菜，红红绿绿若茶之席，喜人眼目。山里的主人对洞外来客绝不糊弄，且乐于谈笑，很见过世面。有一句话讲得极妙："喝一碗擂茶，领一份桃花情。"语含古风，自得茶理，当与山水俱长。这片风景，尽显"良田、美池、桑竹"之胜，是人工摆布，又很自然。有趣的是，一些年轻摊主还把国内外影视明星的新潮相片贴满竹壁，于古朴中透出些洋味儿。

进延至馆转了一圈儿。悬着红灯笼的门下先传出喧笑。主客馈饮正酣，口中若有唱念。主人衣着古款，忙于鼎俎割烹，望之饶有"设酒杀鸡作食"之乐。又有头簪彩花的古衣少女相陪于杯盏，耽醉乐，咏而归，疑是周秦遗风。

未效古渔郎"便扶向路"归去，却策杖朝桃花山顶奔而上，越高举阁径返秦人宅。就近转了方竹亭和遇仙桥。亭貌苍古，不甚玲珑，望之犹数百年建筑也。内存石刻六尊，所镌图篆多漫漶不易辨识。其中一尊已断去上半，不知毁于何朝斧凿。游人对亭的兴趣大不如竹，竹在亭后铁栏间。旧有方竹万竿，现存不过一簇，颜色近于茶褐。此竹之珍，在于眼观形圆，手触实方，称为"方竹"，是求其质，是说手感。这丛竹不及成都望江楼里的方竹粗壮，棱儿也没有那么明显，又不像洞庭君山上湘妃墓前的斑竹有那么浪漫的传说，只因为长在桃花源，似沾了仙气，便不再一般。遇仙桥也如此，跨曲涧深岩上，绕以松篁桃柳，本无什么特别的气象。它的出名，全因武陵渔人逢仙于此。桥头刻一首回文诗，掩于桃花影下。数行字句，似乎故意让人读不懂，了无头绪，类乎游戏。诗意寻常，不能和魏晋的游仙诗、步虚词摆在一处，但能编造出来，也要有聪明的脑瓜儿。我好似看见它的作者躲在竹丛后面冲着诗壁前犯愁的游人暗笑。

将暮，眼望青山隐隐如淡烟一抹，灯火宛然画中景，真一幅活水墨也！耳饱鸟啼，目饱清樾，泉溪响于竹树间，皆自然宫商。一夜武陵梦。

初曙，在桃花观的法曲声里又喝擂茶。意在送行，入口已品出几分感情。做了两日桃源人，得庐山面目，不忘曲桥疏篱深而邃，水榭山阁静而远。洞里洞外，乾坤皆同，未觉有什么间隔。陶靖节笔下再有可观，也不过是一篇寓言。好游山泽的南阳刘子骥"闻之，欣然规往。未果，寻病终"，真是枉添蛇足。李流芳"世间事各有缘，固不可以意求也"，蓬瀛中人语矣。我这样叨咕，能惹千几百年前的五柳先生皱眉吗？

离去，回头朝陶翁塑像望几眼。老人家还坐在烟雨中。桃花如笑。

一片冰心在玉壶

——芙蓉楼和《芙蓉楼送辛渐》

芙蓉楼在中国诗史上的出现,是要溯至盛唐时代的。王昌龄送辛渐赋诗饯别楼中的旧事,入泮的学子多不易忘记。诵其诗而心仪其人,神思像是直飞千年前的吴楚山水间了。

昌龄好咏关塞之词,河东陇右的壮游,尽为边庭军旅放歌。李攀龙赞他的一首《出塞》为唐人七绝压卷,而《芙蓉楼送辛渐》以"寒雨连江夜入吴,平明送客楚山孤。洛阳亲友如相问,一片冰心在玉壶"四句,遣愁闷心迹,尤可在历代送别的酬唱中拔萃。

几年前的春末,我游至镇江,在金山寺近处望见一座名为芙蓉的江楼。当地人称,王昌龄送辛渐处即此,这似乎恰合于楼在京口之说。今天身入湘西的黔阳,又看到另外一座同名之楼,绕楼流过的不再是长江,而是沅江。龙标山傍江耸出,故黔阳在唐代是叫作龙标县的,为贬流之所。王昌龄因"晚节不护细行"之罪,由江宁丞谪黜龙标尉,溯江来到这苗汉杂处的遐荒之区。施蛰存说所谓"晚节不护细行"无从查考，不知是怎么一回事。蒋长栋则有一番推测，认为昌龄大概失于好酒贪杯、游手好闲、私养歌伎上。蒋先生是学问家，术业有专攻，此论不能以"牵附俗说于迹象间求之"的见解目之。至于谁家芙蓉楼为昌龄宴宾送客处，彼此聚讼非自今日始，暂不得解也罢。

我由怀化坐车南去，入黔城。沿街多清代旧屋，端详门巷，仍可辨出昔年宗祠、客栈的残痕。楚南边州，在迁谪之人看来，该有异样的空气吧。龙光甸是道光年间黔阳知县，他编集王昌龄宦楚诗二十九首，跋文尤好，曰："唐诗人王少伯以相如题柱之才，抱贾傅怀沙之恨。初由秘书而尉汜水，枳棘空有鸾栖；复自金陵而谪龙标，雪泥偶经鸿踏。从来迁客，不废啸歌；自古逐臣，偏工怨诽。盼雁影于衡阳烟外，人远长安；听猿声于湘浦月中，梦怀乡国……"真替千载前失路的骚人道出悲酸。王昌龄自具落拓之怀、逍遥之致，谪途中投赠岳阳友人"谴黜同所安，风土任所适"，毫不以斥逐为意。

芙蓉楼在城西北隅的冈阜上，高临沅水。一带江流闪着澄碧的波影依崖而过。几只细瘦的乌篷船静泊在滩头。有一些隔水呼渡的人。花树繁茂，让我这幽燕之客也要为橙黄橘绿、芷白兰香的三楚之地赞叹。伴楼之筑，我喜欢江矶上的送客亭和丘峦上的望江亭，眺景的意味都是一样的。就想到王昌龄。潇湘冷月、寒夜清猿，赋别愁，洲渚烟景总会浸着南浦伤情吧。昔日情境，在园门之额可赏，其上彩塑王昌龄楚山送客图。构画者黎氏，恰是那位龙知县的母亲。这一家人，值得记住。

进到楼园，不大，非常幽静。到处是花木。王昌龄《龙标野宴》曰"沅溪晚夏足凉风，春酒相携就竹丛"，应该是写实。芙蓉楼像是新漆过，双层，翘檐，四面有窗，不甚崇宏却颇精整。我想临其顶，领受"君行矣，我惟乘月登楼以望帆樯之逝耳"的高致，却未见踏阶。只好默看堂中的王昌龄绘像，品几首他的宦楚诗。像旁附黄山谷自作小像并赞。将唐宋诗人做联璧，什么道理呢？随意思之可也。

楼前半月亭为一汪池水映着，王昌龄坐卧而抚琴吟诗，甚有"林下风气"。他素以清骨闲情自矜，亭下的吟唱轻萦于浓芳疏香中，亭楼当飘长洲茂苑之思。昌龄亦擅咏宫词、闺怨一类，"芙蓉不及美人妆，水殿风来珠翠香""闺中少妇不知愁，春日凝妆上翠楼"诸句，吟诵或作笺注，颇涉遐想。

沈从文到过芙蓉楼。竹林间的玉壶亭悬联："风动铃声穿楼去，月移塔影过江来。"沈先生题的。冰壶之德，是纯正的君子风。前代诗评家释曰："说我宦情已薄，如一片冰心贮之玉壶，淡然无所挂碍。"施蛰存不这样看："我以为全都错了。王昌龄不是一个'不牵于宦情'的人。"他是请辛渐代答洛阳友人，自己做官，一定廉洁清正，守冰壶之戒。谁更近于昌龄本心呢？我想了想，笔不得下。

观楼兴慨，能履先贤旧迹，足够了。前人谓："固不必睹遗址故物而同为惓惓也。"语藏冷暖。

遂古之初，谁传道之
——桃花江和《天问》

桃江县的人，张口爱唱：

> 我听得人家说，
>
> 桃花江是美人窝。
>
> 桃花千万朵，
>
> 比不上美人多。
>
> 果然不错！
>
> 我每天都到那桃花林里头坐，
>
> 来来往往的我都见过。

唱得久了，几成老调。写这支歌的是黎锦晖先生。有些人说唱词无聊。我听来觉得颇有风味，如闻谣谚。入湘，也就很想到桃江去。

桃花江这名字起得好！让人想到诗。杜甫曰："江上人家桃树枝，春寒细雨入疏篱。"我来时，已临暮春，天热了，杜诗所

桃花江

吟之景不复领略，想想，也够美的。桃花江大概很瘦了，县里的同志带我们去看资水。

早稻刚插下去，田里全是绿的。车子开到一个地方，站在路边，朝远处望，有一座静耸的山，浅浅的碧痕柔缓地起伏，颇似一尊俏美的少女雕像。湘籍作家叶梦的散文《羞女山》，写的就是它。

临资水，滩流粼粼，泊着几只细长的木船，有野渡舟横之趣。羞女山"朝天无语卧江皋"，翠影倒映在水光里，很柔静。山不高，密生矮树，犹以葱茏胜危峻。叫来船，绕行水上。波流，云影，竹林，闲走的水牛，舞翅的沙鸥，洗衣妇飘在岸边的笑声，船工呼渡的粗重嗓音……我的印象里，资水滩头应该有裸脊的纤夫，却不见他们的躯影。陆放翁曰："舟行十里画屏上，身在西山红雨中。"可惜绯艳的桃花和鲜丽的杜鹃恰已开过，绿波之上是连几瓣落红也难漂浮了。飘闪在江面的白光像一层透明的淡雾，依恋着悠悠荡远的清漪。我的目光轻载着缕缕思绪随它缓缓地去。

羞女山下有一座小镇，修山镇。为什么要躲开"羞"字呢？都说美人窝的"窝心"就在这里。麻石街上有一些楼屋，门檐下和木窗前坐着午歇的老少。在一个铁匠铺，两个赤膊的壮汉举锤敲打锄头，炉中红着一团火。美人的影子呢？回到船上，江水又柔柔地响在舷边了，恍如遥赏古楚《涉江》《采菱》的曲调。叶梦对我说过，资水是很秀气的。到了秋天，水势一盛，还会是这个样子吗？上了岸，回望羞女山，落在水中的峰影依然是静碧

屈原像

的。真是绿波映婵娟呀！古人以益阳近郊一带资水为桃花江，我愿从其俗，离去就可以无憾，心也似被桃花之水浸湿。

桃江是竹乡，到处长着修茂的楠竹，随风，舞如云浪。坐入一户农家。门前是一塘清亮的水，屋后是一山翠色的竹。耳边有轻轻的蝉鸣和低低的雀噪。吃着味鲜的鱼虾，喝下桃花江擂茶，无妨闲话桑麻了。农人笑而历叙鸿古之事，说楚狂接舆就在这一带深翠的竹林里栖隐。这是我未尝听闻的。后来读到《桃江县志》上的一段记载，知道佯狂的陆通"居修山之柳溪"。山水途中入胜游，十里柳溪，当是楚南览景的佳处。

怀古兼可咏史的，是资水之滨的天问台。被放黜的屈原，仰对苍天，思接遂古，连发一百七十余问。奇文《天问》，被认定是在这里产生的。清人编修的《益阳县志》云："相传屈原作《天问》于益阳之桃花江，……不为无据。"临江的凤凰山上，屈子问天的旧阁久圮，唯余刻在峭壁上的榜书"天问台"，算是一点可寻的残迹。稍南，依崖造起一座名为"跃龙"的七级浮屠。由这屹然的塔影，如能遥见屈子临风的瘦骨，裂空的闪电划过低布的阴霾，映亮他飘飘的襟袖、腰佩的长剑。寥廓楚天荡响壮士的浩歌。

一山香樟飞散朗朗清气。屈原脚踏大地，向天问难。劈头道："遂古之初，谁传道之？上下未形，何由考之？冥昭瞢暗，谁能极之？冯翼惟象，何以识之？"激势骤起，尽显豪荡之气。而其收结，还归到本心上去："薄暮雷电，归何忧？厥严不奉，帝何求？伏匿穴处，爰何云？荆勋作师，夫何长？悟过改更，我又何言？"逐客的孤愤，两千多年后犹萦回在清清水浪间。楚臣遗恨，湘魂谁怜？访至此处的我，也只能抚石而叹了。石，是水湄的数块巨礁，暗红色，留几个漫漶的字，似篆。传为屈子钓鱼台。唉，远不及严子陵钓台高。取势这样矮，临长流，抛丝入水，自损风概。望江洲，我倒很想"扈江离与辟芷兮，纫秋兰以为佩"，可说步趋三闾大夫行吟的芳躅吧！

洞在两崖相廞间

——三游洞和《三游洞序》

三峡多胜迹。西口的夔门关旁有座白帝城，东口的南津关侧有个三游洞。

三游洞的名气不小，是因为唐宋时代的几位大文学家来这里游过。白居易和弟弟白行简邀着挚友元稹先来游此洞。文人耐不住寂寞，白居易写了篇《三游洞序》，刻在岩壁上，有句曰："又以吾三人始游，故目为'三游洞'。洞在峡州上二十里北峰下，两崖相廞间。欲将来好事者知，故备书其事。"这样一来，任千百春秋也不会磨灭掉。三游洞的名字就这么得来了。苏洵带其子苏轼、苏辙也到这里游过，仗着诗才，使这个极普通的洞声名日渐响亮。悠悠日月，来此访胜的人绝不会少，随意将目光一扫，都会看到岩壁上的题刻，细读，尽是有味道的好诗句。"故风雅之道，粲然可观"是也。像苏洵的"洞中苍石流成乳，山下寒溪冷欲冰。天寒二子苦求之，我欲居之亦不能"，很能够想见这些寒酸文人的窘况。

三游洞

　　以我去过桂林芦笛岩的经验看，三游洞并不如何宽展，略近堂庑，光线也颇幽暗。洞里立着多尊石像，是白氏兄弟，还是苏家父子？睹而思远，历史感既浓，韵致也是不淡的。洞外有个"陆游井"，覆之以亭。想必陆游也是到过这里的。文人总爱相互追寻着踪迹。洞壁碑石上的那些姓名，多在文学史上见过，也就无可怪。"元白"和"三苏"皆已口碑载道，对欧阳修、黄庭坚、陆游、杨慎的名字，也不会感到陌生。如果不是他们来游过，三游洞的名声怕没这样大。此番道理，先人不难明白。

　　昔年，有位叫张联桂的广西巡抚身临三游洞，为它的名气超过桂林风景而抱怨。洞口壁上便有题刻："我昔分符驻桂林，七星叠彩俱登临。玲珑峭拔斗奇幻，较之此洞尤宏深。惜哉名贤足未到，致令胜境鲜知音。山川显晦亦有幸，风云离合原无心。仰看红日忽西坠，行厨进酒开烦襟。"其实，这位张巡抚不必忧虑，好景终有游人醉，把一点牢骚永世刻在坚硬的石壁上，让后人读了，难免觉得他胸中太无丘壑。

湘鄂篇

三游洞题刻

我在洞中流连未久,就沿着湿滑山路走。山壁皆为绿色苔藓遮覆,掩去了劲峭的纹理。三游洞公园很有一番巧思,让花的色彩来晕染这千年古洞。石径畔,浅黄的菊花、粉红的玫瑰、艳丽的月季、宁静的紫罗兰,还有一片开着淡紫繁花的泡桐树,极灿烂。

彩花拥着一座亭子,名曰"至喜亭"。为什么取这个名字?是表达出峡之人面对平阔原野时那种喜极的情怀吧!顺旋梯步亭上,我感到这依南津关北岸而建的至喜亭,真有一种气吞长江的气势。江水流出西陵峡口,朝葛洲坝涌去,还有一条极澄碧的小溪潺潺淌入深邃山中。人们称这溪为下牢溪,是可以放棹优游,且来一番浅酌轻歌的。我只感觉心已在风光中醉去。"不有佳咏,何伸雅怀",表露了李白的风流。后世骚客也抱这般情致。亭上多镌前人之诗。"上牢下牢水声急，巴峡月峡山势长。一线江流去莽莽，海天云雾接茫茫。"作此绝句的明人雷思霈，一定是江峡极眺，"采得自然好作诗"吧！而清人林有彬的吟诵就见出几分深沉了："莫嗟蜀道难，到此已堪喜。劝君慎风波，前路亦如此。"已明显含有《渭城曲》的意绪。南津关前送友，竟然也浮起咸阳桥头折柳赠别、把盏相慰的古情了。那位唐代的王维可否料到，一曲"西出阳关"的古调，竟唱醉了代代年年的离人游子。大凡送别，最看重的都是饱暖。林有彬似乎深感于世事的艰辛和那么多的不容易，独立荒亭，空对晚风，嘱友谨慎入楚江。而我则更喜欢元人姚燧的"人海阔，无日不风波"。前程千万里，纵使荆棘满途又何妨？只遗憾至喜亭头忽略了这类的好句子。

临江有一巨大石台，塑着一尊黑色石像——却是燕人张翼德。黑将军环眼圆睁，左手按剑柄，右手执槌，襟带飘拂，身前是一面大鼓，这就是有名的"张飞擂鼓台"。不用说，这位蜀汉车骑将军是在关口负过守卫之责的。张飞的一脸怒恨神色同大江东去的气势颇相谐，荡起一股主宰山河的豪气。比起萦绕在白帝城头"托孤"的昏氛，天愁地惨不再，只感到昂奋。塑这像的人，是把心中的理想融进去了。如此浩荡的大江，应当挺耸这般威武傲然的形象。

天下石洞本无数，那些文人高士为何偏来这傍江的三游洞？他们是来寻找的，寻找一种品格，一种魂魄。这品格永蕴于高山，山必常绿；这魂魄久含于大江，江必不竭。

三游洞，珍藏的是长江的风骨。

天下大险，至此平夷

——西陵峡和《峡州至喜亭记》

到宜昌的人，临着下牢溪的三游洞必得一看，将满壁的摩崖吟味一番后，脚下再紧点儿，绕至山后，差不多是三游洞顶的位置，会瞧见一座重檐的高大亭子。柱身粗圆，尖长的翼角飞翘，形若鲲鹏向西陵峡外寥廓的江天振翅。亭前花木，栽植颇茂，透过枝丫把目光朝漆板金书的亭额凝定，"至喜亭"三字又让一种气韵添在心头，更跟那清歌似的江声配到一处，愈觉这西陵峡口风光有味。

亭中一碑，刻了细密的字，是欧阳修的那篇《峡州至喜亭记》。峡州，原先写成"硖州"，北宋元丰年间，换了同音字，改"硖"为"峡"。峡州的治所在夷陵。"夷陵"这个名字很老了，到今天也未废，宜昌仍设夷陵区。

宋景祐三年（1036），欧阳修因替范仲淹直言，得罪宰相吕夷简，落职为硖州夷陵县令。硖州太守叫朱庆基，建了一个亭子，供过往船家休憩。朱太守仰慕欧阳县令的文名，请他写了这篇《记》。一个地方官，做了有功德的事，属文以志，为自己留下身后嘉名的心思大概是有的。

长江之水太急了，欧阳修的字句，其调促速："倾折回直，捍怒斗激，束之为湍，触之为旋。顺流之舟顷刻数百里，不及顾视，一失毫厘与崖石遇，则糜溃漂没不见踪迹。"过了这一段险途，"江出峡始漫为平流。故舟人至此者，必沥酒再拜相贺，以为更生"，复杂心境，全在酒里了。我自小出入风涛，深知此种体验是拿性命换来的。

在这样的地方筑亭，自有寄托："作至喜亭于江津，以为舟者之停留也。且志夫天下之大险，至此而始平夷，以为行人之喜幸。"这段话，把亭子的得名讲清楚了。那些履险克难而来的船夫，登岸入亭，喘口气，困乏稍解，顿感松快，心里也极踏实。这座江亭的实用功能聊博欢心，在弄船击浪者看来，这固然是一喜，且为大喜。

造亭的朱庆基，其实也不算什么显达人物，却有恤民的热情，殊可钦敬。况且夷陵远处僻壤，廪俸皆薄，即便施了善政，在除授官职上，亦难凭此进阶。虽如此，"朱公能不以陋而安之，其心又喜夫人之去忧患而就乐易，《诗》所谓'恺悌君子'者矣"。看到百姓避开忧患而过上快乐日子，朱庆基是高兴的，此又为一喜。

亭子本是船夫歇脚处，欧阳修却悟出了事理。立在江畔的它，很像一座碑，成为清正人格的象征。过此之客，会从江面、滩头投来感念的目光。肯为之撰记，表明欧阳修对朱庆基的为

至喜亭

官之德，心以为然。

载道文章，总要含些意义。这篇《记》，写出了船夫之喜、官员之喜。到了宋庆历五年（1045）八月，欧阳修因参与新政，被贬为滁州太守。他得闲而著《醉翁亭记》，此篇的末段云："树林阴翳，鸣声上下，游人去而禽鸟乐也。然而禽鸟知山林之乐，而不知人之乐；人知从太守游而乐，而不知太守之乐其乐也。醉能同其乐，醒能述以文者，太守也。"欧阳修宦途多舛，只看这两篇《记》的文意，一个落在"喜"字上，一个落在"乐"字上，胸襟都是开豁的，情绪亦极条畅。跟他同朝任吏职的范仲淹，作过《岳阳楼记》，寄怀虽涉忧乐，着眼处却多在那"忧"的一面。

楼亭之文，笔意深长，各有滋味。

欧阳修早孤，其母"以荻画地，教以作字"。稍长，诵读韩愈书，师仰其大含细入、渊博深厚的风致，自为一家之文，乃蔚成"苍坚雄遒"气象。钱基博以为"韩愈风力高骞，修则风神骀荡；然备尽众体，变化开合，因物命意，各极其工，而不可以一格拘，此所以不可及也"。欧阳修作论说之文，能"因事抒议，而工于辨析，条达疏畅，理惬情餍，不同愈之盛气强辩"；他作记游之文，能"悲愉如量，因事抒感，神韵欲流，最旷而逸"。只看《峡州至喜亭记》，大可见出笔法变化的巧妙。以亭入文，纵谈人世道理，词旨剀切，亦不乏对挚伴的友情，真是"因物命意，各极其工"。欧阳修给了木石之筑一个精神的宇宙。

亭架旋梯，我上去，左右一看，远峰近峦，一派浓碧，倒

至喜亭前，南津关

把江身衬得愈黄了。东望，荆襄之野奔来眼底，气势甚大，甚壮，足称楚天形胜。出了西陵峡，"江随平野阔"，神意倏忽就畅朗了。无论朝暮，也无论晴雨，江面总是烟霭飘浮。出峡的轮船拉响一声笛，低沉，悠长，带着欢悦。人全跑到甲板上，从那里望过来，还要起劲地挥手，一时心绪也是"喜"的。泻得那么凶的江水，出了这个峡口，收敛性情，服帖地漫为静流，水态缓而山势平，"水至此而夷，山至此而陵"是也。宜昌为何得了"夷陵"的古名，一查字义，谁都不难明白。

欧阳修还作过一篇《至喜堂记》，笔趣相类。"地僻而贫，故夷陵为下县，而峡为小州"，物力维艰自然可想。虽如此，朱庆基的情怀却是不减的，弘济苍生的宿志使他定要有所作为。冠上"喜"字的亭与堂，俱有兴造，又经欧阳修这么一写，更显声名，世人当另眼相待了。

诵明月之诗，歌窈窕之章

——东坡赤壁和《赤壁赋》

我游黄州赤壁，意不在破曹的周公瑾，而在豪咏词赋的苏东坡。

近千年，这一处风光殆为坡仙独享。

渡船行过的江面，可借一句"楚水清若空，遥将碧海通"的唐诗摹状。凌波不多时，即在北岸的黄冈渡口下船。沿江堤向西北直驶数里，越古汉川门就可以到了。

山实则不高，土石皆闪红褐色，不废"赤壁"之名。石矶适被澄碧的长江映着，自与他处的不同。苏词"江山如画"四字下得准。西晋至唐，代有建筑。"利用山水画为粉本，参以诗词的情调"来构景，花树映楼，波流衬亭，以气象而言，宛似建在山上的园林。宋之后，楼台之名又多附丽东坡艺文，而同三国战事渐远。

苏轼谓"黄州风物可乐，供家之物亦易致。所居江上，俯临断岸；几席之下，风涛掀天"，道出平素生活的情状。山水

东坡赤壁

润心，乌台诗案的郁抑或许早为江上清风吹远。垦坡田，筑雪堂，与渔樵杂处，毓成他传世的诗文。我望掩于山木中的酹江亭、坡仙亭、问鹤亭，想到临皋馆、雪堂旧迹，一山亭阁仿佛尽由东坡诗意化出。而陈季常之岐亭、张梦得之快哉亭乃至月下的承天寺、闻客弹雷氏琴的定惠院，犹留有坡仙散逸的影子。他或是"醉卧小板阁上"，或是"遂置酒竹阴下"，半仙半隐的疏放态度全无冠盖气而愈近陶渊明。身虽遭贬，心却不为所伤，不显朽貌悴容。他在当日的心境是"若有思而无所思"，确乎近于道家。我看黄州一带风景，也最宜于东坡的优游。《书秦太虚题名记》是他的一篇很有名的小品，其句"所居去江无十步，独与儿子迈棹小舟至赤壁。西望武昌山谷，乔木苍然，云涛际天，因录以寄参寥"，可同前后《赤壁赋》互相参看。

临酹江亭下望，江流徐缓，不见昔年惊涛裂岸气势。流形无常是也。黄州人呼其为矶窝湖，淡磨明镜，是据实而言的。七月既望，苏轼与客泛舟游于赤壁之下，"举酒属客，诵明月之诗，歌窈窕之章"，水面应该也是这样平静的。到了十月之望，携酒与鱼，复游赤壁，则江流有声，风起水涌，冬之长江始显出冷峭颜色。忆想秋之江景，可谓"曾日月之几何，而江山不可复识矣"。然则仍无力同"卷起千堆雪"的壮景比较。《赤壁赋》与"大江东去"之词，境界异也。亦酒亦梦的散体赋寄意风月，仙气尽足而激越声调不闻；《念奴娇》却实在是借题发挥，忧退思进的用心皆在这上面。怀古之词多可恣情肆志，以纵横之笔抒高旷之气，不必过实。

黄州的梅竹，向来是美冠鄂东的，恰好又可以借过来譬清高的东坡。他的雅处，下视百代少人能及，而可体味居士字句真滋味者，为数亦不会很多。坡仙亭存他的手迹石刻，有"作个闲人，对一张琴、一壶酒、一溪云"之句，便是仙翁的自画像又能过此吗？旁附"东坡老梅"刻绘，枯瘦之姿不似当年，"多情好与风流伴"的光景也只可在含愁的残梦中追忆，而劲健的虬枝依然是东坡的风骨。再看睡仙亭中那张苏轼曾卧的石床，枕涛入梦的闲逸，使我想到富春江边的严陵濑。临江设钓的趣味未必不及月波中的绕壁之游吧。

东坡能书。清人《景苏园帖》石刻嵌于碑阁内，以《黄州寒食帖》最为有名。起首一句"自我来黄州，已过三寒食"，我仍记得。去岁入蜀，过眉山，在三苏祠观碑，虽斯人已邈而仿佛见之。来黄州兼思及旧游的惠州、儋州,都有坡仙的履迹在,就感到亲切,宋之烟云也似飘浮于眉睫之前。

默吟着苏轼的辞章,登栖霞之楼,观二赋之堂,处处可感的是不灭的文墨气。"不是当年两篇赋,为何赤壁在黄州",是清人的慨叹。无须考质赤壁鏖战的所在,一支凌云健笔可抵得周郎十万兵。

我入挹爽楼尝了东坡饼,此道吃食很像油炸的馓子。透过雕窗望赤崖下的江水,始知杜牧"两竿落日溪桥上,半缕轻烟柳影中"的诗境之美。东坡居此四载,远庙堂而近江湖,虽于世事未能忘情,到底是遥隔一层了。

先于苏轼被贬来黄州者为王禹偁,他的《黄冈竹楼记》为我所久诵。居楼中,"宜鼓琴,琴调虚畅;宜咏诗,诗韵清绝;宜围棋,子声丁丁然;宜投壶,矢声铮铮然",陶然而忘机;而"公退之暇,被鹤氅衣,戴华阳巾,手执《周易》一卷,焚香默坐,消遣世虑。江山之外,第见风帆沙鸟、烟云竹树而已。待其酒力醒,茶烟歇,送夕阳,迎素月,亦谪居之胜概也",又断非人间意耳。此乐为八十年后的东坡所效。王氏竹楼今废,伫立赤壁山放眼东南,一片绿筠中为月波楼影。

游东坡赤壁,直似重温一遍他那些豪纵的词赋。长安道上的失意,反使世间多得一位雕龙的文宗。赤矶上的楼台为之不空。略事盘桓而从容行过,如见放旷的坡仙高巾野服,吟风,咏月,留下千年醉笑。

唯见长江天际流

——黄鹤楼和《黄鹤楼送孟浩然之广陵》

在京广线上旅行，黄河、长江岸边沃衍的泽野是我望不够的风景。尤其每近武汉，蛇山上的黄鹤楼翼然而起，在车窗前一闪，目光便被它牵去，只因楼身上下曾有过我的游迹。登陟而见江山之美，也算把此楼的胜概领受尽了。

古人造楼，巧借山水，占去多少风光！形胜堪赏爱，楼的格局已无人计较。黄鹤楼是高大的，足可抑住蛇山气象。江面至此忽然开阔，气吞楚天的水势似在楼前知趣地收束，平缓流去。和它比较，岳阳楼、滕王阁体段自小，虽则在江南之地并负盛名。

在体大势雄的建筑面前，我感觉不到自己的存在。登过江楼的多半，游情还只浮在几首咏它的旧诗上面，印于心的，只剩了崇宏的影子，和在普通画片上看来的毫不相差，里面的细部却连一点记忆也无。我这样的访客真是枉对千载的名楼。

黄鹤矶头空余楼，纵目古鄂旧地，感慨皆为楚骚道尽。在

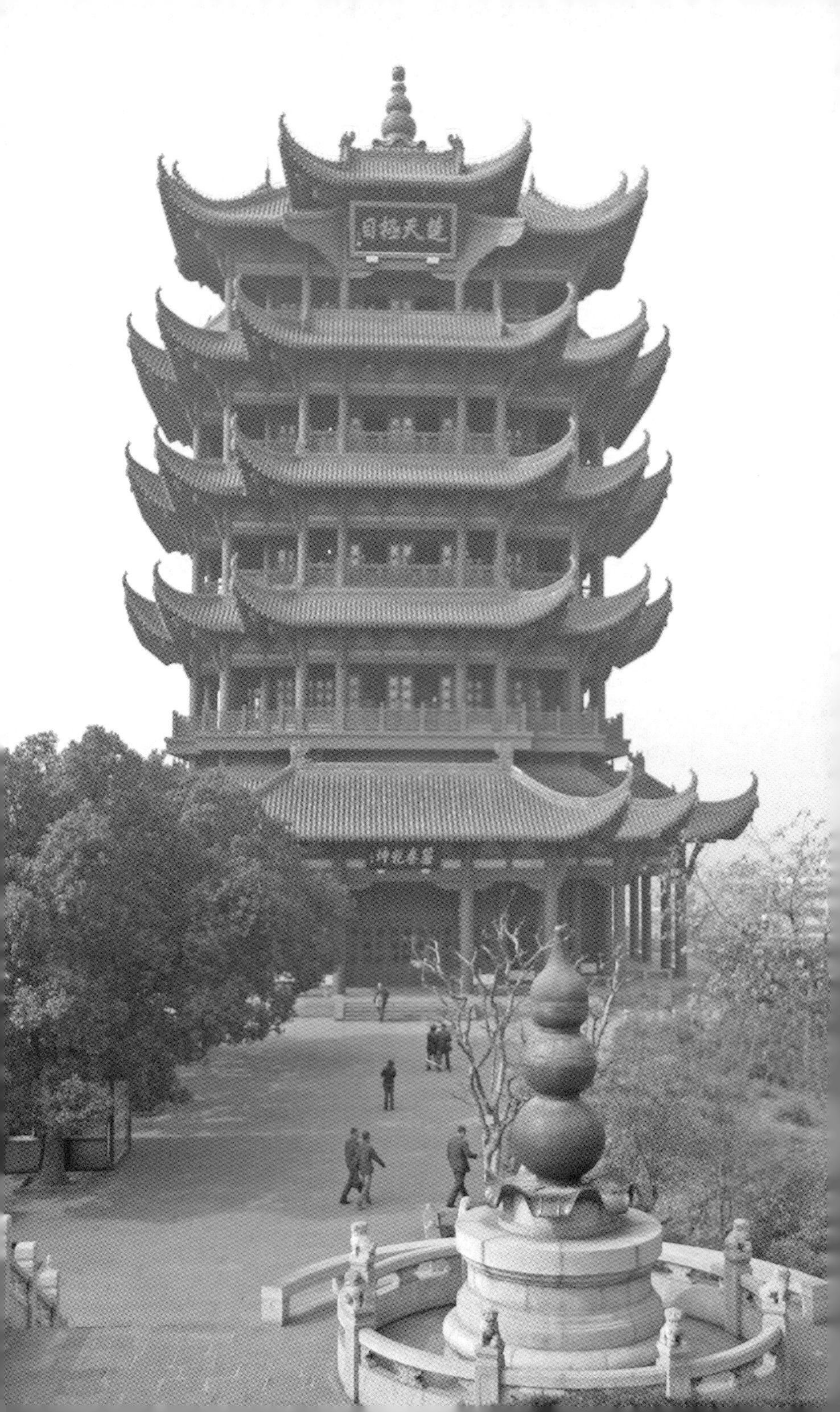
楚天極目

这落日楼头，又恰宜曼咏题满楼身的长联短对。南北之人过此，若听得吴弦楚调潇湘弄自白云深处悠悠飘响，"自教绕梁歌郢雪"，似要身御一江清风遥寻鹤梦了。

题咏来为楼阁添妆，是中国建筑独有的美处。若失去楹帖的映衬，这千古的江楼怕会"斜阳孤影叹伶仃"了吧，消损的恰是它的风神。

关于这座峻伟的名楼，翻阅神仙之传、述异之志，可以查出好几宗传说。乘鹤过此的王子安，驾鹤返憩楼头的费文伟，临楼飞升的吕洞宾，颇撩历代游者遐想。刻联以记，传续的是久远的文化信息。倚栏赏读，生不逢昔的我，是在同古代文明对话。

在我旧游的经历中，存有对费文伟的印象。在川北的昭化古城，看过他的墓。这位睡在泉下的蜀汉大将军，早就飘飘登仙。"涉清霄而升遐兮"，以明远的碧空作栖神之域，也算寻到灵魂的归托。

因有仙迹，黄鹤楼才显得异常宏丽，岿然山巅也。遍数沿江低昂的楼阁，此筑最雄。迎面一望，和浮耸在云烟里的宫阙有何两样？这梦里的楼台！隔江的晴川阁，虽也飞甍昂宇，在黄鹤楼前又怎称巨观？暂把鹦鹉洲中祢衡的恨赋和这楼上崔颢的愁诗相论吧。此种感觉又连向华夏民族的文化记忆。

进了轩敞的厅堂，转过几折宽平的木梯，更走过多扇雕镂的花窗，上到足供远眺的高台。长天一览，荆吴闲美的风物凭栏可赏；况且天边飘着几朵淡白的薄云，雾气又湿湿地浮在江面，同跨鹤巡天的逍遥差可近似。绘于堂中的群鹤，不傍池，不依岸，"八风舞遥翩，九野弄清音"，羽翼一振，志在万里江天。翘耸的层檐，是飞鹤翔起的翅膀啊！凭借如此理念支撑的木石之筑，可以读出音韵，可以品出风致，可以寄意，可以言志，声情自得，便是受着岁月的磨洗，也不坍为废墟。我是在登览诗歌的殿堂了。此番话，像是站在楼前喋喋发出的哲语吗？读过李白的《黄鹤楼送孟浩然之广陵》，这楼就如灞桥，如南浦，都是惜别之意了。黄鹤楼的意蕴要在微雨的清晨和日落的黄昏才体味得深。年纪尚轻的李白，凝视春江中渐远的飞帆，动了离情；船上的孟浩然，回望云水间的江楼，亦如看见依依不去的李白。"孤帆远影碧空尽，唯见长江天际流"，留在诗史上的平仄，让我寻至时光之河的上游，望定那些远去的身影。

中国的楼阁，大约是专意于登眺的，又时时装点着风景，并且连它们自身也成了风景的一部分，若说还有其他的实用功能，我却想不出。危楼高阁、舞榭歌台将新奇的视角、颖异的感觉给了李白、崔颢这样的诗人，让他们寻到一番未曾领略的天地，更把激发的浪漫才情置入艺术灵境中。照此看，山隈水湄间筑起的木石之身，实在有着形而上的意味。能够体悟和运用它们的妙处，乃是一种文化自觉。此中滋味似乎尤为中国的旧式才子所独享。

在历史编年里永世传存的，是黄鹤楼不朽的生命。看过它的人，精神直朝云端飞升。

皖赣篇

淮王昔日此登仙
——八公山和《淮南子》

淮南人出口成章。《淮南子》成语上百条，掺在话里，听着雅。

《淮南子》说理、论学、述古、释典，多训谕之气。我钻不透它，想在这里来几句，有心而无力。不能求得和淮南王刘安精神的相遇，那就知难而退，写我够得着的。

今人厚待刘安，把破旧的祠庙修成了崇宏的淮南王宫，八公山王气犹存。我入山一看，青瓦红柱从蔚秀的林木深处露出古拙的影子，汉家气象。

据说纂辑《淮南子》的原是刘安招来的一班好道术的人，"江淮间轻薄士"指的应是他们。"人说淮南有小山，淮王昔日此登仙。城中鸡犬皆飞去，山上坛场今宛然。"此诗题为《小山歌》，是唐时"沉迹下僚，后退居颍水之滨"的万楚所作。诗里的"淮南小山"，即是刘安罗致幕下的一群门客。这些人，一旦出于幽谷，迁于乔木，便能各竭才智，著作篇章。诸公在壁

白塔寺

画上留着形貌,峨冠博带,长衣风里飘,还仿佛听见曼声朗吟。栖隐岩壑,面目皆染一片红润,觉得延年的仙人照例可以驻颜,不必如赤松子、广成子那样枯槁得近于一截古木。

宫后筑升仙台,本自《太平广记》载述的故事。来游之人,不妨从这里面看出一点小说性。从我的经验出发,不死而能白日飞升,在天国延长现世的幸福至于无穷,这意思尽够荒唐。编造这样的故事还并不怎样难,不过画出心中的虚象罢了,信受也各依人愿,无从奉行却是一定的。苦心修炼,寄人生之望于心造的幻景,竟至理想化,质虽不实,也只好如此一般了。

升仙是梦,临山放眺不难。乱峰那边,将逝夕光散射如一抹胭脂,又宛似轻蘸朱墨的画笔在低昂的山脊线上灵妙地一描。白塔寺送出的声声晚钟似含幽眇禅意,孙家花园的鸟啭蝉噪也仿佛意趣不浅，我像是默诵一则韵味清淡的小品，心神不飞动，反而安静了。闲览篱前之山，就想到陶诗。靖节虽尊孔教的端严，亦爱庄周的旷放，妙化儒与道在诗人性情中。我读到《饮酒》一诗，亦能感味他深怀的孤独。晋人诗歌，以靖节先生田园吟唱最不可及，他的诗句里有别人所没有的悠然，被理想点燃的灵魂超越实际环境，创造和畅清新的意象给人领受，消解着凝滞沉闷的空气，且把自身的风度坦诚地表现给世界。诗境转向实境，我虽不能结庐烟霭云岫之间而细数晨昏，聊做山林之梦，比起幻想着把自己的身子放在一朵云上，御风朝天边飞，总也相差不多吧。隐处山泽，获得内心清净，精神终究还是遁世的，功名之士较难合流。求仙者的所谓悟，耽于玄默之境，却更类乎道。闭目冥想，痴得若望一天的云，一夜的星，却稍近古人心者也。

八公山上，秦晋战迹全消。勇锐之师的杀伐，制造死亡，血沃野岭，滋蔓的草木一派生的蓬勃。空气里飘着秋桂的芳馨，说是"人与花心各自香"似还不够，晚风吹过，满山香。

刘安墓在八公山之南林麓间，淝水流其前。照"仰述千载之前，记殊俗之表，缀片言于残阙，访行事于故老"的《搜神记》所录《淮南八公》看，这位淮南王，半人半仙。游宫，所得是仙的一面；吊墓，所得是人的一面，虽则不敢断定土馒头下是骸骨还是衣冠。从人的一面出发，知识界从《淮南子》中看到他在文化史上留下的痕迹；饮食男女从"豆腐始祖"的冠冕看到他给口腹带来的好处。刘安好像没有从人们生活中离开。

知堂曾说："豆腐这东西实在是很好吃的。"这也合乎我的想

"豆腐始祖"刘安塑像

法。淮南出大豆，说起这种物产对于"豆腐之乡"的要紧，在初至这里时，我朝淮河两岸平展的田间一望便已留心到了。豆子长熟，农人忙着割下来，摊在秋阳照着的路上晒。我们在北方乡下住得久的人，总不觉得生疏。此番秋收光景我看得最多的莫过于兴凯湖一带，大田的豆垄那叫一个长，怕累的人握着镰刀叹气毫不足怪。磨豆、煮浆、点卤的手艺，在我也是早就学成的。寒峭的北风里，围炉于湖畔小屋，用清汤炖着自己做出的豆腐，滋味总是复杂的，年纪虽轻，对于人生似乎比现在还要看得深。如今青春已逝，老境来了，感情的闸只闪了一道缝，泥土里度日的生活便梦也似的回到心间。岂非当年混在无数少年中离家插队的我又年轻了吗？眼下我是在淮河田边走路，觉得农事风景可以入画，且作感咏。

力拔山兮气盖世

——霸王祠和《垓下歌》

乌江渡头的水面颇为浩渺，萧萧碧树于皖东的江天随风摇枝。望江亭下，田畴覆绿，接向一片临波的芦荻。

我小时看过一套连环画《西汉演义》，上面所绘的项羽，是一个披甲按剑、腮边生须的猛士。瞋目而视，重瞳子却是不好画出来的。似乎唯具此等面目，才可鞭虎驱龙，演出巨鹿破秦、彭城击汉的壮剧。司马迁记史的好笔致用在《项羽本纪》上，则添些故事的趣味。这也并无可怪。知堂老人云："就是正史也原是编辑而成，里边所用的野史材料很不少，这在古时也本是小说类的东西，与演义说部虽是时代早晚不同，差不多是一类的，论到可信的程度实在是相去不远。"历史同文学既可交融，项王于垓下悲歌虞兮，帐中美人和之；继率八百甲胄溃围南出，驰走乌江浦，羞随亭长过江东，抛颅赠予吕马童，犹能牵惹今人感情。阴陵道上遍生虞姬草，插于鬓上，似又遥听罢舞美人幽怨的低诉。吕思勉曰："楚汉间事，多出传言，颇

霸王祠

类平话，诚不可信。"我无心在信与疑之间徘徊，亦不计较叙史述事是否失实。临古迹，唯愿发一缕怀人的幽情。

霸王祠在一座丘阜上，门阶两侧全是树。院子颇敞阔，也很清静。正殿和厢屋里都塑着霸王像，"巍巍庙貌峙江滨"。《史记》上说，项羽吴中初起时，年二十四，败走东城，叹曰"吾起兵至今八岁矣"。霸王只活到三十出头，给人的印象却是老如廉颇了。徐州户部山戏马台上也耸着一尊霸王像，眉宇间是深含一股英雄气的。"自立为西楚霸王，王九郡，都彭城"，那是他平生最得意的时候。

墓道幽暗，拐一个弯，通至项王坟前。这应当是一座衣冠冢。因为《史记》载，汉高祖以鲁公礼葬项王于谷城。这大概是不谬的。坟上细草在阳光下泛绿。风霾中，碑表芜灭、丘树荒毁的景况已在往日。血肉之躯硬化为石筑的枯冢，后人却享祀不忒，似乎已将他新安坑秦卒、咸阳炬阿房的暴虐淡忘。楚汉争衡，刘邦终为天下宰，沛县的歌风台峨壁雄脊，霸王祠无法与之比高。垓下之叹同大风之歌，一寄将死的忧情，一抒激厉的壮志，一显过人的勇力，一表超凡的心智，都是足可传世的古调。吟味，想到两千年前争帝图王的烽烟，真是二十四史无从说起。乌江渡口仍如旧吧，昔年亭长即在此舣船待项羽。鹿死不择音，假定命厄的霸王引骓渡江而东，重张旗鼓，再起兵戈，天下大势亦很难测定。少学万人敌的八尺将军，心既死，也只好悲饮天亡战罪的余恨，命殒青锋了。冀图的霸业，转瞬成空。刘邦则不。固陵一战，楚破汉军，"汉王复入壁，深堑而自守"，几陷绝境。得脱，反聚诸侯兵围楚军于垓下。刘邦之所以称帝，项羽之所以败亡，天心乎？人命乎？我看着项王孤冢，无语。"滔滔逝水流今古，汉楚兴亡两丘土。"江东子弟过此，会在一片江声中虔心祭酹吧。

秦失其鹿，天下共逐之。英雄乘势，或起于垄亩，或起于草莽，皆来一争至上的帝位。中国历代封建王朝的更替，无一不以最原始、最血腥的形式完成；而个人的得志与失路，尽凭成败来定。在一般人看来，生为楚将的项羽，仍可算是一个末路的好汉，又因了虞歌与骓啸而平添几分凄楚美。

"力拔山兮气盖世，时不利兮骓不逝。骓不逝兮可奈何，虞兮虞兮奈若何！"此首《垓下歌》，实为绝命词。惯于拼死力战的楚霸王，也能对随侍于营帐的虞姬咏出泣泪之诗，执手凝噎，悲恨无尽。闪熠血光的楚汉战史，为之浪漫。朱熹说这四句诗"慷慨激烈，有千载不平之余愤"，体味得深，语尤惬当。

"拔山力尽乌江水，今古悠悠空浪花。"唐人《垓下怀古》一诗，调子悲凉。项王逝矣，永诀隔岸的故友。莫非去伴帐中的香魂？惆怅对西风，一声声哀怨的楚歌从远古隐隐飘近我的耳边。嘶风的神骓还在系念旧主吗？荒原之上，那离离的美人草，尽是青血所化啊！

覆满血痕的历史，一经汤汤逝水的洗濯，也便成了梦里的诗。

谈笑有鸿儒

——陋室和《陋室铭》

古来写居所的文字,让我不忘者,一是刘禹锡的《陋室铭》,一是归有光的《项脊轩志》。刘氏一手好古文,韩愈引其为伦辈;归氏以载道古文写家庭琐屑之事,令人读后流涕。二人所作,内容虽有别,却都有至情在。

刘禹锡的陋室,在临池小山上。草木浓盛,一山都是绿的。白色院墙开着花窗,几片美人蕉的叶子垂在那里,掩不住院子里面的光景。墙檐和屋顶上的青瓦间,摇着翠嫩的草,像是招引飞鸟的影子。"苔痕上阶绿,草色入帘青",完全是写实。

院门前的树荫下,歇着几个干活儿的,抽烟,说笑。陋室还在修,差不多了。门额当然要有"陋室"这两个字,是臧克家老人题的,很清秀。臧老的家在北京赵堂子胡同,离我的单位很近。独门独院,房前长着一棵海棠。臧老喜欢这个四合院。多年前我和彭龄去看望他,坐入北屋谈笑,水仙的翠影往心里闪。近些年,院子给连根拆了,就地盖大楼。臧老也已仙逝,那份诗情、那份清静，没了。

季羡林先生曾作《痛悼克家》，里面有一节文字云：

> 就连那不足七八平米的小客厅，也透露出一些诗人的气质。一进门，就碰到逼人的墨色。三面壁上挂着许多名人的墨迹，郭沫若、冰心、王统照、沈从文等人的都有。这就证明，这客厅真有点像唐代刘禹锡的"陋室"，"谈笑有鸿儒，往来无白丁"，这两句有名的话，也确实能透露出客室男女主人做人的风范。

上面的话，是臧小平昨日传给我的。这天，是臧老百岁有五诞辰。在臧老看，"朋友是我生命中的大半个天"。他和季老相识六十余年，深感"意志契合，如足如手"，季老谓之"生死之交"。臧小平说，从1975年开始，"只要羡林叔叔抽得出时间，每年春节初一或初二到我家来拜年，就成了一条'不成文法'（羡林叔叔语）……这一天，也成了他心中的节日"。臧老亦有感慨："羡林不来不是春。"龙井茶香，糖果留甘，赵堂子院中的暗聚，每想起来，总是心有余温。

刘禹锡，臧克家；陋室，海棠小院……默读题额，我好像悟到古今诗人的精神联系。

看建筑，必先观其气。陋室砖瓦之所载，文人情怀也。这是着眼于大处的话。阶前檐后的一垒一砌，带出风格面貌，暗寓形而上的力量。

陋室新修，已不陋。三幢九间，室分主偏，覆了大屋顶，翼角高翘,尽求其古。刘禹锡搬来的时候,是个什么样子?无从知道。不是华屋却是一定的。重筑陋室,以意为之,小肖旧庐形制。约略观之,犹睹唐构。

和县人给这位刘刺史塑的仿青铜像居正厅。长衫博袖,脸有些瘦,很清癯的样子。一个刺史,权位不算低,面容不带骄矜之气而挂忧苦之色。贬官就一定这样吗?永贞革新不成,刘禹锡亦谪迁连州。我去年入粤北丛山中,泛舟湟川,还从船家口里听到他的传说。望着汤汤流水,感叹宦途多舛,浮沉难料。

室内摆了一床、一榻、一凳。"调素琴,阅金经",仿佛恰要这般清简的家景。一带青山、一泓碧流映带左右,况且"无丝竹之乱耳,无案牍之劳形",心神自会闲逸。孟子曰:"我善养吾浩然之气。"刘氏,一个贬官,大概是靠着一股气撑着。浅薄之人、风尘之徒,读不懂他的心。

小院,麻条石铺地。栽了一些花树。阳光照在上面,极鲜翠。东边是碑亭。观碑,所题刘刺史咏陋室的那八十一字,已非柳公权之笔,乃换作今人仿书。

环陋室为仙山、龙池,从"山不在高,有仙则名;水不在深,有龙则灵"取义,当属无疑。

刘氏写陋室,实为寄情志。内心少狂欲,无论之何方,皆适得其所。孔子尝曰:"君子居之,何陋之有?"

离去,门前那几个干活儿的,回家吃饭了。他们在遗墟上把旧构复建得这样好,显出一种清素朴茂,能在简单里装点出古雅韵味,当以民间艺人视之。正殿脊檩上,留下妙手的题名才对。

皖赣篇

大雅遗风已不闻

——采石矶和《李白墓》

太白楼是一大片崇阁。从匾额上看，除去太白楼之谓，尚名青莲祠、谪仙楼、李白祠、太白堂，叫法很多。历来纪念古人的方式，多在高高的山上建造亭阁楼台，再请几位通晓翰墨的风雅儒生题一些楹联诗文上去。除此之外，似乎另寻不到什么更好的手段。何况又遇上风流的诗仙，折腾得后代们不知该怎么办才可将寸心表尽（我前些年去过距此不远的歙县，练江南岸也有一座太白楼，虽不及这里的规模，但古雅之风类同）。

太白楼名分不低。几个很大的玻璃柜摆满历代翻刻辑注的李白诗文集，亦有《庄子》《孟子》《荀子》《楚辞》《抱朴子》《周礼精华》《经史百家杂钞》诸种。陈列的一尊石香炉最有来历。它取五彩石琢磨，被日光一照，可焕异光。这尊石香炉曾被当作镇山的宝物供奉，非僧人、挚友不得见。风雨岁月，几番得失，现如今，它静置于此，我们是可随意瞧个够了。我隔着玻璃的遮拦望进去，真能够细将五色辨别。女娲炼造的补天石，是这种样子吗?

"采石"二字,便从这里得来。

李白黄杨木雕像,风骨萧散,得其神理。曲折回环的楼廊那边,桂花、棕榈、玉兰、天竺、翠竹浓荫艳彩,灿若云霞,是大好境界。

风月江天贮一楼,可喜。

过行吟桥、翠螺轩,便是广济寺。这寺,南梁时就在江南有盛名,大约在"四百八十寺"中也能排在前列。眼下正维修,一位穿灰色长衫的老僧在二楼的廊栏上直磕簸箕里的土。

寺前一口井,名赤乌,方才看到的那块琢香炉的五彩石就是开凿这口井时掘得的。都说井可通江,距离并不远,此说似可信。几年前,我在皖南铜陵市看到过一口井,称"天井",且"能通东海"。口气真不算小,这大约是玄而失矩的说法了。

经怀谢亭,直上翠螺山腰李白衣冠冢。冢,青石围砌。里面真的有衣冠吗?若按当地的传说,李白在这里醉酒,跳江捉月淹死,渔人打捞起他的衣冠埋下,听来并没有什么美妙。一具浮尸在江心打转,简直够惨。不过,傍山造一座冢,衣冠的有无似乎倒居其次。冢上黄土乱生几蓬枯草,且摇曳两株细瘦的野树(树之名,连问了几个当地人,皆说不上来),人们能在想象里看到青衫长髯的醉太白,也就算得好意境了。

> 采石江边李白坟,绕田无限草连云。
> 可怜荒垄穷泉骨,曾有惊天动地文。

> 但是诗人多薄命，就中沦落不过君。

这首《李白墓》，是白居易留给采石矶的。那会儿他还年轻，没觉得李白的"寻死"之法有什么浪漫。他是把衣冠冢和埋着骸骨的李白墓都合并在这一处地方了。

很有名气的捉月台就在江边，古铜色，被浊黄的江水衬着，一派浑茫。

崖畔斜逸着乱石灌木。江风吹得很紧，俯下身看，浪花拍打礁岩，泛出寂寞的感觉。捉月台距江面得有几十米高。我很奇怪，李白是怎么跳下去的呢？他穿着那样宽博的衣裳，至少在半空就会被枫、榆、樟诸树丛密的枝条挂住。

捉月台旧称舍身崖，镌了不少题刻，许多已经模糊，不易辨识。只三个甚壮的大字"联璧台"勒痕极深。从字面看，同李白跳江没有什么联系。这是明代一位叫方豪的地方官干的事情。他弃"舍身"之俗，取"联璧"之雅，书于纸上，命工匠刻在石上。看来，对李白跳江的举动，早有人摇头（我疑心，如果是传说，也是后人从怀沙沉汨罗的屈子那里附会过来的）。多数人不免要朝美丽处想象。梅尧臣就吟得很美："采石月下闻谪仙，夜披锦袍坐钓船。醉中爱月江底悬，以手弄月身翻然。不应暴落饥蛟涎，便当骑鲸上青天。"在他看来，李太白简直可比跨鹤的仙人了。

联璧台上坐着两位彩衣姑娘，临风而望长江，轻语着女儿间的话，柔发飘起遐想的云。

她们知道李白吗?

采石矶的妙处不全在古迹,近处一尊金色大鹏塑像,双翼丰阔如扇,几欲乘长风扶摇直上江天,远遁于浩渺。细看,竟是李白眉目。

这是一件新增的作品,真得李白浪漫风神。

芦荻摇风,飘起淡烟般的雾色,实堪"花满渚,酒盈瓯,万顷波中得自由"的觞咏。沿翠螺山麓,青碧一线,疏林远树浮在江岸,恰如色墨的渲染。另有多座高阁,同太白楼一样,檐顶覆以北方宫殿常见的金色琉璃瓦,略显皇家气象。

徽派砖雕是绝活儿。环太白楼的一排粉壁照例精雕花草纹饰,多为竹、兰、菊和牡丹,且题了"富贵寿考""洁身清心"一类含寄托的词语。

墙尽头为小卖部。主人见我问得勤,还往小本子上不闲笔地记,遂送我一册《采石矶》读。我谢过她,说:"写出文章来,先要念你的好处。"她抿嘴一乐。

又朝山顶望去。三台阁高踞翠螺之巅,其势特足。

矶,从石,突出水边的岩石之谓也。《辞海》释义若此。造字的先人真是周详,心稍一粗,是不大留意这些细目的。左形右声之字,一经落到纸面,便能翻出名堂,也算本事。

醉翁之意不在酒

——琅琊山和《醉翁亭记》

滁州这地方，尽让唐宋的诗文把风光占去了。韦应物"独怜幽草涧边生"之句，在七绝山水诗里是数得着的；欧阳修亦将琅琊山当作托情寄意的去处，一篇《醉翁亭记》出来，满山都跟着醉了。

夏日的长松正翠，恰宜迈着闲弛的步子走在坡缓的山道上。我赶到山前时，已近黄昏，可供游赏的时间过紧，无暇歌于途，休于树，只坐了车子直朝山里去。

忽然落了一阵雨，又该把欧阳修遗在石径上的足迹洇湿了吧？有这样好的山雨润着，幽绿的林壑才露出它的蔚然深秀。越一道石桥，桥身跨在淌着浅水的溪谷上，桥面微拱，显示一种从容的态度。从那苍然的石色上看，恐怕算得一件留在山中的古物。我颇疑心，这是不是方令孺游山时记下的那座薛老桥呢？她分明说这桥"倒映在桥下的清溪里极有画意"。我望了望，不见波光，涸沟里只横斜着一堆堆乱石，任意偃仰的样子，倒有几分欧阳太守颓放的醉态。石桥一过，北边绕以粉垣的醉翁亭也就看得到了。此时，入山未深，亭既建于林麓，择势就说不上险，这同我的预想是有一些相异的。车子没有停下，却向着西面的山里开去。醉翁亭且留待稍后再看。

将暮的时分，渐渐高起的峰岩和茂生的碧树把天上的夕光给遮住了。斜落的雨丝尚不及停歇，淡蓝的雾气便悠悠地飘浮着了。松风静下来，从幽邃的林峦间响起的流嘤之音，乐歌似的贴到耳边。我倒没有留意在枝头闹夏的蝉噪。"野芳发而幽香，佳木秀而繁阴"这一联好句子，正从醉翁的文章里翩翩幻出，化为眼前可堪清赏的山景。

下车的地方，约在半山，高虽未必，却也自含一番清谧的趣味。有一座题额的石坊，坊前的石阶应是折往浮岚的山巅了。照着我平素登游的兴致，定要纵步去踏的，临顶环览众峰方能尽意。无奈天太晚，只好叹口气，暗道一声："俟诸他日吧！"也就收回仰眺的目光，迈上直通琅琊寺的门阶。山中筑寺，成了南北的通例。中国僧刹的形制，又几乎定于一法。在我看来，觉苑之地只可供佛、唱偈，游访则殆不相宜。既已身临，呼吸一下梵界的空气，倒略同这山中的清氛相融。寺是唐人始建，屡为后世所增筑。依山的禅殿也便渐具峻伟的气势。方令孺说寺内"有李阳冰篆书《庶子泉铭》。又有吴道子画观音像。后来亭榭石刻同人物风流一齐都埋到荒草里去了"，很令人伤感！皇皇琅琊寺，缺了先贤遗迹，味道就差多了。有谁尽心摹勒吗？但愿，这是我的一点所望。

明月桥下，池水盈盈，浮几片睡状的莲叶。桥边的殿檐下，几位洗衣的僧人轻声说笑，似比清梵活泼。我从旁边绕到大雄宝殿的后面，左侧一道石级折向祇园。这是一座居高的院子，观音阁、醅醾轩、念佛堂组成它的大致格局。盘生在裸崖上的老榆树覆下荫来。园子的北面是耸向天去的峭岩，镌着多方摩崖。我记下的几幅是"云山之友""云荒石老""心即是佛"，合在一起体会，苍古感中是添入了一点南宗禅意味的。园中植一片生凉的翠竹，设四五石桌凳。透过前砌的一道矮墙，可望乱树森森的深谷，山中的暮气正一缕缕浮升上来，雨打枝叶的声音也响得渐紧。远近峰峦悄悄失去应有的层次，模糊成一片墨云般的影子。转暗的天色使寺景愈加苍然了。我是好静的人，如果得缘入住僧房，身子被清幽的月光柔柔地照着，三两游伴安坐在这静夜中的祇园，于佛殿悠邈的钟声里细呷着山泉沏出的云雾茶，畅吸着满树的花香，真是梦里的生活！绵绵的心曲、长长的思绪，都可以在淡月微风下倾吐。这被轻烟似的夜雨洇浸的山谷，这弥漫着古木余馨的幽寂的萧寺，是灵魂的憩床啊！荡满禅气的深山，悄默地低视浴着月光的朝山人，听着口中断续传出的亦悲亦喜的私语，也会消去几丝寂寞吧。晏坐的我们，真愿从殿中走出一位有望成佛的老僧，来缓缓地讲些山中的故事。琅琊王司马睿发祥的地方，就在寺内的明月观吧。他后来称了帝，或许会有不少可聊的史实呢。这样想着，便起身下到明月池边，从题写"明月观"三字的匾下走进侧院。在以松竹梅寓意的三友亭前略一驻足，忽然听到石崖那边响起弦音般的

醉翁亭

水声,望过去,竟是数缕散流的清泉贴紧苔壁泠泠下注,潴为澄碧的一汪。山光潭影,在落照里赏看,独有一种悦情的美感。这就是"濯缨泉"吗?只怪我当时懒了几步,不曾到近旁细看有无前人的题名刻石。这带着翠微之气的山泉,是可以清心的呀!高供玉皇、八仙的无梁殿,据称是全山最古老的建筑。门槛虽高近一尺,也没能挡住山外的男女虔心而来。古式的殿柱下,一位貌瘦的道人,正对求签者低声念叨。泥塑的玉皇高高在上,似将这些看到心里去。

藏有宋碑的归云洞、明人研《易》的雪鸿洞,均无暇寻访。匆匆走出寺门。顾览的那一刻,才觉出刻在天王殿的一副联语颇好,不古:"东晋留千秋遗迹,南谯第一座名山。"琅琊山是因为晋元帝出名的;南谯是滁州的古名。往迹,乐游的滁人都没有忘记,他们是久抱怀旧之心的。

便扶向路,来到醉翁亭前。院门刚刚闭上。叩唤,门开,闪出守亭人一张清癯的脸。他不怕天晚,让我们进去快看。迎面素白的墙壁下,疏疏地植着海棠、蜡梅和竹子,真有它的雅气。穿过额刻"有亭翼然"四字的圆门,抬眼就看到欧阳修命山僧智仙建起的醉翁亭。这大约已非原迹。以意为之,得其仿佛,也就够了。欧阳太守放旷林泽、行觞醉乐的萧散风神,宛然可想。醒而啸咏,他传下的那篇《醉翁亭记》,浮在字句上的尽是暇逸时的宴酣之恣,何能读出贬黜的忧感呢?我入亭四望,日光已经收尽,四围皆为郁苍苍的山色所笼。"环滁皆山也"其实是不确的,因为站在滁州城里毫无临山的感觉。只有一入城西南的琅琊山,伫于这亭院里,才能举目皆山。唉,只当是太守的醉语吧。亭前生着柔细的紫薇和龄高二百年的青檀,浓淡碧荫遮着飞檐与亭后的二贤堂。有那篇四百余字的《记》在,欧阳文忠公自然成为受人敬祀的一贤。

亭西的可览之处为宝晋斋、古梅亭和解醒阁。苏轼书《醉翁亭记》《丰乐亭记》碑悉有可观。丰乐亭在滁州城西丰山北麓,欧阳修同样筑亭赋文。我前年入蜀,在眉山三苏祠读过《丰乐亭记》。一个人能够留下这样两篇《记》,可以无憾矣。醉翁太守早逝,手植的杏梅却还活着。梅坛上所铭"花中巢许"四字,是赠给这位清吏的誉词呀!近旁亦有出水之亭,各冠影香、意

二贤堂中王禹偁、欧阳修像 　　梅坛

让泉

在之名。意在亭下凿出流觞之渠，时下水虽已枯，却无妨浮想春日里文士雅集，为流觞曲水之饮的美境。

看亭老人在一声声催促了。我刚一迈出院子，身后的门扇就飞快掩上了。

临于亭下的酿泉，很浅，不见在石上漫流且带着潺潺水声泻出两峰之间的清溪。我昔年从方令孺文章里读来的"水清，可照见两岸的树木，天上的云，同石上立着，坐着的人。要是有一位水仙在这时来照自己的影子，一定要销魂了"这段话，全非眼前光景，不免失望起来。却仍有兴趣跳到沟中的乱石上，小心地走近它，细看那微漾的水纹。忍不住掬饮一口，真清凉！我喝下的就是千古的酿泉吗？

离去，恰是月上东山之时。低昂峰岭皆隐在夜雾里。返至滁州城内的老宅榴园，喝下几口本地烧制的白酒。微醺中，恍若做了一回临溪而渔、酿泉为酒的滁人。摇在窗外的那株百年石榴，入秋，该会红艳如醉吧！

换得西湖十顷秋

——会老堂和"颍州诗"

欧阳修旧迹，我寻过扬州蜀冈上的平山堂，滁州琅琊山中的醉翁亭。这次得缘到古称颍州的阜阳，游于西湖之滨，一脚迈进欧阳修和老友赵概宴聚的会老堂。更多人的游情所向，在那粼粼的湖上，像是注意不到它，泛湖，也就过而不入。

欧阳修晚号六一居士，尝曰："吾《集古录》一千卷，藏书一万卷，有琴一张，有棋一局，而常置酒一壶，吾老于其间，是为六一。"欧阳修中年知颍州，复归老于颍州，在西湖边营筑六一堂，像是把人生趣味融进去了。会老堂是六一堂的西堂，其名为吕公著即兴所题。

自欧阳修与赵概于颍州相会后，西湖畔的会老堂便为历代文士所看重，虽是一幢老旧的瓦屋，过颍者必以到此低回片时为快。风雅也留在颍州人心里，说起这件事，悠悠声调不古而自古。故迹遗韵，在我看来，访寻这样的所在，追怀先贤的心情和风度，比游赏流水斜阳、暮烟疏雨时分的湖景还有意思。

会老堂

石桥横过湖面，已非欧阳修知颍时所名"宜远""飞盖""望佳"桥，样子却应差不多，钱塘六桥的风味也略得几分。数只木船悠然滑行，仿佛在湖上点景。湖水流得不急，舷边微微的波声，让水面不再如入睡一般地凝着，却有意教船上人做一回恬静的梦。林苑盈岸，含烟带雾，翠影深处颤响夏蝉低细的鸣音，来添一缕灵妙的乐感。鳞波之上，清光闪漾。古老的影迹，在阔远深广的湖天，浮映如莹澈的飞花。遐想撩惹思绪，直把那古雅的旧韵当作新调萦响在自家心头了。

许是被这里的风物所诱，本在扬州任上的欧阳修，自请移守颍州。"知颍诗"以平直之笔写景寄情，亦含中年意气。"菡萏香清画舸浮，使君宁复忆扬州。都将二十四桥月，换得西湖十顷秋"(《西湖戏作示同游者》)，神暇、意畅、味远，瘦西湖烟水和眼底碧波，令他喜慕而不厌，仿佛看见与仕途相伴的山水，体悟到那份无语的深情。晚年的"思颍诗"则显露沉郁情调，不胜其慨："行当买田清颍上，与子相伴把锄犁。"(《寄圣俞》)叹惋世路而生栖遁之想。"归颍诗"同为暮年之作，满是退隐后的放逸情态："谁如颍水闲居士，十顷西湖一钓竿。"(《寄韩子华》)欧阳修与赵概曾同在史馆供职，张甥案发，欧阳修被贬滁州，赵概亦因直言而出知苏州。原本"踪迹素疏"的二人，遂相友善，且约定致仕后互相往来。赵概重然诺，从南京(今河南商丘)来见欧阳修，盘桓颍州逾月。聚后之散，让不能忘情的欧阳修愈觉惆怅。说到内心的凄寂，他在诗中曰："积雨荒庭遍绿苔，西堂潇洒为谁开？爱酒少师花落去，弹琴道士月明来。"

(《叔平少师去后会老堂独坐偶成》)我恍若见着独坐堂内、枯望窗外的六一居士的孤清之态。这虽是近千年前事，读诗，亦能体贴古人心境。欧阳修本与赵概约定，翌年赴南京回访，结伴游憩，然未及践诺便遽归道山。西湖为之失去颜色。时光真是个冷酷的家伙，不管是谁，也不管他多么深情地恋世，都要催他朝坟墓里去，送他到永失人间温暖的地方。

会老堂传为欧阳修"情好款密"的讲学之友、知州吕公著专为熙宁五年（1072）的这次"颍州之会"而建。堂貌甚朴，门对湖山。开间明三暗五，梁上檐下，亦少繁丽的雕镂。更有那青青的砖壁、黑黑的屋瓦、暗红色的木门与窗扇，益添家常气。因为屋子老，总觉幽暗些，气氛却古雅，幽暗得好。堂内当然不缺布置，极简单，却不感伧俗。一尊乾隆年间的石刻像和其前的牌位，算是对欧阳文忠公执敬祀之礼了。有一些碑拓，如宋人题的欧阳修像赞。苏轼的《颍州西湖月夜泛舟听琴》残碣拓片亦存。东坡居士在元祐六年（1091）知颍，为时半载，主政之功足令百姓不忘。赵孟𫖯绘苏轼像也在壁上，和欧阳修像一起，俨然显出双璧之美。所题"欧苏遗爱"四字，含蕴深味。两位太守，福泽颍州，可念的不只是诗文。拓片虽冷，我宛似看到他俩脸上波动的笑晕。朝霞晚云、淡霭微岚的西湖清景，依旧供其吟咏。

欧阳修把诗情给了这座烟波中的老屋。"公能不远来千里，我病犹堪醻一钟"（《会老堂》），聊遣欢晤兴会。"金马玉堂三学士，清风明月两闲人"（《会老堂致语》），尽显逍遥神意。满院香风，他，拂一拂襟袖，坐在那里向阳。水光迷茫，画桥烟柳平添山林逸趣。隐隐地又生出瘦西湖边，竹西歌吹的闲情，或是琅琊山间，林壑酣饮的怡乐。醉翁动人心魄者，最是这般旷而逸的风神。清清湖水，载着他的生命。

钱基博说欧阳修"生平于物无所嗜，独好收蓄古文图书"。会老堂尽为书香所浸矣。堂前左右种丹桂、银桂，散逸幽淡的清馨。院墙外，西湖烟光、堤岸柳色，早入文章太守吟咏。

欧阳修永远留在他的世界里，却在我的感受中复活。

还要加说几句。八十多年前，郑州花园口大堤溃决，黄河水冲荡豫东皖北，淤平颍州西湖，景观殆毁。今之西湖，盖重疏浚，恐怕多半改变了样子，却并不减淡游兴。晴明的湖光又回到颍州，能够得其仿佛，足矣。况且这里距城不远，当作余闲里休憩的去处，很合适。同在这一样的世间，似和浮嚣的逐利之场离得远些。满岸的丛兰芷草，在柔漪中浮闪苍翠，映着湖滨诸胜，也映着心，把人带回清静的时日。

一个接一个的晨昏，日光、月影、星辉扑到水面上来，足以润饰这西湖的娇容了。乱鬓似的青草摇颤在弯折的岸上，一片绿影子连向十顷菱荷，接得紧，接得密。碧柳千条万丝，荡起柔情缕缕。明澈的湖面更如仙娥的美目，含情流盼。清悦的啼啭从柳枝的浓影里送出来，向开旷的天野去。水浪在风中曼舞，一声声的欸乃不肯在桨音人语间消歇。

静静地，我听那湖上的清歌。这是醉翁的西湖，也是我的。

雕檐映日，画栋飞云

——浔阳楼和《水浒传》

刺配江州的宋公明，自醉于杯盏，壁题反诗，浔阳楼自此大为出名，天下人始识江楼面目。

浔阳楼为新修，尽从宋式。楼倚大江，重檐翼之，九江城遂添一名胜。正脊下，"浔阳楼"三字大有风神。照《水浒传》上的说法，应该是苏东坡墨迹。这一块新额，不知易字否？我没有留心，但漆板金书，亦非俗笔。南昌"滕王阁"三字，像是从《晚香堂苏帖》里拓放出来的。盖苏老夫子在赣地的才望大过于人。

浔阳楼很气派，至少同宋江眼中的老楼难分上下。《水浒传》中有一笔漂亮文字：

> 雕檐映日，画栋飞云。碧阑干低接轩窗，翠帘幕高悬户牖。吹笙品笛，尽都是公子王孙；执盏擎壶，摆列着歌姬舞女。消磨醉眼，倚青天万叠云山；勾惹吟魂，翻瑞雪一江烟水。白蘋渡口，时闻渔父鸣榔；红蓼滩头，每见钓翁击楫。楼畔绿槐啼野鸟，门前翠柳出花骢。

我登楼头，倚栏所望，是风中长江，是形似七级浮屠的锁江楼，是飞架赣鄂的九江长江大桥。

楼内为四层，一层正中四字题得好：逝者如斯。虽未必新，但是放在江岸之楼，很贴切。我刚去过的闽北武夷山，九曲溪旁所立摩崖，也有这四字，是朱熹所书。似乎不单纯为了应景，也是脱胎于孔孟的一些儒生借古人语立自家之言。

两壁瓷砖彩画，亦出于景德镇艺人之手。东，及时雨会神行太保；西，梁山泊好汉劫法场。场面大，刻画细，颇可观。江州旧地，是要倚仗古典的。楹联则大有体现，如杜宣题撰的这一副：

> 果有浔阳楼乎？将宋江醉酒、壁上题诗，写得有声有色。
> 如无水浒传者，则梁山聚义、替天行道，就会无影无踪。

竖笔横墨，颇能通书和史。

更上层楼，则见梁山泊众英雄瓷像，凑成一百零八之数，各有神态。这样多的人物像齐聚江楼，我还是第一次见到。顶层设红木桌椅，可堪品饮香茶兼眺窗外江山。对怀古心盛又好赏景的风雅人，真是难得的享受。当年宋公明唤酒保索笔砚，朝白粉壁上醉题《西江月》词之先，也是这般贪看风景兼及美食的。原文是：

> 少时，一托盘把上楼来，一樽蓝桥风月美酒，摆下菜蔬、时新果品、按酒，列几般肥羊、嫩鸡、酿鹅、精肉，尽使朱红

皖赣篇

盘碟。宋江看了,心中暗喜,自夸道:"这般整齐肴馔,济楚器皿,端的是好个江州。我虽是犯罪远流到此,却也看了些真山真水。我那里虽有几座名山古迹,却无此等景致。"独自一个,一杯两盏,倚阑畅饮,不觉沉醉……

行役道上的及时雨,尚能流连浔阳山水,发以唱叹,何况春风里的游冶人!只是我所见到的题楼诗词还不多,很有必要收集一下,编为一册。

浔阳楼名在天下,除去《水浒》人物,相关的旁人也不妨容纳一些,比方名不在"商山四皓"之下的"浔阳三隐"。将隐者之一的陶渊明从东篱下的黄菊丛中拉来,于楼头临风闲饮,且让"匡庐郁黛扬子雄涛湓浦飞霞柴桑远照"奔来眼底,不也饶得意趣吗?

檐下,几株枇杷的翠叶正舞于江风之中。

别时茫茫江浸月

——烟水亭和《琵琶行》

洪迈《容斋随笔》有篇《亭榭立名》，云："立亭榭名最易蹈袭，既不可近俗，而务为奇涩亦非是。"甘棠湖中的烟水亭，取名恰好，得意境也。石桥曲折，延及水面，载游客入亭内。粉墙浮于碧波，若素衣佳人偎青莲。望长堤卧湖，翠痕一线。匡庐秀峰如云墨染高空，湖天常浸雨色，仿佛丹青溶于纸帛，真也是烟水如梦之美了。一亭一湖，犹浔阳之眉目。

庐山泉自深涧奔泻，下注为湖，甘棠始得峰谷灵气，亦仿佛专为年少有美才的周公瑾辟出一片操练水军的天地。临水筑阁，传为点将台。壁有景德镇瓷砖画（我在白帝城也曾见过这样的作品，多绘三国故事），题"周瑜在柴桑"，形象颇合罗贯中所状周郎神貌——"姿质风流，仪容秀丽"，同陈寿笔下"瑜长壮有姿貌"六字也能相符。瑜所执为剑为旗，像是未有"勇士用之颇壮观"的一柄逍遥羽扇。画中人和景，颇见波澜。在这里镌刻苏东坡的《念奴娇·赤壁怀古》，似为必要。

皖赣篇

烟水亭

烟水亭形近一座湖上宫苑。檐楹廊柱，杂以名花美竹，望之有龙楼凤阁气象。肇基者应当是江州司马白居易，听歌女唱愁而泪湿青衫，琵琶曲随他的那首七言歌行而久响未绝。白居易谪居卧病江州三年，留下的，一是《琵琶行》，二是这座亭。亭，初以"别时茫茫江浸月"之句而名浸月亭。易为"烟水亭"则是明代故实。昔周敦颐下庐山莲花峰来九江讲学，其子筑烟水亭于湖上，取"山头水色薄笼烟"之意赋亭以名。同浸月亭争胜乎？唐宋二亭俱废毁，明末在浸月亭旧址重建，亭成，却将烟水亭之名移此。明人取的是中庸之法，其实也可以不必大费斟酌，两个名字都能融合风景，不分高下。

烟水亭是浮在甘棠湖上的建筑小品，很玲珑，仿佛可入怀袖间。远离热闹街市，闲行至此，正宜凭栏静读这一幅檐牙出墙的图画，以为极胜之景，诚心与风物会意处。亭榭巧借远山近水，互有掩映，其妙全在结构，得盆景雅趣，犹山人隐居之所。湖光的映衬仿若繁花后的碧叶，且最喜飞雨流云下的微茫烟水、缥缈江波，浓浓淡淡，当效柴桑之翁，聊寄一缕闲逸耳。

殿中悬一架编钟，推想风荷飘举的月皎之夜，必能一发清音，声响吴楚江天。能合汉代宫商否？风流的周郎，长于兵战，亦精音律，善闻弦歌而知雅意，是风采清越之人。《释常谈》："每有筵宴，所奏音乐小有误失，瑜必举目瞪视。时人曰：'曲有误，周郎顾。'"性之所好，大约也是近雅乐而远郑声。然周瑜虽雅尚闻弦赏音，也只是谈笑间事，他更喜战帆飞大江。故白使君低叹："浔阳地僻无音乐，终岁不闻丝竹声。"照我的看法，无论汉唐或者周秦，有庐阜际天，有鄱阳涌地，渔唱菱歌、山谣村笛总该飘响于浔阳江畔，枫叶荻花、黄芦苦竹的摹状，像是过于萧瑟了。清爽之气从湖山来，以拂虚室闲堂，便有小蓬莱之观。烟水亭宜于碧柳画桥、风帘翠幕，有别于观沧海横流或听赤壁惊涛。

青山遮不住，毕竟东流去

——郁孤台和《菩萨蛮·书江西造口壁》

看过苏东坡的八境台，走了一段赣州的古城墙。这中间，隔着雉堞的缺处，把赣水的江身望了几回，并且默诵了数句稼轩词，盈上胸中的一种气，似也配得上"豪放"二字了。

前边斜出一道峦冈，绿色的茂林中耸出楼阁的半角。瞅瞅身前身后江山的形势，我想那就是郁孤台无疑了。还是问了一位提篮采摘古墙上细嫩草叶的本城女人，她朝一条弯下马道的阶径指了指。我便一拐，又上坡，穿进门户相夹的窄巷。瞥一眼门牌，这个地方叫田螺岭。

踏着一路高上去的层阶，目光就迎着移近的古台了，却不是它的正身。我原来是从侧门进来的呀！虽是侧门，气象并不弱，只看那额题的"贺兰山"三字，就令人想起西北漠野上向天而横的大山。为什么会把这个名字搬到赣州呢？不必细究，有风概奇恣的辛词在，能够互得气韵。

自唐迄今，筑台、造亭、建楼，这处胜迹数度兴废，形制

郁孤台

推想也是多变，终不改"隆阜郁然，孤起平地数丈"的样子。登上这样的楼阁，放眼千里江山，人是会发出一点感慨的。唐代有个叫李勉的刺史，到了这里，目览山川而心居魏阙，改"郁孤"为"望阙"，今天，正面一道门上题的就是这两个字。辛稼轩应该也是到过此处的，他的《菩萨蛮》我熟记在心。此次入赣，非要来看这座郁孤台，一半的理由便在这阕词上面。

刚才游过的八境台，高供一幅苏东坡画像；这里又有一个辛稼轩，还立起一尊仗剑而立的造像。只消略把宋代文学的成绩想一想，苏辛之词，不是并称于世的吗？钱基博称辛词"抚时感事，慨当以慷，其源出于苏轼，而异军突起。苏轼抗首高歌，以诗之歌行为词；弃疾则横放杰出，直以文之议论为词。苏轼之词，雄矫而臻浑成，其笔圆；弃疾之词，恣肆而为槎枒，其势横。词之弃疾学苏，犹诗之昌黎学杜也"。在这赣州的古城头上，八境、郁孤临江相守，盖筑台者用心深矣。

楼依旧台址而建。入我眼的这一座，应是清同治十年（1871）所筑，那天花、斗拱、雀替、梁枋上的彩饰却又极新，这当是今人的功劳。楼三层，踏木梯上去，倚栏看尽四围的风物，更可把辛稼轩那阕《菩萨蛮·书江西造口壁》的意境来一番领略。读词题可知，时任江西提点刑狱的辛稼轩，是将词句写在江西造口墙壁上的。罗大经《鹤林玉露》："南渡之初，虏人追隆祐太后御舟至造口，不及而还。幼安因此起兴。"俯视滚滚江流而想到遭受金兵追杀的南宋难民的泪水，更有那无尽的远山，遮断北望故都的目光。词境何等沉痛，何等苍凉！"青山遮不住，毕竟东流去"，蓦然宕出一笔，逸怀浩气，直向江天；终又陷入"江晚正愁余，山深闻鹧鸪"的凄伤中。其用意也幽曲，其遣怀也深婉。"绸缪宛转之情，沉郁顿挫之笔"，当世登楼者之所无也。

现在的郁孤台，对于我，总觉得不是辛稼轩登临时的那种味道了。匆匆一瞥，不见赣江上的行帆，也不见汀洲中的兰芷，更不闻鹧鸪"行不得也哥哥"那一声啼，街巷人家和满坡烟树，却可以看见。尤其是那岭脊上的烟树，密得好，也绿得好，把那奇岩怪石的头角全给掩去了。你会感到，距这里不远的地方虽有那熙攘的尘市，因为树的关系，手抚画阁，步踏闲阶，也觉风中有一缕暗香轻轻浮起，自得一种芳菲。若能心倚斜阳，想那山麓深处送出的清幽箫声，更是不古而自古了。

还有一层，在这南方的六月天，杨梅刚下枝，枇杷也正上市。时节这样好，登楼的你，怕是会从风里嗅得一丝甜味呢！

临去，心间已有了一段文章。

把酒长亭说

——鹅湖书院和《贺新郎》

早年读曹聚仁先生随笔《鹅湖之会》，知道在赣东北有一座鹅湖书院，推想，至少在名气上可以同我去过的岳麓书院相伯仲。宋儒起，书院兴，嵩阳、白鹿洞、岳麓，加上鹅湖的这一座，四大书院都同程朱理学的领军人物相关。

从上饶去武夷山道中，车进铅山境，有白色旗幡招展于途，以示去鹅湖书院当舍大道而转入此径。雨后，红土路积水成洼，四轮受阻，只得安步当车。行，约五六里，路伸向山中，多菜畦垄亩、瓦舍农家。掩在翠荫下的池塘里，嬉游着鸭鹅。这颇使我觉得眼熟。多年前，我去海南省儋州的东坡书院，也看到过相近的陌上风光。辛稼轩有《游鹅湖醉书酒家壁》，调寄《鹧鸪天》，词中句"春入平原荠菜花，新耕雨后落群鸦"，抒写桑麻影里携酒歌笑的散淡情态，亦具风流才调。白色的荠菜花我没有见到，入眼的却是稻田中的紫云英，粉艳若美人衣。掐算农时，已临近插秧，农夫腕底将植出新绿一片。

鹅湖书院

　　距稻粱肥之日尚远，村人却早忙于春种，故除去书院前的旧石桥头和门旁的矮檐下有几个孩童外，人影极疏。院墙外无游者车辙，也使青山下的这座古书院空旷不少，雅近"山僧独在山中老"之况味。

　　映阶的碧草极鲜，有白鹅笨缓地来去。书院屡经兴废，非宋时原貌。今虽存其旧制，却已为明式。讲堂、仪门、状元桥、泮池、碑亭、牌坊、御书楼，格局大体若此，有书卷气，似乎也掺入一丝文庙味道，竟至不能尽免府衙的影子。

　　仪门上挂一块匾，书四字：道学之宗。这同岳麓山下的那块乾隆皇帝御匾"道南正脉"遥相对应。在规模上，鹅湖书院较岳麓书院为小，能有大名气，则要归功于八百多年前的那场"鹅湖之会"。当时，吕祖谦邀朱熹和陆九渊、陆九龄兄弟来鹅湖寺论辩。吕是浙东金华学派中扛大旗的人物,"东南三贤"之一,当然有资格请得动另两派大儒。论辩甚激,史有所传。我的旧学底子不厚,无法强不知以为知。朱陆所争题目,在专门家那里,如神龙潜九渊,其深不可测;而在平常人,则像是强以凡界眼目去识读天书,终不得要领,实在难于讲明。门外说户牖之内的事,宜粗不宜细,大而化之地讲,即是打"格物致知"的笔舌之仗。吕祖谦做东道主,想必也卷入其中了(曹聚仁先生说这位吕伯恭却因事未能到会)。朱学固守"格物致知",陆学抱定"明心",吕学则兼取所长。南宋理学三大派在鹅湖的稻花香里鼎足而峙。观者也颇有其人。悉受其业的各门弟子自然先要赶到,闽北、浙东、皖南的学士也来旁听。集会共三日,真是极一时之盛。这场哲学论辩初以诗始,陆象山将"易简工夫终久大,支离事业竟浮沉"之句示朱晦庵,嘲讽朱氏治学支离破碎,难于有恒,而他们自家学问是总赅大体,得以经久。朱子唱和:"却愁说到无言处,不信人间有古今。"意在讥笑陆氏所学空洞无内容。论辩由此展开。双方观点未必有所调和,却难定是非。这场官司一直打到三百年后的王阳明之时。从结果看,像是"三陆子之门"一派占了上风。陆王学派算是隔代融合的产物吧。

为了将"鹅湖之会"的面目说清楚,请允许我照抄曹聚仁先生一段文,我想会更有说服力:

> 他们争论的内容,从认识事物和治学方法开始;也是那回争辩的中心论题。——从他们两人的思想基点出发,在治学方

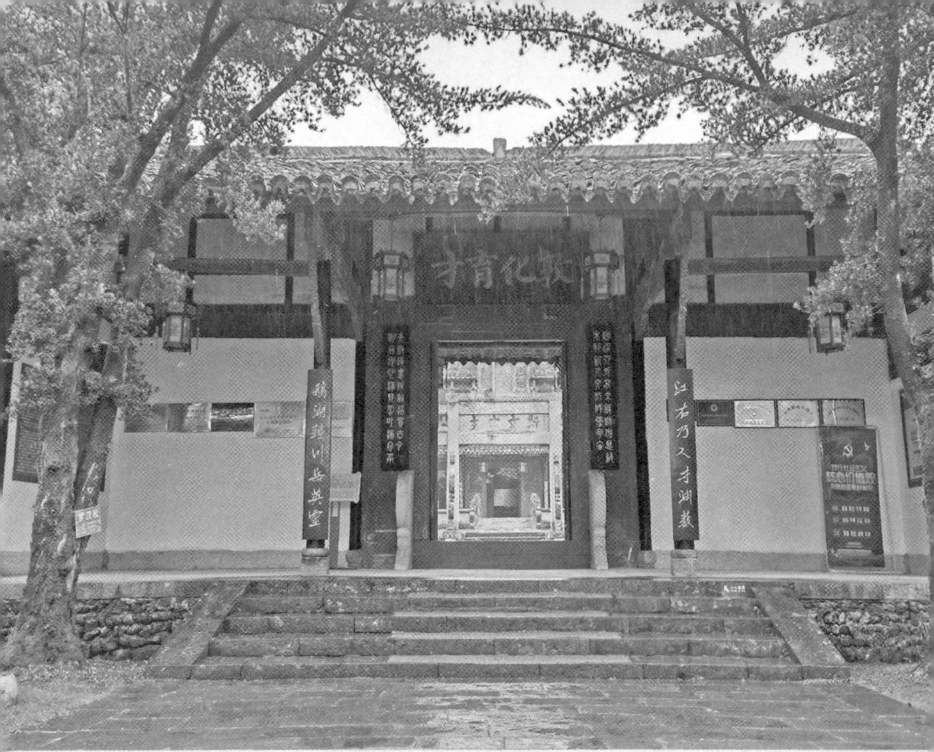
教化育才

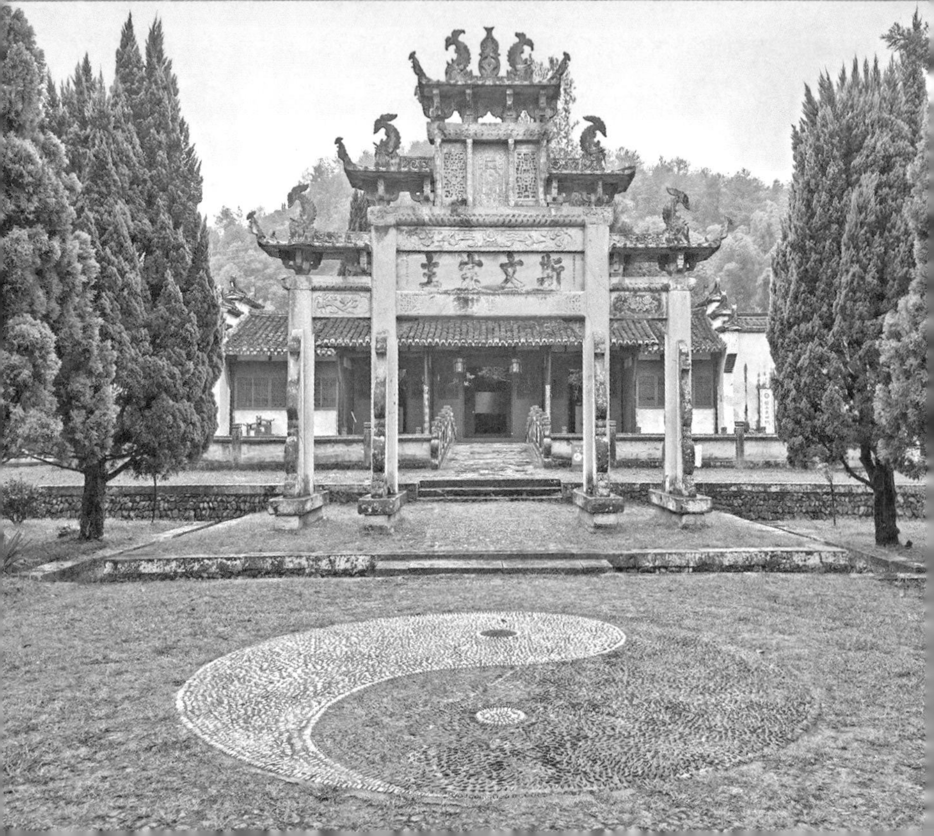
斯文宗主

法上，朱熹着重"道学问"，而陆九渊则着重"尊德性"。即是说朱熹的治学方法是"格物致知"，主张多读书，多观察事物，根据经验，加以分析、综合和归纳，然后得出结论。而陆九渊则主张"发明本心"，心明则万事万物的道理自然贯通，所以尊德性、养心神最为必要。这样"执简"可以"驭繁"而不必多读书，也不必忙于考察外界事物，只要"去此心之蔽"，就可以通晓事理了。换句话说，朱陆二氏，对于孔氏所谓"格物致知"的解释，绝不相同，这就成为千古不相合的异同了。

鹅湖之会后，"宗朱者诋陆为狂禅，宗陆者以朱为俗学。两家各成门户，几如冰炭矣"。这话是距朱陆之辩年代更远的清初思想家黄梨洲所讲，考传薪，著学案，成一家之言。却也别有话说。说者，竟是他的儿子黄百家，他认为："二先生（朱、陆）之立教不同，然如诏入室者，虽东西异户，及至室中，则一也。"溯流而上，陆王师系、程朱学派，乃至追到宋明理学或称道学和新儒家的先驱人物，那位写出清新之篇《爱莲说》的周敦颐，像是多在"义理"二字上做文章，相与博约，各有兼及，学养多脱胎于尧舜禹、汤文武、周孔孟的道统一脉，虽不免托古改制，纵览却为同源之流。主干上的旁枝，难斜逸到门墙之外。

插一句闲话，鹅湖之会，朱、陆、吕三人均在壮年，持论相异，而能开堂明辩，至少在治学上是第一等襟抱。即以偏于意气的陆九渊而言，钱基博说他"治学直指本心，吃紧做人，而不为章句训诂"。若此，则其主张犹有可取处。首开会讲先河

鹅湖书院牌匾

的东莱先生也极可称赞,较之素与晦庵叟交善,同象山翁的场屋之知,这一雅举,更是高抬了彼此间的德和行。

越十三年,豪放词人辛稼轩与陈亮仿鹅湖故事,瓢泉共饮,长歌相答,又是一番慷慨。稼轩为赋长调《贺新郎》,言及此次邀约:"陈同父自东阳来过余,留十日,与之同游鹅湖,且会朱晦庵于紫溪,不至,飘然东归……"词曰:

> 把酒长亭说。看渊明、风流酷似,卧龙诸葛。何处飞来林间鹊,蹙踏松梢微雪。要破帽、多添华发。剩水残山无态度,被疏梅、料理成风月。两三雁,也萧瑟。
>
> 佳人重约还轻别。怅清江、天寒不渡,水深冰合。路断车轮生四角,此地行人销骨。问谁使、君来愁绝?铸就而今相思错,料当初、费尽人间铁。长夜笛,莫吹裂。

同豚栅鸡栖、牛栏桑蚕的村野风光比较，此当为别样情怀。

往日论辩的鹅湖寺，现已成为村里小学校，位在书院一侧。外乡人过访，不容易注意到它。

环寺皆山，得龙虎之形。龙从云，虎从风，山川自有化育。这一带的风水应当不坏，是个做学问的好地方。循来路朝山外归去，我又久望这座古书院，一围徽式粉墙将檐脊掩紧，静偎青山影里。墙头露出的古樟和翠竹，在晚风中摇曳，当得"可惜东园树，无人也作花"十字。

昔有东晋人龚氏在山上畜双鹅，鹅凫湖中彩荷间。荷为六月花盟主，我来时尚未到谷雨，纵使楚客吴姬，陟山也难睹红裳翠衾翩跹，遑论赋得采莲之曲，亦不知山之巅如今还有碧波可供荡棹否。怕是唯余一片陈迹了。

风中，响着野虫的低鸣，田中之蛙也来唱晚。

当夜，我就翻越闽赣交界的分水关。忆及八百多年前的朱文公鹅湖论道后返家经此，题过一首小诗，颇寄哲理："地势无南北，水流有西东。欲识分时异，应知合处同。"朱陆两家由"天理"与"人心"而发的一场唇焦舌敝之辩，似乎有了一个比较平和的尾声，大约也为他人所未能预料。鸿儒之风，堪博古今赞。

雄州雾列,俊采星驰

——滕王阁和《滕王阁序》

我见到的滕王阁,已非李元婴始造的那一座。汉唐旧筑,能够留至今天的,恐怕是稀如星凤了。只好不去闭目画梦。眼前这座举步便可以登览楚天风景的新阁,前临苍茫赣江,后倚南昌古城,至少要胜过遥接千载的浮想。

阁为仿建,形制却尽力依照旧貌,不离唐阁大势。查根据,盖本于梁思成留下的一组《重建南昌滕王阁计划草图》。梁先生是在建筑界享大名的人物,当然可以视作权威。这座新耸之阁,我看或许要比王勃为之作序的老阁更有气象。

历史无法修补,建筑却可以再造。滕王阁自唐以降,多有修建,古今相加,二十九次。楼阁之筑,能让人如此器重,恐为少见。如果没有王子安的那篇文章,它还会这样出名吗?恰如岳阳楼依仗范仲淹的那篇《记》,滕王阁同王勃的《序》是不能分开的。讲到古代的骈体文,照例无法躲开这篇名作。钱基博先生说,王杨卢骆四杰,"承江左之风流,会六朝之华采,属

滕王阁

词绮错,可以代表初唐之体格,而勃为之冠"。韩愈错偶用奇以复于周秦之古,是要把骈俪之风逐出文场,他却独对王勃的这一篇四六文激赏不已,且亲撰《新修滕王阁记》,云:"愈既以未得造观为叹,窃喜载名其上,词列三王之次,有荣耀焉"。细说一步,还在王勃的《序》作得好。在他之后,有王绪作《滕王阁赋》,王仲舒作《滕王阁记》,均未见称引,以致失传,不难推想和王勃的《滕王阁序》自有高下。

皖赣篇

滕王阁的特点是大，想必是增其旧制的缘故。大，好处不光在气派，还在于可以容纳较多的内容，颇可观。唱主角的是书画楹帖，也上演古典戏文。常常登台的，不妨有待月西厢的崔莺莺，更多的，我想应该是游园惊梦的杜丽娘。玉茗堂主是临川人，来登滕王阁，甚近便。不单倚栏眺览，还把写的戏搬来演，且"自掐檀痕教小伶"，眉飞色舞地导演一番。不难推知，在那个年代，汤显祖的才望即已不算浅。《滕王阁轶传》载其事较详：明万历二十七年（1599）重阳节，逢新修滕王阁举行落成大典，江西巡抚王佐在阁上大摆宴席，在宰相张位的建议下，恭请汤显祖赴宴，并由浙江海盐班王有信领班演出《牡丹亭》。幕自黄昏启，深夜方落。汤显祖有《滕王阁上看〈牡丹亭〉二首》记其盛。其一曰：

韵若笙箫气若丝，牡丹魂梦去来时。

河移客散江波起，不解销魂不遣知。

汤显祖自识："一生四梦，得意处惟在牡丹。"孤赏若此，又以名阁为舞台，谁人能不将心中喜悦化为纸上诗呢？真也饶得曲终奏雅的妙境。名士登高，以诗文相酬唱，已为寻常的风雅；在阁上演戏，大概史不多见，滕王阁算是首倡吧。这也是借了久有的歌舞之风的光。唐朝尚乐舞，朝廷设大乐署、鼓吹署、教坊、梨园，习百戏，享燕雅之乐，歌珠舞翠，或为一时风气。滕王李元婴从政未有作为，艺文之事却能精通，"工书画，妙音律，喜蝴蝶，选芳渚游，乘青雀舸，极亭榭歌舞之盛"（明陈文烛《重修滕王阁记》)，且为游冶乐憩和歌扇舞衣之赏而筑滕王阁。阁成，遂纳由河西之地传入中原而广及江东的柘枝舞、胡旋舞、胡腾舞、伊州大曲于其上，良宵旨酒，翠幕红筵，番乐胡舞，纵横腾踏，极尽宴赏之欢。杜牧有诗咏其事：

  滕阁中春绮席开，柘枝蛮鼓殷晴雷。
  垂楼万幕青云合，破浪千帆阵马来。

这个传统迄今未断。我在阁的最高层看到一座戏台，节目单上写着赣剧、越剧、采茶戏、黄梅戏选段和钟磬古乐《春江花月夜》、江南丝竹《采茶舞曲》，也有舞蹈，是《仿唐舞》《化蝶》《踏青》诸种。可惜来不逢时，只瞧纸上名目，未闻管弦之声，空望槛外江自流。后来读到清人写的一首《竹枝词》，可以遐想云廊高阁之上耳聆丝竹之喧的境界了：

  滕王阁下木兰舟，远笛声声渡水流。
  喜和洋琴歌一曲，弋阳腔调豁新愁。

滕王好才艺，这座古阁似也染上几分风流气，不像岳阳楼，曾和兵战之事相关。

阁峙赣江，王勃"滕王高阁临江渚"是写实之笔，至今也未变。千里赣江气势很大，浩浩汤汤。阁以檐脊耸，以江天衬，取凌虚翚飞之势，便觉峻峭无穷。这同黄鹤楼之于长江、岳阳楼之于洞庭湖，大体相仿佛。

岳阳楼里布置一扇清人张照所书《岳阳楼记》石雕屏，这是点题的一景,不能缺少。滕王阁也是一样,正厅那幅铜刻《滕王阁序》,是从《晚香堂苏帖》中拓出放大的苏轼墨迹。东坡居士到过滕王阁吗?无考,但其所书王《序》却绝不会假。历史上手书这篇名《序》者还有赵孟頫、董其昌、文徵明、康熙帝、翁方纲等,现在独选豪放的苏书,很合适,萧散风神同"襟三江而带五湖,控蛮荆而引瓯越"的高阔气派颇能相融。极处的"滕王阁"三个镀金大字,亦为东坡手笔,气势尽足,放在飞甍雕栏、朱门画戟之上,能压得住。

王安石也来过滕王阁,他是临川人,算是汤显祖的前辈同乡,过访南昌,应当不会困难。王安石看到过苏东坡的手书吗?他俩政见不相合,能在远离庙堂的古阁里使心情平和一些吗?正史、野史均未详叙。可以知道的是,王安石对韩文公的《新修滕王阁记》很看重,所吟"愁来径上滕王阁,覆取文公一片碑"之句,至少能够推知已为归隐之人的他,心情不好,随手从石碑上拓下韩《记》,也算可以同前朝知己相对语了。韩愈是没到过滕王阁的,几次机会,偏偏错过,兴许是无缘。然韩愈却在袁州任上写下一篇《记》,紧步王《序》之踵,成骈散竞爽、古今争胜之势。这倒很像范仲淹未到岳阳楼却在邓州写出那篇《记》。盖韩、范非同代才子,经历却有凑巧。韩愈是"八大家"的领军人物,为一座阁作记,滕王阁有幸矣。昔王勃作序,虽未陷入红装美女、青骢少年的情调,却毕竟年轻。据《新唐书》记载:"勃属文,初不精思,先磨墨数升,则酣饮,引被覆而卧,及寤,援笔成篇,不易一字,时人谓勃为'腹稿'。"他在滕王阁上作序，不知是何情态。一腔少年意气的才俊，落在滕王阁自身的笔墨并不多，而偏好摹风景，抒胸襟，词采纷华，独存狂傲之气。韩愈承公命作记时，已是五十出头的人了，故而笔下较王《序》平实得多，在翰藻，也在意旨。这似乎要回到孔夫子质和文、野与史的讨论上去了。至少从形式上看，韩《记》较王《序》是"由骈俪相偶之词，易为长短相生之体"；内容上则多述自己数次欲游滕王阁而未成之事。由"愈少时，则闻江南多临观之美，而滕王阁独为第一，有瑰伟绝特之称"一句，可知他对名阁向往之甚，亦让旁人生出江山万里的遐想：螺江烟柳，鹤汀云树，青蘋红蓼，孤鹜蛱蝶；耳闻野水蒹葭采菱歌声，目送宿草迷堤凫雁鱼鸟；怀长洲旧馆，忆帝子仙人，情绕梅岭南浦，梦断彭蠡衡阳；当举彭泽之樽，援临川之笔，效流连当阳故城的王仲宣，悲吟《登楼赋》，或学苏子由，云阁旷览，一醉沧江之月。所近者，楚天赣水的浩荡雄风；所远者，亭台楼榭的小家春色。

我很欣赏清人尚镕的这几句诗："天下好山水，必有楼台收。山水与楼台，又须文字留。"所谓"山水非有楼观登览者不为显，楼观非有文字称记者不为久，文字非出于雄才巨卿者不成著"。遥想阁前纷陈千年足痕车迹，题咏撰述必不会少。盘鄂渚的黄鹤楼、据巴丘的岳阳楼也多是一样。同滕王阁相关的序、记、诗、词、赋、联，大都是名流宿儒、硕彦豪士记修葺之事或志游观之乐的赋得体，不出王《序》韩《记》境界。可以做"胜赏"之观的，我以为唐人韦悫的一段文字颇堪玩味："春之日则花景斗新,香风袭人,凭高送归,极目荡神;夏之日则莺舌变哑,叶阴如栋,纨扇罢摇,绮窗堪梦;秋之日则露白山青,当轩展屏,凉风远来,沉醉易醒;冬之日则檐外雪满,幄中香暖,耐举樽斝,好听歌管。"四时景物,犹翩然入画幅耳。

江西古为文华之地,代有俊秀出。滕王阁里有一幅壁画长卷,题曰《人杰图》,所绘皆赣地名人。中间不少是熟其名而疏其貌,我第一次看到,颇能同想象相合。人物凡八十位,不能悉记,只好据自己的立场,从偏于文的角度择录拔萃者,凑出十一人,依年代齿尊排序:陶渊明、晏殊、曾巩、黄庭坚、曾几、洪迈、周必大、杨万里、姜夔、文天祥、汤显祖,文理二学不分家的朱熹、陆九渊也不能少。我来南昌之前,曾去过赣东北铅山县的鹅湖书院,对这两位先贤深有印象。画师是在为《序》中"人杰地灵"四字做注,以同古阁之势互为映带;对于初访江右之地的我而言,概览过后,深知八州之人的不凡。对阁,我近于无感慨。作文,有王《序》在先,好话都已被他说尽,想新翻《杨柳枝》,也难。但至少,滕王阁使中国的古典文学多了一篇足供传世的作品。凝伫楼头,默对半江之夕阳、千里之明月,心绪亦逍遥于吴楚湖山之外。"五云窗户瞰沧浪,犹带唐人翰墨香。"文山先生诗,似在摹状我怀古的心情。

闽粤篇

细水浮花归别涧

——九日山和《春尽》

"山中数日,世上千载"这话,若从《太平广记》刘晨、阮肇登天台一类志怪小说中抽取出来搁在九日山,大概也能对应得恰好。

古来失意的官员、潦倒的骚客,为远避世累,似乎都在心向山林。中国山水诗的发达或可由此寻出一点根由。

吟山诵水成了气候,还因为在诗里既道且释,融合出各有浓淡的禅味,足能驱走心中十丈愁尘。

我入九日山,不逢登高眺远的重阳,却遇着闽南的冬天。阳光的纤指柔抚着坚硬的岩石,空气又是温润的,暂无寒风来催枯漫山草木。和暖的天气,说得深些,比起北国的孟秋也相差不多。

"涨海声中万国商"一句,是对古泉州通商盛状的形容。帆樯像云似的远飘,船队在波涌间犁出一条铺满金银的坦途,和延绵于西北沙野中的丝绸之路一样,刻入千载不绝的国际贸易

九日山摩崖

史。而这条海路的起点听说正是九日山。我便浮想那片蔚蓝的光影，便遥听那阵狂澜的巨响，心之湖不免风皱似的荡起纹缕。山里却是安静的。时间风化了一切，历史柔软的躯体销蚀了，只在山崖上留下用粗重的笔画堆聚的冷硬骨骼。风的利刃斩不断它，雨的牙齿咬不碎它。抗拒改变是对历史的顺从，是对文化尊严的坚守。寂寞的思想符号，以永恒的姿态收揽着过去种种生动鲜活的声息，成为不可拆解的智性与慧心凝结的精神遗产。后人给摩崖填了红，黯旧苍枯的字迹在高纯度色彩的点染下明艳起来，幻出一种超时态的生命意象，山体也蓦地灿亮，感动我的视觉。

蹈海远航，首先是对风的信赖。祈风的仪典充满庄严的宗教感。祷祝的图文雕镌于岩壁，让苍山做出铁的鉴证。真德秀有《祈风文》传世，曰："惟泉为州，所恃以足公私之用者，蕃舶也；舶之至时与不时者，风也；而能使风之从律而不愆者，神也。"迎怒海、临涛澜而放号，气象雄大，似非靡丽的香奁诗可比。

屈灵均赋诗招魂，凭湘君之庇而怀王不返；真德秀摇笔祈风，傍妈祖之佑而天风时至。人神难于相契。这样说着，又不免让晚唐的艳体诗人韩偓跑进文字。钱基博说，韩偓"十岁即作诗送李商隐，商隐寄酬，称'桐花万里丹山路，雏凤清于老凤声'"。九日山即有韩偓诗崖刻，哪一首，我未曾记住。韩偓不阿附后来成了梁太祖的朱温，携家入闽依闽王王审知而终。过泉州，有"千村万落如寒食，不见人烟空见花"之句。唐亡之秋，他也渐多"感时伤事之作，颇有变风变雅之遗；不徒以《香奁》艳曲传诵一时也"。游山而随景入咏，诗境的清微淡远又是自然的，如这一首《春尽》："惜春连日醉昏昏，醒后衣裳见酒痕。细水浮花归别涧，断云含雨入孤村。人闲易有芳时恨，地胜难招自古魂。惭愧流莺相厚意，清晨犹为到西园。"兴寄深婉，远雅艳娇香，近疏爽幽秀，宜来装点九日山。

花月将逝，年渐迟暮，头顶"一代诗宗"光环的韩偓，触景生叹，托物寓怀，一面寂寂地伤春，一面戚戚地忧世，隐晦地表露叹老悲天的心曲。

高卧山中的秦系，常以诗与刘长卿相赠答，一觞一咏之外，兼注《老子》。五千言入心，避世求隐，而剡溪，而南安，而秣陵，终以隐逸的佳名入了《新唐书》。我绕阶上到他昔年卜居

九日山延福寺

的西峰，临崖处筑亭，联曰："鹤度秦君深隐以希夷得道，松风姜相远流而社稷在心。"是题给秦系的。相涉的另一位，则是唐德宗朝宰相姜公辅，因直谏遭贬，入泉而栖九日山，筑庐东峰，与秦系隔谷相望，同迎晨之日、暮之月。凝眸的一瞬，我要错认它作富春江湄严光、谢翱各踞的钓台了。汉、唐、宋，代异，地殊，人非，却同一气味。深山高隐的贤良，无力挣脱精神的困境，只好去听山水清音，去览四时佳景，在闲静中重设内心的格局。至于"遍览胜概，少憩于怀古堂，待潮泛舟而归"，"是日也，膏雨溉足，晴曦煦和，远视海屿之晏清，近览溪山之胜丽，遂搜三十六奇，访四贤遗迹，摩挲石刻，逍遥容与，赋咏而归。书以纪岁月"一类文字,实是对经验的记叙,诵读,亦如看见古昔高士儒雅的风姿。往事的鳞片开始在我的脑中枯叶似的剥落,使记忆无奈地苍白。此刻站在高大的摩崖前,我如端详经典的面孔,并且接近一个个远逝的灵魂。设若我是一个身处唐宋的翁叟,是在用书写同后人做隔世的交谈呢,颇有犹生之感。

山居生活虽则清简,养着的却是不平淡的心。傍崖壁而作擘窠书,书法史上也要留迹。中国的隐逸文化一旦附着石身,就获得坚牢的延存方式,浪漫的意绪也变作结实的笔墨,满足后人的阅读期待。我向来觉得西北一带山多神性,每往来于祁连、昆仑雪峰下,都不自主地敬畏。眼扫九日山的石上书,微感着文字的硬度。历代吟咏既这样繁博,漫山皆因诗性而生动了。唉唉,这只是我独自的想法,在出海渔民那里,仰天祈风,又听着山下延福寺传响一声声的祝告,亦如礼神。天佑通远之舶,滔天的海浪也自低三丈。

说这话的一点底气,不在史里,也不在诗里,却在我自小出入风涛的身世中。

除是人间别有天

——武夷山和《九曲棹歌》

东南诸山中,最可称秀者,是武夷山。一带峰峦不像别处的那样高峻,它看上去很文静,很容易亲近。我踏层阶直登到天游峰,也不觉得费力。

假定照诗的划分,武夷山应该算作婉约派。

武夷山的好处是山水相依,无边翠色逼近眼目。这浓浓绿意是九曲溪的清流浸润出的,可啜可饮。山的吐纳、水的呼吸,幻为一片片浮岚流雾,深恋着晨夕的武夷山。借鲍至成句"远峰带云没,流烟乱雨飘",能状其仿佛。

眺览武夷山水,可以随意俯仰。

俯,最好的位置在天游峰。口诵"却顾所来径,苍苍横翠微"之外,所看是九曲溪。溪,并非直线一条,而是穿山形成柔缓的九道湾,且将远远近近巍耸的数十座翠峰连为一体,互为依傍。是水绕青山,还是山抱碧水?不好分辨。随园老人讲"无直笔故曲,无平笔故峭",是以文章之事论武夷。山水相亲若此，像是可以体味出自然之外或说人间的情感。

在仙家那里，眼底的曲溪峭峰还是能够端详出太极图形的。这个说法，我虽是初闻，却毫不感到奇怪，因为这也恰好显出武夷的道教山本色。在我看来，佛界醉心涅槃，向往来生的幸福；道门祈求不死，留恋现世的美好。成仙是方术之士幻想的境界。武夷的开山者，据传便是那位寿高八百的彭祖，也就大有资格充任仙人的代表。紧随其来的，还有他的两个儿子——彭武、彭夷，拓荒垦殖，始有武夷胜景。这又同北山愚公的精神相近了。父子三人的塑像，如今就立在山前，成为永久的碑碣。

仰，固然是在溪中的筏上。自一曲至九曲，流程十数里长。两岸风光犹似画廊，满溪因之流香。筏浮碧波上，尽得仰观山景的好角度。峰有三十六之多，岩有九十九之众，而在我们游者的眼里，便只是乱峰无数，层岩难计，加以草树的遮覆，水光的倒映，就如万朵绿云翻卷于天地间了。隐入翠色深处的竹筏和买筏游溪之人，是这青山影里不可缺少的点缀。

山之美，贵在形。照费孝通先生的观察，是"武夷诸峰大多独石构成"。这些独秀之峰经久远风雨，在造化之力下已各显姿态。灵芝峰下的观音石，细望，略具袅娜的样子。接笋峰下的铁象岩、一曲溪边的兜鍪峰、仙掌峰与隐屏峰之间的伏虎岩，也各有形状。最是二曲溪中的玉女峰，虽貌不似女人体，却将细瘦之躯破水而出，自有一种不易说清的娉婷韵致。退隐武夷四十载的朱熹也深动感情，写诗赞道："二曲亭亭玉女峰，插花临水为谁容。道人不作阳台梦，兴入前山翠几重。"读它想到巫

武夷山武夷精舍

峡神女峰，是很自然的事情。我曾两度泛筏溪中，一在微雨斜飘的阴天，一在阳光朗照的晴日，无论晦明，玉女峰均有美颜色，是淡淡的忧郁，是灿灿的欢笑。这尊玉女峰，已经成了武夷风景的徽记。围绕它编织多少美丽传说，也不会过分。

晒布岩可算是山景中的一个例外。它的特点是大，一扇阔壁，直上直下，无寸土尺草，光滑的石面上垂下疏密相宜的粗重条痕，说是万匹布帛自天而落，不算夸张。这恐怕是天下最有气派的铺晒场了。在南国的柔秀中，忽然横生这样一景，似无道理。本地生民能接受北方的雄浑吗？赣人朱熹在溪上长吟棹歌时，就毫不理会这一壮景，只唱出"客来倚棹岩花落，猿鸟不惊春意闲"那样轻飘飘的句子。不过，丹崖之上他所题"逝者如斯"四字却饱满而具千钧力,汤汤流水也浸上儒家之风。

武夷宫的一面白壁上,抄录朱熹作的《九曲棹歌》。我在一篇文章里这样写:"朱子不独豪咏大风之歌,也能闲吟山水小唱。他的《九曲棹歌》,凡四十句,遍赞碧溪首尾,实乃一幅写意长卷耳。一翠峰,一花影,一飞筏,滩远流长,烟岚聚散,恰是山中翁叟的无限情调。钱锺书'假如一位道学家的诗集里,"讲义语录"的比例还不大,肯容许些"闲言语",他就算得道学家中间的大诗人,例如朱熹',可当作一段点评来读。"本文前后所引的朱子棹歌,算是值得涵泳的"闲言语"吧。如他开口所唱"武夷山上有仙灵,山下寒流曲曲清。欲识个中奇绝处,棹歌闲听两三声",耳聆心记,一下子就入了境。

武夷山国际兰亭学院的蒋步荣先生送我他与人合著的新作《闽学概论》,这是一本与朱熹相关的书。蒋先生家在武夷山百花岩中。看他守着一山好风景,读诗作画的入神样子,我总觉得同朱子遗风有着某种因缘。隐屏峰下的紫阳书院,是朱熹讲学倡道处,八百年过去,唯余一片残址。漂筏过此,我还是朝那数点小亭凝望好久。晦庵先生创办精舍,设坛讲学,走的依然是孔夫子的旧路。闽北的武夷,在道教山之外,又成为理学名山。武夷之美,是不能离开这些人文精神支撑的。形与神的契合,使武夷山的自然风貌和历史遗产熔铸成一种复合型的文化品格。主从的排列并不重要,减去哪一家,都会造成人为的缺失感。无论是儒,是道,是佛,都化在这片深碧的山水中。以儒治世,以道治身,以佛治心,各家的传人都能从峰影溪光

武夷山九曲溪

武夷山仙掌峰摩崖

里有所寻绎。在我，俯仰之间，则有抬眼瞻象于天，低眉观法于地的感觉，像是可以心神飞越而梦追羲皇了。

武夷山的绿，仿佛文化精神的象征。

山水无言，筏工的叙述却够得上一部二十四史，口讲指画，尽情圈点，武夷云物，皆入话题。在筏上，如无这些妙人的谈笑，会减去多少趣味！滩岸的草木，草木间出没的彩鸟以及岩穴滴沥的清音，又足可供他们任意征引，若腰间挂一壶酒，仙道气真也要增至八九分了。

胜比酒香的，是武夷岩茶。红茶之甘醇、绿茶之清香，岩茶一身而兼备了。我在溪水之南的御茶园喝到了新茶，虽无口尝大红袍的机缘，总也同在洞庭湖畔畅啜君山银针相类近。品饮的，似乎不单是一杯香茗，而是满山满溪的碧绿。这种深邃的山水本色，能够使放浪的心有所回归，浮躁的情绪或许会因这悦目的绿而变得沉静。领略了山水底蕴的人，大可以臂揽自然之镜来照出灵魂的种种。

翠黛弥望，赏心的同时，也就真该明白，为什么朱熹的《九曲棹歌》中会有这样的妙句：

渔郎更觅桃源路，除是人间别有天。

棹歌唱罢，余音犹在水浪漾洄的溪上。

智以谋之,仁以居之

——燕喜亭和《燕喜亭记》

《诗经·鲁颂·閟宫》:"鲁侯燕喜,令妻寿母。"韩愈给朋友王弘中在连州建的亭子取名,用了这个典。照着程俊英先生的译注:燕者,宴也。燕喜,要倒过来看,就是喜宴。把一个新建起来的亭子叫作燕喜,含着道贺的意思。王弘中和韩愈都是贬官,一个从吏部员外郎谪为连州司户参军,一个从监察御史谪为连州阳山县令。在粤北大山里,希求精神的怡乐而走向内心的宁静,自是一种境界。

中国游记,至唐,文体已臻成熟。其功当然要算在韩愈、柳宗元的头上。韩愈这篇《燕喜亭记》,不足五百字,是一篇祝颂性质的题记散文,抒遣谪迁宦途的身世之慨。被贬为县令,情固郁悒,"智以谋之,仁以居之"的心态,也有超逸的一面。他的这篇《记》,是对生活状态和心灵现实的侧写。

钱基博说韩愈文章"错偶用奇以复于古"。退之虽力学秦汉古文,八代之衰至此开了新局,而在他的散文里,却还带有六朝骈体文的影子。他写燕喜亭左右"斩茅而嘉树列，发石而清泉激"，就是在散句单行中植以骈俪。骈散互见，把山中景物表现得很美。韩愈的咏景诗其实也作得好。《晚春》："草树知春不久归，百般红紫斗芳菲。杨花榆荚无才思，惟解漫天作雪飞。"暮春之景竟撩得百花争妍作态，舞出满眼风光。也只有韩文公能于凋零常景中翻出此等繁丽诗境。"此寻常风景，而刻画之使诡者也。"这句赞赏，照例为钱基博先生所发。可咏之景物，负载的还是可抒之情怀。尽心描摹，私心还在托物寄兴。俟德之丘、谦受之谷、振鹭之瀑、黄金之谷、秩秩之瀑、寒居之洞、君子之池、天泽之泉，都是观景而名之。"气载其辞，辞凝其气"，寓含深味焉。借景取譬，如诗教之比兴，根底还在颂美贤者之德，可供细意擷读。

这是一个碑亭，《燕喜亭记》刻在上面，别无其他。有这篇《记》在，不觉其空。亭，重檐。我望着高翘的檐角，翼翅似的像要朝天飞，觉得中国古代建筑之美，真不能少了它。钱基博以为韩愈之文，长于论辩，抒意立言，波澜畅矣。《燕喜亭记》述游、摹景、状物、说理，迥别于齐梁绮艳、缛丽、浮滥风调，和这亭子的不凡形制，颇能相配。韩柳振起，古文之体得以立。在我看来，亭中有碑记在，自添轩昂之气。

亭边，石刻、诗碑装点燕喜山，自唐迄清，历代雅士游憩之迹也。光绪年间的燕喜书院，只留了一块题壁，现在的连州中学延其徽绪。燕归堂、振鹭亭、卧龙亭、流杯亭环立四围。

时令虽在阳春，在我这北方人看来，岭南之地已有了夏的

燕喜亭

意思。热风吹动,崖石也仿佛出汗,湿漉漉的,洇出绿润的苔痕。草闲花幽,一片苍郁中闪出点点艳红。凝翠烟光里,多少先贤芳踪。今人载酒宴游,波泛羽觞,飞花落香,咏歌酬和之际,临燕喜亭而眺览巾峰山下海阳湖,恍兮惚兮,不知何日光景。若纵远眸,更有粤北的无边风月。我这番痴思,早就在清人卫金章的旧吟中了,其句是:"渔歌牧唱浑相答,一任闲身倚槛听。"意境之雅,颇近山阴路上的兰亭修禊。

菩提自性，本来清净

——南华寺和《六祖坛经》

《禅外说禅》刚印出来，张中行先生送我一册。翻看，南华寺山门和六祖慧能真身照，外加敦煌本与明北藏本《六祖坛经》书影印在前几页。我对南华寺最初的印象便由此来。时间荏苒，一段旧事，如今想起，说不清是书缘还是佛缘。我不谙禅，想到光阴的流走，叹多而悟少，至多聊发儒家的逝者如斯之慨而已。

汉传佛教中，禅宗在中国影响最大。天下禅僧，皆以南华寺为祖庭。在张先生看来，禅法"作为一种对付人生的所谓道，是向道家，尤其庄子，更靠近了。我们读慧能的言论，看那自由自在、一切无所谓的风度，简直像是与《逍遥游》《齐物论》一个鼻孔出气"。从《六祖坛经》和《南华经》里，能够品出一点相近的味道。释修心，道修身，二家在部分观念上合了流。

道人惯于抱朴守素，佛家像是破了这个例，至少在寺宇的建造上，不肯对付。阅世一千几百年的南华寺，顶着祖庭的名

南华寺

南华寺祖殿

声，更要等而上之。匾题"曹溪"的头道山门，崇宏之态自不必说，一进去就觉得气象巨丽，把左思《吴都赋》中"飞甍舛互"的形容放在这里，也受得起。五香亭前筑起一座石桥，游寺之人过放生池，就好比经棂星门而入文庙，行于泮池之上的状元桥。匾题"宝林道场"的二道山门，证明此寺曾有一个"宝林"的初名。大门开敞，好像迎着无数敬慕的心。便是朝谒皇家宫阙，料想不过如此吧。

中国梵刹，形制都有通例。南华寺也是一样，只是格局大得好，大得气派。天王殿、大雄宝殿、藏经阁、灵照塔、祖殿、方丈室，正南正北，全在居中的一条线上。在北京城里久住，走熟了永定门到钟鼓楼这十几里街路，对此种方向感，会觉得习惯。

纵的是轴，两边还有分列。东路是钟楼、客堂、伽蓝殿、斋堂，西路是鼓楼、祖师殿、功德堂、禅堂。我过去以为千庙一面，转悠半天，全寺建筑的大略也不挂在心上。就是说，我观庙不守一定的程式，东一眼，西一眼，只求随便。可是到了六祖的家，竟然也学灰衫僧人，低头轻步绕院走，瞧得细，瞧得周详。一切看在心里，才是以寺宇为精神之宅。对禅家宗义领受的深浅先不说，至少没有枉对历朝工匠的苦心。

殿宇所取的重檐歇山顶，为中国古代建筑所常用，宫城和寺庙尤其喜欢，竟至固化成为难变的模式。皇权的威仪、宗教的庄穆巧妙融合，构成强硬的权力法则，影响着建筑语言，也渗透到欣赏观念中。象征与暗示产生的强大力量，使人无力悖

南华寺灵照塔

逆多维的审美逻辑,以至窥见政治隐情与生命意识的蕴藉。青砖墙、碧琉璃在六祖栽植的水松间泛出光影,我稍稍听了一阵细叶榕上的风声,目光朝诸殿一扫,便停在脊刹上的琉璃珠、蔓草式的鸱吻上。鳌鱼和夔龙也成脊饰,白云之下,正好显出瑞兽的姿态。不看神龛上遍贴金箔的三宝大佛,不看屏墙后倒持净瓶、轻拈柳枝的观世音,更有那塑在四壁海浪间的五百罗汉，只消斜瞥殿中覆盆式柱础和花格门扇窗棂，就知道过眼的种种，无一不在创造着精神表达的物化形式。

南华寺的外观，可说庄穆其表；动灵其里，则在祖殿。慧能的真身，静静地安顿在佛座上，看那端凝的风度，一副禅定的样子。皮骨实存，形相若生，究竟比化身更耐端详，也配得上身后"本来面目"的题匾。我看慧能低眉之下微合的眼睛，仿佛若有光，推想在烛影之中细意端详，恍如能见到眼角唇边轻浮的笑纹。慧能的肌体内，依然流动精神的血液。就记起当年他和神秀争做六祖时分别题在廊壁上的偈语。神秀"身是菩提树，心如明镜台"，绝；慧能"菩提本无树，明镜亦非台"，妙。以隐语的方式作偈明心、见性，论悟境，还是慧能占了上风，五祖弘忍遂付法传衣于他。沉于佛史，由禅界的立宗分派而想到更深的一层，比如慧能领衔的南宗的顿悟、神秀领衔的北宗的渐修之类。慧能这一支，势力大，终成正统，门下别出青原行思、南岳怀让、荷泽神会、南阳慧忠、永嘉玄觉众弟子，弘传禅义，各成宗风。法脉传嗣，衍出曹洞、云门、法眼、临济、沩仰五宗和黄龙、杨岐两派。我抬头看看慧能真身之上的横幅，"一花五叶"这几字便入了眼。不谙法门的我，鲜闻其道，至于佛家常识，亦少彻见神会，南禅的顿教、北禅的渐教，更要费一番琢磨。虽则暂不能尽破妄知妄见，心也醉入拈花笑处。能有这一点浅知，我自会感念祖殿正中端坐的这位。照此看，这"五叶"之源的"一花"，绕开初祖达摩，说是六祖慧能料也无妨吧。

祖殿门侧放一张桌，守一僧，长着白润的阔脸，见我站在近处，从抽屉里取出一沓纸卡，抽一张给我，上面印着的恰是六祖的坐像，看去正和龛位上供奉的真身一样。我连忙称谢，他亦会心微笑。

殿外檐下，几块石碑嵌在青壁上，位置虽然矮，那字句含着的气象假定可以标出长度的话，却是高出十丈不止，竟至远上苍莽的庾岭。其中一块镌六祖偈语："菩提自性，本来清净。但用此心，直了成佛。"

转到寺院的后面，刚刚沉进去的禅梦就非得醒来不可。一大片古杉树遮出浓浓的清荫，一些游人倚着溪旁一溜半圆的石栏歇息，又像对着隔岸那一座奉祀虚云长老的殿堂暗忖。朝右边去，步过溪谷之上筑起一座伏虎亭的飞锡桥，正迎着额题"天下宝林""曹溪圣地"的石坊，慧能浣洗袈裟的卓锡泉就在近前。这眼泉在全寺的东北隅，虽则偏了些，却也幽了些，妙了些，无疑可以插一段传说进去，招诱得泉前密密地排了两队人，各怀不浅的虔心，等着掬饮从那龙嘴里流出的水。我想若汲满一壶，沏泡南华茶，不消说杯中的风味如何甘美，清心怡神那是当然的。这一刻，浮沉的魂魄沾了山林之气，心逐曹溪春水，神醉象岭秋麓，忘记了太深的忧劳，忘记了太大的世界。宗教的力量，使梵刹成为信仰的场域。

待我把泉旁苏东坡的《卓锡泉铭》略瞧了一番后，太阳刚好映在灵照塔的檐头，那飞落的一束光，仿佛安坐塔内的毗卢遮那佛的笑影。

夜灯勤礼塔中仙

——惠州和《悼朝云》

岭南多雨，这雨丝扯得悠悠长长，散成了烟，漫作了雾，是杜牧之笔下轻笼南朝古寺的烟雨。

于是，惠州城本不宽的街巷也便浮上足下木屐的清响，檐角的雨滴落在游动的彩伞上，溅起晶亮的水花。

此时，最好的风景全在西湖一带，把张陶庵"梦寻"的笔墨移到这里，又能辨出谁家山水呢？苏堤上照例闲踱着乱雨中的老少，仿佛一直融入低垂在湖面的湿云里。孤山的蓊郁水墨般淡去了，化为一团朦胧的影子。隐约其上的是泗洲古塔峭耸的轮廓。湖心泛着浅白的光雾，宛如丹青一抹，将水上细长的曲桥幻作一线柔痕。点翠洲含羞般地退向了遥远。

即便是这样的雨，凉爽也只是一瞬，过后依旧是散不去的闷热黏湿。好在或紧或慢的雨声断续而来，如丝竹弦上悠缓的粤调，常常响在惠州人耳旁，熟悉得犹似听惯了的甜软乡音。

空气差不多总是湿漉漉的，好像一把攥下去，指缝间就会溢出水来。无论晴晦，小城均被浓浓的潮热裹严。苔藓也就在爬满藤蔓的老墙上鲜润地绿着，棕榈的阔叶也就在狭长的旧巷间撑出一片片厚重的碧荫。湖边的石凳上、门前的矮檐下，时常坐了穿短衫、摇纸扇的纳凉人，聊些或古或新的话题，偶尔也有舒心的三两声笑，响在一天潮润里，渐弱了，且把那一份恬淡捎远。是融进罗浮山深处的葛洪道观了吗？

千年绵绵细细的烟雨，浸润了惠州甜甜柔柔的文化，连豪放的东坡居士也不再拒绝婉约。

谁人都会忆起苏轼伤咏亡妻的那首《江城子》，"明月夜，短松冈"，凄清如圆缺之梦。孤坟中的王朝云虽为妾室，也能遥有所感吧。苏轼谪居惠州，朝云陪侍在侧，不意染病而殁，栖禅寺东南的一片松林，是她的葬处。苏轼恸切而吟悼亡诗："苗而不秀岂其天，不使童乌与我玄。驻景恨无千岁药，赠行惟有小乘禅。伤心一念偿前债，弹指三生断后缘。归卧竹根无远近，夜灯勤礼塔中仙。"他怨尤天不假年，过早地让朝云离去，也自恨手无延命神药，只能默诵禅语送她归西，且以虔心礼佛遥祭爱妾的亡魂。这首《悼朝云》，声声含泣，字字堪哀。

风动松柳，翩跹犹起云浪之舞，"应是朝云飘然过，绕遍白鹤望坡仙"吗？那尊石雕的东坡，背倚楼亭，携卷怅望湖山洲屿，是在默诵楚人《高唐赋》，情醉"且为朝云，暮为行雨"的美丽梦境吗？东坡衣袖飘盈落花，眼前西湖，浮升云梦之泽的缥缈。

孤山之上的六如亭畔，低回的苏轼犹在吟咏伤逝之词；那位长眠墓中九百多年的侍妾王朝云,还在凝望山之青,湖之碧,柳之翠吗?灯花瘦尽,冷梅憔悴,诗翁和才女早已隐入春秋,唯有一缕相思不灭。残宵时一束皎月的清辉默默照着荒冢上的几丛衰草,似有所依恋。碑石上线条秀逸的朝云刻像,目光里流泻的那丝幽怨,仿佛要让世人知道,这里的湖天为何总聚着缠绵的雨和云。

烟雨惠州,被久远的情绪洇得浓浓,无尽绵延,使惠州女子湿亮的眉睫仿佛结着似雾非雾的忧郁,轻盈的步态含有一丝古典的情调。

湖心翠影掩着飞甍的檐脊,一缕禅意就在芳洲花径间的留丹亭上荡起,弥漫了湖面的一角。竹影依水,蕉荫满墙,秋枫的枝叶间响着蝉鸣,心中自生清凉。一庭风月故人来,苏才翁会效乘鹅仙人,凌波来觅故地遗香吗?晨昏时分,这片绿岛应发钟鼓之鸣。

点翠洲的另一好处,是宜于学闲适湖叟,坐眺凝碧山水。鱼的喋喋,风的细语,雨的轻歌,仿佛均是为衬托四周的静谧而存在。此景好吟:"扬之水,白石粼粼。"再把目光转向一彩亭、一廊榭,皆若木石小品,巧饰湖山,颇不平淡。忽隐忽显的林间幽径,弯向孤山那边,似可达无限远,湖景为之深邃,也为之开阔。古老的丰湖书院,在如今的惠州大学内,青衿的晨诵夕读都成为风景的别一种点缀。"人文古邹鲁,山水小蓬瀛",勾留西湖,一半是因为它的书卷气。

惠州也是荔枝的故乡。迷蒙烟雨中,满城都可以看到晶亮圆硕的果实，一筐筐摆在沿街的树荫下。岭南荔枝的滋味最好，异地无可比方。苏东坡都要日啖三百颗，他是在吮吸南粤天地间水灵灵的菁华啊！波心轻漾一轮月影，夜色清风下浮槎西湖上，望菰蒲无边，荷花暗开，东坡居士的歌啸也该满浸上荔枝之乡的甘甜了。

东江偎城而流，依依一水，似在叙说昔年的故事，也使古城烟雨更多情韵。一片湿云飘近，就撩惹那发丝般的细雨在风中飞舞。年轻依旧的梦，渐渐被雨的音符打湿，飘为漫天缤纷的彩絮。

留得家园五十春
——人境庐和《己亥杂诗》

从前我在钟叔河先生家里得过一本薄册子,写的是黄遵宪和他的日本研究。文章印满几页纸,分量很是不轻。后来,钟先生纂辑的《走向世界丛书》收录了黄氏的《日本杂事诗广注》(钟先生辑注校点)。在这之先,郑振铎先生编的《晚清文选》则收录了黄氏的《日本国志序》。

戊戌之年,光绪皇帝从翁同龢那里得到黄遵宪的《日本国志》,遂"将变法之意,布告天下"。百日维新失败后,光绪皇帝被幽囚瀛台,黄遵宪遭开缺,放归故乡广东嘉应州,躲在"人境庐"里写起了诗。他的志向原本在政治、外交和教育上面,如他的自咏:"穷途竟何世,余事作诗人。"钟先生说:"从这以后,他却只能够做诗人了。从五十岁到五十八岁,他在'人境庐'里写下了几百首诗。"有一点凄凉,有一点无奈。历朝的改革者,以个人的悲剧性结局赢取社会的进步,得到历史的尊敬。在周作人那里,态度也颇为近似。知堂这么写着:"黄公度是我所尊重的一个人。但是我佩服他的见识与思想,而文学尚在其

人境庐

次,所以在著作里我看重《日本杂事诗》与《日本国志》,其次乃是《人境庐诗草》。"文章家对他另眼相看,亦下笔有情焉。

  嘉应州就是今天的梅州。我得缘来到黄遵宪故乡,照理应该先看额题"荣禄第"和"恩元第"那两个相连的深院,"人境庐"不过是偏在东侧的一座窄院,只因它是黄氏的书斋。有书香招诱,我的兴趣自然也就在这里了。

  院子不大,格局像是也颇随意。如果是黄氏自己设计营建的,真是妙构!从"人境庐"这个斋名看,他的散淡性情,他的悠然意态,是从陶渊明那里得来的。

开着多扇门，教一个本不算大的庐宅，在初访者的感觉里幽邃起来。五步楼、七字廊、十步阁、卧虹榭、无壁楼、藏书阁，依次移到我的面前来。更有那棵黄氏亲植的夜合花，那双株临门的月桂，与息亭、假山、鱼池、草圃相映带，幽幽香气益使小院的恬适足至十分。极想一口吸尽花间的清芬。

书屋内放了一些桌椅床橱，让人在旧物上寻迹。门柱上还有几副黄氏的题联，和院门那副"结庐在人境，步屐随春风"一样，意在言志，味深而趣逗。卧虹榭的这副是："万象函归方丈室，四围环列自家山。"息亭的这副是："有三分水四分竹添七分明月，从五步楼十步阁望百步长江。"真有他的胸襟！《人境庐诗草》大约也只有在这样清幽的园舍中才编订得出。我真乐意在无壁楼头推窗痴坐半日，俯视一带粉垣下柔漪细泛的荷塘，还有更远处闪烁着明亮阳光的那条周溪。

转进荣禄第的大门，屋宇自是堂皇了一些，仿佛要执一定的仪礼才能迈入似的，那种自在之气没有了。在我看来，这哪里是家，更像是一座庙！人住在这样的地方，会感到压抑，心情必也沉重。百年前的黄遵宪以此为居所，会保持灵魂的弹性吗？从他的作为看，深刻的思悟与浪漫的诗情，倒是一样不少。支撑这些的，是强大的内心。

窗棂的影子印在生着青苔的地面上，砖石裂出几道缝，几棵细草钻出来，扑进顺着瓦檐泻下的日光中，又仿佛谛听黄氏吟诵的客家民谣与山歌，如醉。

二进是在勤堂，已空，匾额却依旧高悬。从侧门过去，是

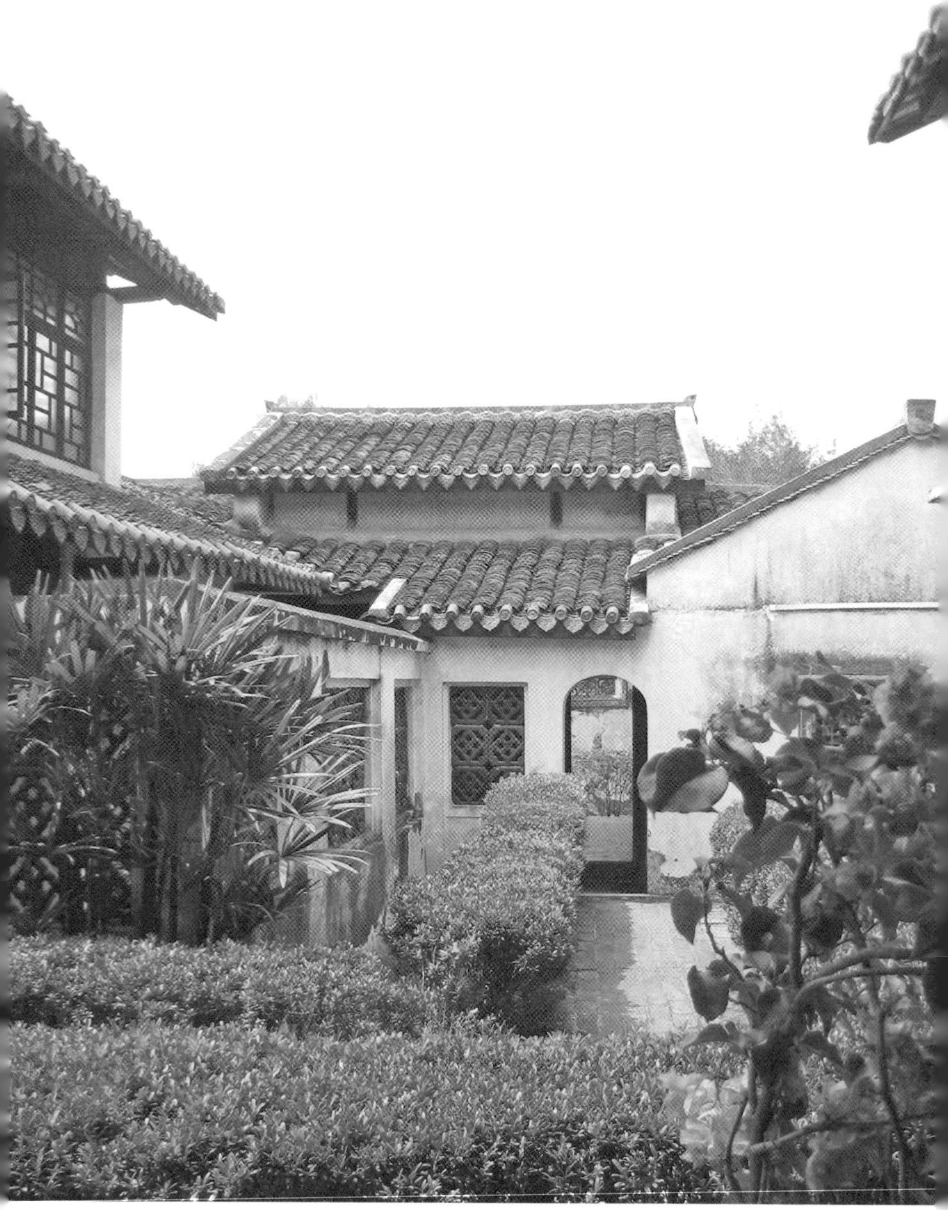

一个天井,迎着的又是一间厅,正中供着一块匾,题"派充出使钦差大臣";还有两行小字,上款"光绪二十四年奉";下款"臣黄遵宪恭承"。髹红书金的木板,映得满室古色斑斓。早年的外交生涯,开阔了黄氏的眼界。光绪二年(1876),清朝政府选派第一批使臣出国,他随公使何如璋出任驻日本使馆参赞(四年中完成《日本杂事诗》);此后数年,又履任驻美国旧金山总领事、驻英国参赞、驻新加坡总领事。游东西洋数载,他尝自谓:"岁星十二遍周天,绕尽圆球剩半环。"特别在变法这件事情上,黄氏受西方世界的影响甚巨。《日本国志》便把明治维新的经验介绍到中国来。笔上的功夫之外,必要有倡扬民主共和的政治情怀不可。如他所言:"既东居二年,稍稍习其文,读其书,与其士大夫交游。遂发凡起例,创为《日本国志》一书,朝夕编辑。"(《日本国志序》)他的学识和文采应该都是一流的,更有那新鲜的思想,在古老帝国发出了异声。他可以说是中国最后一代士大夫,也是自东徂西的第一代人。

东边为恩元第,与荣禄第门径相通。几个院子里多展列之物,直述黄氏功业。康有为、梁启超在上海的强学会被慈禧封禁后,他和梁启超、汪康年在上海创办的倡变法维新之旨的《时务报》影印件,《人境庐诗草》《人境庐杂诗》《人境庐散曲》《己亥续怀人诗》《小时不识月赋》诸种旧籍,在这里我也看到了。对于这位近代文学史上开创诗界革命新局的改良派诗人,因是在他的故家,我的感觉更是不同。黄氏固然不甘以诗人自命,可是,有他这番创作成绩的,古来很多吗?文学史上说他的诗

"反映了新世界的奇异风物以及新的思想文化，开辟了诗歌史上从来未有的广阔的领域"。《己亥杂诗》咏道："我是东西南北人，平生自是风波民。百年过半洲游四，留得家园五十春。"这四句也题刻在恩元第的壁上。读他的诗，会想到史：一个人的生命史，一个国家的发展史。这又和知堂的见解合拍："我看人境庐诗还是以人为重，有时觉得里边可以窥见作者的人与时代，也颇欣然，并不怎么注重在诗句的用典或炼字上……"

黄遵宪旧家，风雅之气已不淡。黄氏诗云："千秋鉴借吾妻镜，四壁图悬人境庐。"(《日本国志书成志感》)若再求好，不妨把这一联题上他的书屋。

正午的日影落在莲叶上，几朵粉红的花摇于水面，更显艳美。回眸再望一眼人境庐高翘的檐角，我的心实在还留在那里，倒真有点像是月上东山，听着客家民间俗歌，和蛰居的黄遵宪在十步阁上纵论晚清风云。

川渝篇

不使将军衣锦回

——落凤坡和《三国演义》

庞统之殁，在《三国志》里，陈寿只用不多的字，便交代完了："进围雒县，统率众攻战，为流矢所中，卒，时年三十六。"到了罗贯中那里，经了一番演义，添了故事性。"落凤坡庞士元归天"本属小说家言，虚实相生的文字，反为人们记得，似胜史家之笔。对枰者也都知道，"庞统落凤"的典故就收在象棋古谱里。

雒县，即今天的广汉，庞统是死在那里的。照此看，勿将演义的东西当真，更是不消说了。清代，有个叫张怀泗的人，做过顺天府宛平县令，他的家在广汉，能诗，留下一首《白马关有感》，末尾一联云："关名今屡易，小说费疑猜。"大概对《三国演义》的所述不以为然。

小说的力量到底比史传大。罗江县（今德阳市罗江区）白马关之北数里的秦蜀古驿道旁，真有一个名为"落凤坡"的地方。戳着一块方头碑，立碑者为清同治七年（1868）罗江知县梁绶

秦蜀金牛古驿道上的石碑

祖，楷书阴刻"汉靖侯庞凤雏先生尽忠处"一行字仍很分明。追怀庞统又有慕古之心的人，早把这里坐实了，也让人的兴趣分外浓厚起来。庞统丧亡，犹如凤雏折翅而坠，将鹿头山下他的殉身处呼为落凤坡，并非全无来历，说是别有寄托也是可以的。

武生戏《金雁桥》，演的是诸葛亮定计，擒获射杀庞统的西蜀上将张任之事，卧龙算是给同为荆襄之人的凤雏雪了恨。戏里，诸葛亮感于张任忠心为主，执意不降，诵出几句念白："来，将他尸首不可损坏，用棺木盛殓，埋葬高坡，以表忠义。"广汉市之北的张任墓，祠宇尚存，修成了一个公园。

蜀道之险，在剑阁一段。我昔年临川北广元，夜宿昭化，听了一夜桔柏江声，张飞和马超挑灯击杀的葭萌关战址，也在清晨的雾气中眺览了一番。那边的山势还嫌低平了一些。剑南五关，剑门关最雄。唐玄宗《幸蜀回至剑门》："翠屏千仞合，丹嶂五丁开。""五丁"是传说中古蜀王杜宇的五个力士，为从秦地拖金牛入蜀，斧凿开山，蜀道乃成。涪城关、江油关我没有去过，那一带峦岭，若跟剑门之峰相比，其势渐渐缓下来。到了白马关这里，正接着成都平原的东北边缘。我站在关楼上，倚着雉堞南望，真是一马平川！杜甫诗"连山西南断，俯见千里豁"，可知蜀道的峥嵘气象到此而尽。至于《三国演义》中落凤坡这处地方，罗贯中写它"两山逼窄，树木丛杂"，极状其险，张任设伏，庞统被乱箭穿身，就有了具体的战场环境。一个写小说的人，当然会用好笔墨。如今呢，陵迁谷变，蜀道上的落

秦蜀金牛古驿道旁的庞统血坟

凤坡，早不是那个样子了。四近一带山，偏矮。小说里的那番描摹，到了眼前却又不适用了。

道旁的坡上，隆着一个土馒头，像一个孤单的符号。"血坟"，乡人一直这么叫它。这是一个浸着泪水的名字。年份既久，土也一层层地攒得厚了。青色条石绕着坟根一箍，拢得还算结实。土散不下来，上头生出好些野树，树干碗口粗，枝叶长得旺实，芜芜蔓蔓，把坟头遮严。血坟之青，来于它们。振翼长风的凤雏，失去寥廓的天空，落回大地，战血中的灵魂忧伤地面对身后的荒凉，相陪的只有泥土和草树。

近处无河。明代曹学佺《蜀中名胜记》云："凤雏先生庞士元侍昭烈至此，卒于流矢下，其葬在鹿头关桃花溪东岸。"俗说刘备和庞统换马的沟壑即在其旁。可我没瞅见这条桃花溪。流

秦蜀金牛古驿道

过县境的罗纹江（即罗江），粼粼的波光在这里也看不到。不知怎么，旱坡上会蹿出繁茂的芦苇，而且异常高大。芦花正逢盛期，长穗斜伸，梢头闪出灰白的光。蒹葭也溢冷香，节理清晰的弯细苇秆尽担着清俏了。坟中人，睡得沉了，一梦不醒。他的梦里，仿佛闪过旧日颜色，仿佛响过千年叹息——襟抱未开，命先丧了。难可逆料的战事，猝然将他送往生命的终点。政治和军事舞台上的演出刚开场，他这个剧本里的新角色就匆遽谢幕，被迫以长寐的形式面向世界。况且他这一死，也弱去蜀汉的根基。一个事件引发另一个事件，结成历史的链环——"士元不死，则诸葛不必入川；孔明不来，则荆襄不至失守。"持此见识者，是乾隆年间做过罗江县令的李德瀚。在与曹魏、东吴政权的鼎峙局面下，失去有山川之险、鱼米之富、交通之便的荆州，攻守之势骤异，刘蜀天下的盛衰也以此为转折了。

坟前有几根香，不知是谁撂在这里的。香没有点燃，那些敬香男女的影子却恍若瞧得见。坟，人都要进去，进去就是永世。坟外的光阴短，坟里的时日长，这么想着，坟像是压在心头的山，生命成了一棵草。人的存亡、王朝的兴废，正如这草的荣枯。

车轮和旅人遗下的辙痕与脚迹，布满古驿道上粗粝的青石，金黄的叶子落下来，添深了萧萧的秋意。庞统之后，诸葛北伐、姜维攻魏、邓艾击蜀，都从这条道上经过。驿道向南可一直通到白马关里去。白马关在鹿头山上，隋唐时呼为鹿头关，唐末改为今名，大概跟庞统骑了刘备的白马而殒命相关。清雍正年间，有个叫王荣命的邑令写过一篇《修庞靖侯寝室序》，文中一句"以白马故关由是而得名焉"，算是把关名的根底敲定了。他是很想复原旧貌的："其墓突起如阜，周环古柏，参天荫如盖，势若环拱。然旧有楼台殿阁，峻宇雕墙，一时号称极盛。"这位王邑令的想法没落空，我现在见到的庞统祠墓，大体应是劫火之前的样子。

眼看，心头却存疑：落凤坡那边不是有个血坟吗，白马关这里怎么又来了一座？一份材料上说，血坟是清人附会《三国演义》而另造的，与史据根本扯不上关系。原来如此！庞统祠门厅的牌子上写着，刘备亲选墓址并建祠于此（一说后主刘禅"复于墓前建祠，岁时祭祀"），那就认这里的墓为真吧。目光一抬，望见高过悬山顶门厅的"龙凤二师柏"，假定这两株唐代便

白马关庞统墓

已栽下的老树通灵,可来释惑。转念,何必"疑而后信,考而后信"呢?此时,宜以游山的心情看一切,疑与信暂且屏诸不论。凝眸古柏盘曲的虬枝,再来静静地拟想,隐约端详出卧龙之翔、凤雏之舞的姿态,岂不很妙?

  树下的殿前,塑起庞统和诸葛亮的彩像,不是呆呆地坐在那里,而是促膝而谈的样子,恍如听得见说话的声音。历代工匠是要令人赞叹的——把质美者的形象保留下来,把才良者的气息传扬下去,倾心刻录人文印记,为青史存真,是这些无名氏遵奉的创作信条。视线停住的一刻,周围的空气犹在震颤,

庞统祠

人们感应到了遥远而亲近的呼吸。雕着瓶花的长窗、绘着云纹的墙面，各在塑像的前后，好似将他俩置于华焕的敞厅一般，说是一个炫赫的龛阁也是可以的。建筑上的有些东西，是查不到一个准确叫法的。游人三三两两，脚下极轻，安安静静。不见蒲团，故无人跪拜，赏香设醮的香火气也是嗅不到的。

这座大殿，本是专祭庞统的，明代加进了诸葛亮，乃成双贤并祀的局面，"二师殿"因以为名。蜀中才子李调元词曰："伏龙凤雏，共齐声价。"这一评骘是很对的，表明的意思是：其志同，其道合，同为股肱之臣。把两人塑在一起，断不可看成蒹葭倚玉树。某年我过襄阳南漳，游了司马徽的水镜庄，还把庄户前后的玉溪山、蛮河水眺览了一回。在荆襄隐士庞德公的话里，这位司马徽是有着"水镜"雅称的，恰与号为卧龙的诸葛亮和号为凤雏的庞统一样。刘备入山访求，从他那里知道了卧龙与凤雏，才立誓去图三分天下的鸿猷。什么都抵不住时间的力量，回头一看，往事都成了浮烟，人之日月皆销蚀于生命的耗损中，便是不凡的贤良，也不过如庄严龛像一般被供在这里，再无作为。清乾隆二年（1737）冬，绵竹县令安洪德过鹿头山，展谒祠墓，嗣后作《汉庞靖侯祠堂记》，有句："无如之二人者，始有鹿头山白马之悲，继有五丈原秋风之叹，此殆天也，夫岂人力之所能为哉！"语极沉痛。

此座二师殿，似不能表尽崇仰之心，在它的后面，又建起一座殿，漆底悬匾上"栖凤"两个金字，正是李德瀚手笔。庞统坐像居殿中，摆足了冠绅袍笏的架子：发束于顶，戴平巾帻，

白马关城楼

身裹右衽大袖袍，腰系革带，髭须很浓，眉梢上扬，倒八字，斜得快要入鬓了，瞪着眼，含着一点怒。"可怜未定三分鼎"，令他瞠视世间，犹在抱恨怀愁。罗贯中以"浓眉掀鼻，黑面短髯，形容古怪"十二字状庞统相貌。掀鼻，大概就是翻鼻孔，不那么好看。汉魏之时，外重容止、内重精神渐成品评士人的一般风气，庞统姿仪，恐难入短识者眼目。栖凤殿中的这尊像，倒有一番风度，和那"面如冠玉，头戴纶巾，身披鹤氅，飘飘然有神仙之概"的诸葛亮，亦相仿佛。"则公虽隔世久远，而忠义犹挂人间。"这也是李德瀚的看法，庞统的功德，真要教他仰止了。

廊前左右的敞室里，陈列着明清二代的诗碑，无暇细品兼吟咏。除去这些碑刻，栋宇的楹柱皆不空，题着一副又一副联

白马关碑刻

语,文辞多有可观。撰写它们,是要费些推敲的。我岁数大了,衰年倦体,虽然一路看,却记不到心里去。

殿后是墓。"南州士之冠冕"睡在土下已很久了。墓为清康熙四十八年(1709)重建,幽台魂楼应有的构设,似一无所缺,形制讲究,胜过血坟。封土之上,不见披离的枝条,却耸出塔状的镂空石雕宝顶,流线似的八道刻脊伸扬着,尾端翘起,仿如凤尾的翔姿。此种砌筑,赋予丘墟端严的意味,使之不会沦为世间的暗角而被目光忽略。我绕墓三匝,心境和在血坟那里并无两样。前人"入庙思敬,过墓思哀"的话,真是大有性情。

"鹿头关百战空堆瓦。三分事,一兰若。"李调元一首《贺新郎·落凤坡吊庞士元墓谒龙凤祠》,字字凝愁,发生在乡园的万事,皆寂灭了。若将世事看透,心绪恍惚倒可不必,只因"一场

雒城城楼

雒城内擒张任雕像

再好的戏也不能指望它好得没有尽期",这个朴素的道理是现代美国一位批评家所讲的。时移俗易,古今中外的态度很是接近。

关城门楼的檐下,匾题"天意"二字,用心醒豁:白马关之主,应是庞统。这么一瞧,三进四合的祠墓,似还局促了些。不过,能让后人想起历史中出现的种种,在心中默默致祭,足显这座汉祠存在的意义。无数投射的目光照亮了黝黯的墓冢,唤醒沉睡的生命,早已僵硬的东西复活了。人类的编年史,就是靠极富价值的故实支撑的。

城之南,一派平阔乡景,大异于秦巴山区的密林丛莽。盘陀蜀道的南北,风景的壮与秀,教走过它的人神意飞荡,无心憩止。"益州险塞,沃野千里,天府之土,高祖因之以成帝业。"《隆中对》中的这话,虽为诸葛亮讲出,图取中原的战策、兴复汉室的霸业,庞统大概也是谙通的。无奈他倒在了沙场,没能朝雄关那边迈出紧要的一步。投躯报明主,穷竭神虑,且以盛年战死,说是"国殇"亦无妨。他再不能兵向益州,占有那膏腴的土地、密布的河渠。天府之梦转瞬成空,只教后代抚膺怅叹。唐人郑谷"马头春向鹿头关,远树平芜一望闲"之句,可说长歌以当忆。

绿柳含风,坐卧终日

——醒园和《雨村诗话》

看过醒园,我略识李调元这个人。醒园在四川罗江县城的北面,是本地进士李化楠故苑。李调元从父亲手里接过它,屡有增筑。这是一个很大的园子,已经荒秽了。但荒秽也有味道。本来嘛,一个旧宅院,为什么一定要修得那么新呢?

很久没有人住在里面,失去管束的草,长野了,庭边、阶前、池畔、墙根,哪儿都是,简直没有下脚的地儿。又逢着清秋的天气,草色已不那样绿,一片浅黄,添了些寥落的调子,游屐再一落上去,身下尽是干涩的轻响。此番光景,倒教我想起两处园子。一处年代稍远,是北宋的沧浪亭。苏舜钦被放废而至姑苏,惦记找一个"高爽虚辟之地,以舒所怀",偶见一块弃地,"草树郁然,崇阜广水,不类乎城中。并水得微径于杂花修竹之间",爱而徘徊,遂购来建起私家池苑。苏舜钦为中江县人,其地距罗江县百十里远近。一处和醒园同代,是袁枚筑于金陵的随园。"园倾且颓弛,……百卉芜谢,春风不能花",袁

罗纹江畔李氏家族雕像

枚买下圮园，茨围墙，莳群芳，置亭阁，缀奇岫，以度日月。散淡者素喜幽旷意，云龙山下的醒园，小仓山中的随园，人与宅，可说鸥水相依。

比起袁枚，李调元晚来这世上十几年，二人志趣却颇投契。一为吴人，一为蜀人；一个造随园，一个修醒园；一个作《随园诗话》，一个作《雨村诗话》；一个著《随园食单》，一个编《醒园录》。葺园之举、吟哦之事、调鼎之法，皆极用心。我的父亲有几本心爱的书，《随园诗话》和《随园食单》也在里边，我小时即从他的书橱上见过，线装本，纸页已旧得发黄。《雨村诗话》我近日刚得着，手边缺的是《醒园录》。

在李调元编刻的《雨村诗话》里，袁枚一首《奉和李雨村观察见寄原韵》是我注意的，有"童山集著山中业，函海书为海内宗"之句，《童山诗集》《童山文集》和《函海》《续函海》，耗去李调元多少心力！袁枚赞他"西蜀多才今第一"，并非无端。"醒园篇什随园句，兰臭同心更有谁"，亦是袁枚的好诗。隔着迢遥的山水，文名籍甚的两人素以声气相善。袁枚病故，"余闻大恸，向南哭之"，李调元动了哀情。读到这里，我合上书，闭目想了想，好像看见他伤心的样子。

李调元是被罢官而归钓游之地的。他是个文官：翰林院庶吉士，还当过广东学政（旅粤之时，寻幽览秀，挹趣骋怀，养出清徽雅量。所作《西樵》《霍山》两则，为山水小品之佼佼者），那份闲散与优遇，实非常人所敢望。乾隆四十七年（1782），李调元奉旨护送《四库全书》往盛京，行至卢龙遇雨，知县郭棣泰不备雨具，装书的箱子被淋湿，自此与党附军机大臣和珅的群小结怨，反遭参劾，竟至犯了逆鳞，接下来便是受诬、革职，下狱，幸获直隶总督袁守侗相助，才从远谪伊犁道中返蜀，以《函海》刻板与五车书籍携行。

身心困悴的李调元栖遁醒园，绝意仕宦，日以课丁浇花、买僮教曲自适，《怜香伴》《风筝误》《蜃中楼》《意中缘》之类，断不可少。树荫花影间，《笠翁十种曲》声声绕耳，满园风雅。这个地方成了李调元心灵的圣地。《雨村诗话》有"豆花深处别开门，中有幽人自乐园"之句，可为写照。断去世念的他，当然是一个幽人。好友过访，题"名园傍水多栽竹，小榭听歌好放船""园列甲乙丙丁石，柜阁经史子集书"诸联，摹状其归田生活。踔厉奋志的他，意气未消，哪里只管闲看花草泉溪，芸窗中的钩稽，青灯下纂修，风晨雨夕的编录，寒冬暑夏的校雠，笼罩日常的一切，足可见证人生的丰盈。我看过李调元题的一块匾，"醒园"两个字，隶书，朴拙而蕴骨力。他明白父亲李化楠建造这个园子的用意：蓄书万卷，诵读以终老。这个园名，要紧的是"醒"字。杜甫诗"哀歌时自惜，醉舞为谁醒"，因其意也。醒醉之间，多少人寰感慨。拈来一个"醒"字，何等眼光，何等风致，何等襟抱。身返乡邑，远庙堂而近间巷，再无惹厌的升进与黜退来扰心神，茫茫尘路，也只做冷眼的一瞥。忆及亲历的雍乾嘉三朝，以读写打发有涯之生，他大概觉得，心总算安静了。

经李调元广其式廓，醒园格局一新，他在《雨村诗话·卷九》里作了大致勾勒：

>　　余以庚寅正月旋里，各建亭于其上，其最高者为望江亭，其下为万松岭，每风戛戛而起，仿佛澎湃之声。西山之阴为放鹤亭，可一望云龙诸山。
>　　下一层有二船房，左曰贮风，右曰延月，叠翠重岚，最为幽折。其中为大观台，一园之景皆萃焉。出蓬莱门以北曰木香亭，与酴醾架相对，每花时，芳气袭人。下即鱼池，有两亭，南曰纳凉，北曰非鱼。每五六月之交，绿柳舍风，坐卧终日，可以忘暑。稍下又为清溪草堂，春时啼鸟绕屋，桃花三两枝，令人移情。其南洗墨池，池上有石亭，其北则雨村书屋在焉，竹竿万千，大有村落间意。其最北又有临江阁、树根亭、绿荫山房、倚云楼、听莺轩，凡栏楯石梯，皆极曲折。

丛枝拥彩亭

这番园景，颇宜入画。时人朱子颖居京，为李调元作《醒园图》，笔下诸景，无不详悉。此图一出，"一时同馆阁部院诸公俱有诗"，造园手段的出色，夫复何言。李氏父子从明人计成《园冶》中取法，亦有可能。或曰："凡名流入蜀必至其地，至必有诗。"醒园名冠当时，可比晋之兰亭、唐之辋川、宋之沧浪。人间佳境，仿若一幅淋漓水墨。我的神思远翔，低眉默想：李调元把遂州的张问陶、眉州的彭端淑延至其园，袅袅弦歌中，廊前檐后飘过蜀中三才子倏然的躯影，而轩内阁外响过的协韵的朗吟，则为世间最美的音调。张问陶的名字，我是在一本诗话里见过的；彭端淑呢，提到此人，会想起从前的语文课，那篇《为学一首示子侄》，还记得几句。

昔日的醒园，嘉庆之后颓亏，就是说，我来游的这一座，不是李调元住过的醒园了,却为多年前参照老底子缩制兴造。瓦工木匠,手段细巧,李调元字句中的模样,差能得其仿佛。它刻意的旧,连那难掩的一点新,也不大看得出。这个意思,我曾在开篇说到。临江阁、木香亭、大观台、洗墨池、半亩塘、清溪草堂、雨村书屋,聚簇一园,缀以石亭、碑廊,比那当初的醒园,可说具体而微且遗意尚存。

我自南门入,先在横于池水之上的草堂窗前低回一刻,凝视栏下浅浅的流水,和浮映其上的散乱枝叶,所谓半亩塘就是它了。堂门深锁,曾在岁月那端响起的念诵声,只消飘入我的遥忆,便锁不住了。水面刚被轻风皱起几缕微痕,又回到了静,恍兮惚兮,我似从澄影中瞧见李调元清癯的容貌。顺眼朝西望去,水间数丛细草,碧色交映处,有湖石。题在石上的,是"洗墨池"三字,临流生出一片光,荧荧地闪到池畔的碑廊上去。碑刻嵌入粉垣。若得暇,《醒园诗》《题醒园图》和《醒园故址序》,值得细细过眼,如阅诗壁。

跨溪一溜矮墙,敷白,墙头铺青瓦,虽无漏窗,石径尽头的月亮门,倒也框入墙那边的风景。隔与连、隐和现,全叫一道门分着,意味就深了些,很为耐看。我在额题"大观台"的门前停住,"一园之景皆萃焉",眼扫前后,醒园极胜处应是这里,固不消说。迈过去,门外为木香亭,仿原制而建,饶有旧时意味。这是一个碑亭,碑上的字看不大清。后来读了一份材料,明白了,所刻为云龙山学堂校纪——《众议禀定条规》。不几步,地上偃卧着块残碑,碑身断去多半。瞧一眼落款,"乾隆

醒园西门

醒园粉垣

大观堂

丁酉孟冬"几个字还辨得出。干吗搁在这儿了？我用相机拍下来，就教它留在照片上吧。

诸景纷置，俯眺它们的最佳位置，当是冈阜之上那座翼角飞翘的石亭。万松岭上的望江亭、云龙山下的放鹤亭，各有很好的姿态，好像都叫这个亭子收去了。拾级而上，侵阶的草色遮去我的脚迹。亭中的我，轻抚圆柱，又向着园墙把目光一低，品赏似的将题在门楣上的字迹细瞅了几眼，"岫虹叠韵""半桥涉趣"，均易触目生感，聊得旧时风调。

出西门，门上仍少不了"醒园"横匾，我一眼认出，这是侯正荣的字。侯先生上班的地方在广元皇泽寺，挥笔，腕底自挟颜筋柳骨。他写"虎"字，屏住气，最后一笔，竖着顿下来，若断犹续，骨节全出，很似鞭状的虎尾甩在纸上。侯氏"一笔虎"，有些名气。侯先生早年邀我游川北，他的办公室旁边，有一个殿，里头供着武则天，脸朝嘉陵江，不知怎么搞的，两颊发黑，难睹粉面含春的姣好姿容。侯先生说，逢着女皇帝的生日，四乡男女常来水边憩乐，一来二去，闹大了，成了一个节俗：游河湾。我对侯先生是有感情的，听说他前些年故去了，在这里瞧见他的字，说不出是什么滋味。

临江阁中，李化楠的坐像立在迎门的地方。几个老人围着方桌打牌，意甚暇裕，守着乡贤，眉眼里透着神气。门外流着一条河，瀼水河，悠悠南去，入了罗纹江。堤堰一段高，一段低，繁竹茂柳摇着青青的影子。

李调元对根祖的力量有一种天然的感应。郁悒还旧井，未

久,他就在醒园以北八里处的祖居地南村坝动了土木,启筑困园与书楼,庋积缃牒万卷。《雨村诗话·卷十一》载其事:

> 余归田居醒园,以其山居稍远,后于南村当门隔溪另筑别业,即少时书塾也。以田二十亩凿为湖,湖中东筑函海楼,西立爱莲亭,界两湖曰沧浪舫,前曰观澜阁,后曰听泉亭,左曰云林馆,右曰水月轩,中为桫林草堂,而堂之北曰红梅书屋,绕舍皆梅。自是游者络绎不绝,不复问醒园矣。

万卷楼共五楹,稀本、善本、秘本、抄本,无一不备,且"分经、史、子、集四十橱,内多宋椠,抄本尤夥"。这般规模,清朝私人藏书楼中,比那聊城杨以增的海源阁、归安陆心源的皕宋楼、钱塘丁国典的八千卷楼、常熟瞿绍基的铁琴铜剑楼,总也不差吧。家世书香,宅园中徐行兼曼咏,逍遥神意可从李调元的诗句中寻来:"拈花偶笑人称佛,戴笠行吟自谓仙。"亦佛亦仙,退隐家山的他,翩翩向天上去,真要独鹤与飞了。

李化楠、李调元父子嗜书如命,却难躲乱世中的厄运。嘉庆五年(1800)二月初,白莲教自剑州起兵,五万人马直下江油、绵州,李调元携家眷往成都避患。某日谒见盐茶道吴寿庭,即席联诗。吴寿庭先起一句"烽火催成文字缘",谁料竟一语成谶。四月,万卷楼即为本地窃盗巨魁所焚,珍籍古器,转瞬与楼俱逝。"不毁于教匪而毁于土贼,心实难平"。闻讯的一刻,他定然惊在那里,怔怔地说不出话,周身的血液霎时如被抽空。"从此南村少颜色,困园两岸皆成枯。"他的世界一片苍白,以诗哭书:"烧书犹烧我,我存书不在。譬如良友殁,一恸百事废。我欲临其穴,其奈寇未退。不如招魂来,梦寐相晤对。"何等沉痛!八月,李调元返桑梓,撮万卷劫灰于冢中,口中大放悲声:"不使坟埋骨,偏教冢葬书。"追史,南朝智永禅师的"退笔冢"可与之比方。一个瘗余烬,一个瘗秃笔,都是因爱而生痴。

雄丽缥缃、浩繁卷帙一夜燔为飞埃,入了风烛之年的李调元,日日被此事折磨。老病的窘况令他不堪,他像一棵枯草,倒下了。"我愿人到老,求天变成草。但留宿根在,严霜打不倒。"这位乾嘉学人,赍恨写罢《叹老》一诗,嘴角掠过一丝笑,笑中的苦涩催下浊泪。为完成一个清介灵魂的塑造,他尽了最后的力气。或许,这也算所思得偿。

醒园的草树深处,奕奕立着的是李调元的雕像——这个俊逸的青年,站在另一个时代的光芒里,手揽编简,仰着脸,闪亮的眸子向着巴蜀山川。意气扬扬的青衿,才有这种目光。精心的匠师,把李调元的形象恒久凝定于未逝的韶华。

四近一片安静。我和他,无言相看。

旦为朝云，暮为行雨

——神女峰和《高唐赋》

幽蓝色的烟霭，透明的长江风。

游船驶入巫峡，宛如轻轻叩开古老的世纪之门。秀逸的神女峰飘入我的视线。

是我走进了遥远的梦境，还是神女回到了人间？

它只是一座细瘦的石峰，在岁月中如一根不熄的蜡炬点燃世人心底的希望。它在风雨里挺立了多少年，谁能叙说得清？或许，当这片深峡与江水一同出现于渝鄂大地的那一刻，它就这样傲然地耸峙着了。或许，是宋玉的《高唐赋》和《神女赋》描画出天上人间的悲剧性故事后，由天帝季女的精魂所幻化。或许，真是那位襄助大禹疏浚江河的瑶姬眷恋的躯影。

传说使想象变得美丽。瑶姬是带着十二位仙女飘临峡江的。彩花般的身姿凝成娉婷的山峰，和奔流的江水永相厮守。净坛、起云、上升、飞凤、翠屏、聚鹤、登龙、圣泉、朝云、望霞（神女）、松峦、集仙，分列于南北两岸。船行景移，巫山十二峰哟，

神女峰

我一时辨不清它们的面目,眼前只是青碧的一片,在潮润的晨雾里隐现。它们是凝定的,但在游人深情的注视中,又会舞动缤纷的彩裾。

神女被姊妹们簇拥着,向江而立,颀秀中又含着高贵和矜持。星辉月晕下,曼丽的瑶姬犹盼魂返云梦大泽,让如雨的清泪顿作巫山细雨。我蓦地觉得,观神女峰,若逢或雾或雨的天气,最为相宜。在这极易教人忧郁和伤感的时候,想象会更广远,情致也会愈加纵脱。

中国风景的盛名,往往借助文学的翅膀传扬。"不歌而诵谓之赋。登高能赋,可以为大夫。"楚人"信巫鬼,重淫祀"。楚怀王梦会神女瑶姬的传说,正是"楚俗尚巫"这一文化特征在创作上的反映。在古楚先民那里，分列着两种神：自然神和祖先神。前者是眼底之神，作为情感投射的对象而存在；后者是心中之神，作为精神信仰的对象而存在。楚地之民恪虔祀奉，诚笃尊崇。祭仪上的吹打拜忏，分明是一种至诚的表达。

  崇巫之俗，战国为烈。王国维《宋元戏曲史》云："周礼既废，巫风大兴；楚越之间，其风尤盛。"原始拜物教影响着古人对客观世界的认知，并且作用于创作行为。凭借自然物象，抽象意识获得具象化显现，故而见山水如瞻神明，头脑一时叫宗教精神占了去。战国末至两汉的辞赋里，自然景观被人格化、奇幻化，实为托兴寄意，缘情申纾。照此看，《高唐赋》的艺术生命，像峰碧一样久长。有句："妾在巫山之阳，高丘之阻，且为朝云，暮为行雨。朝朝暮暮，阳台之下。"那是云气里的高唐之观，那是雨丝中的云梦之台，楚王与神女欢会的深情绵邈，依稀可想。楚辞之美，直教人沉入幻境。巫楚文化的原始性、神秘性落在创作上，表现出鲜明的玄幻性、浪漫性。战国时代，就产生了最曼妙的朦胧诗——我的这个说法，虽破了体裁之限，感受却实在是真切的。"宋玉恃才者，凭虚构高唐"，即便这样，人们也情愿认定，方圆九百里的云梦古泽，确有楚人先祖高阳帝颛顼（屈原《离骚》首句"帝高阳之苗裔兮"亦非虚言）的庙堂——高唐观，中国古代赋咏山水壮美之景的第一篇大赋，亦属《高唐赋》。如果没有宋玉的辞赋，神女峰将淡去炫美的光影。只有在绚烂的文化背景下，才会流荡这般浪漫的激情，才会飘响这般深挚的歌咏。

神女峰

    有好景必有佳丽，有妙辞必有靓女，这大约是楚文化的一个特点。连《离骚》那样忧愤的长歌也免不了香草美人的譬喻，既逢离乱之世，"微婉其辞，隐晦其说"而自得其趣，也是可料的，这恰是与崇尚史官文化的中原文化的不同处。在和中原文化交融的过程中，巫楚文化显出鲜明的异质性。吴王金戈越王剑，气韵固然不凡，却不似燕赵慷慨之士那般悲烈。在千涛沸怒、万浪如山的大江之畔，一座缥缈的神女峰，能令人即刻领受着雄奇之外的幻丽美，连目光都充满一种诗意的温情。那一瞬，会想起九嶷山上娥皇女英轻云般的倩影和泪洒斑竹的凄婉；也会想起一湾深碧的香溪和娴静的昭君。虚构的传说现世化，历史的真实理想化，神女峰风韵历久弥新，使每一个游经三峡的人，在离去的一刹那，隐隐地惆怅。

这感觉是真实的。我们不能让游船静静地泊在峡中，只可在移动中仰望，很有些告别的意味，缱绻的情绪也便更浓。我承认，"别离"是人类永远吟诵的主题；我更相信，自己的想象会紧附着苍崖生根，盛开依恋的花朵。

郦道元过三峡，言："既自欣得此奇观，山水有灵，亦当惊知己于千古矣。"有他的豪语在先，我当然不能再于峡江前以"知己"称大。但当神女峰披雾的娇影在我的凝视中渐渐远去的那刻，当我湿润的目光被重叠的青山剪断的瞬间，我没有叹息。虽然不会相偎着历经沧桑，但我们共同拥有头上这片宁静的蓝天。

这是三峡最寥廓的背景。

岁月不能挽留。窈窕的神女呀，多少年后，我也许还会走峡江，还会获得美好的重逢。那时，我的额头大约已爬满藤蔓般的皱褶，像无法摆脱的影子，可你的双眸依然亮如深潭，目光的柔辉送过纯净的羞涩。越过遥远的距离，彼此仍旧袒露灵魂，让歌声飘飞，教心弦奏鸣，七彩的旋律回荡在梦的峡谷。在你我的四近，满山枫叶被阳光染得一片火红，霞影般浸醉秋天的江流。

我们凝眸天边的弯月，默诵温馨的祝词；我们遥视闪烁的夜星，倾吐爱的絮语。

不尽长江滚滚来

——白帝城和《登高》

我在霏微的斜雨中登上白帝城,湿滑的石阶在山间蜿蜒。

白帝城是诗城,永生的诗魂萦绕着,在翘耸的城头发出悦耳的吟唱。

白帝城紧依夔门。"瞿塘峡险,白帝城高"是前人的感慨。峻拔的景象,最能孕育武士的壮举、文人的颂赞。

遥想夷陵之役,东吴大都督陆逊在猇亭火烧连营,广可七百里。慌急之间,刘备败退白帝城,于永安宫遗诏托孤,抱憾而殁。

《三国演义》写到刘备倾心腹之言托孤这一回,用情较深,披览,犹睹昔年场景。如这一节:"先主又请孔明坐于榻上,唤鲁王刘永、梁王刘理近前,分付曰:'尔等皆记朕言:朕亡之后,尔兄弟三人,皆以父事丞相,不可怠慢。'言罢,遂命二王同拜孔明。"托孤堂里,君臣子嗣、文武官僚蜡像,多照小说家言而塑。凝视,思绪也仿佛空中纷纷飘落的雨丝,绵绵无尽。

待把明良殿里的刘、关、张彩塑,武侯祠中的孔明坐像,

白帝城托孤堂

忠武堂内的彩画和木刻一一看过，我的一颗心，尽在魏蜀吴挺刃交兵、拼死血战的烽烟中了。烛空的巨焰，皆随江风永永地去了。"黯销魂，思陈事，已成空"，默诵宋人之词，却添一段愁绪。

我站在双层飞檐的观星亭下，把那六角十二柱的形制端详了一阵，恍兮惚兮，犹见一人临此夜观星象，思谋兵略。那是率军入川的孔明。

江水闯入夔门，泛着浑黄的漩涡，一派浩荡之势。有江轮驶来，汽笛声极响亮地飘荡在雾岚轻笼的深壑间，激起长久的回音。在这般奇险处哭别江山，汉昭烈帝到死，心也不甘。灭曹贼、扶汉室的大业未竟，中道殂谢，实存大憾。有什么办法呢？势所必至也。罗贯中借杜甫之诗以发怅叹："蜀主窥吴向三

白帝城前瞿塘峡

峡，崩年亦在永安宫。翠华想像空山外，玉殿虚无野寺中。古庙杉松巢水鹤，岁时伏腊走村翁。武侯祠屋长邻近，一体君臣祭祀同。"《咏怀古迹》中的这一首，假先人壮志难酬之慨，抒一己仕途失意之感，杜诗寓意，可谓深长矣。

城头昂立一草亭，唤作"沁园"。粗粗一望，略具成都浣花溪畔杜甫草堂的意味。亭侧为临风楼，样式颇古。

微雨中，花朵的颜色愈鲜。石板路面被雨水淋得一片湿亮。绿色琉璃瓦顺着弯转的墙头一溜覆去，带子似的。几片宽大的芭蕉叶探出粉墙，遮了花窗。好幽邃的地方！能在雄险的夔门

白帝庙

旁经营这样一角苑囿，必得着诗情的养润。

竹篱边题一副联语："隔溪旧有诗人宅，出峡时看估客帆。"诗人的宅院是寻不到了，只一片青葱梯田在轻岚中隐现。

望见山腰一座楼台——杜甫西阁，深偎翠微里。

杜甫游寓夔州近两载，起居此山中。等他离别时，已写出四百余首诗歌。后人不忘诗圣，这座高阁，便是在一座观音洞前辟建的。

登览西阁。先迎着一幅《杜甫吟啸图》：诗圣深沉的目光落向浩渺江面，夔门雄狂的风嘶浪吼一阵阵扑往楼头。远山在雨雾中虚淡了，白浪撞击着滟滪堆散裂成的暗黄色礁石，石身自水中裸露，像从江底刺出的狞厉的牙齿。是八阵图的遗迹吧。

  风急天高猿啸哀，渚清沙白鸟飞回。
  无边落木萧萧下，不尽长江滚滚来。
  万里悲秋常作客，百年多病独登台。
  艰难苦恨繁霜鬓，潦倒新停浊酒杯。

  这首《登高》，调子固然悲凄不尽，所谓"哀音满纸，悱恻无欢"是也。迎送千古大江，胸次又飞荡未消的意气，故能景奇而笔雄。杜甫赋诗，用心还在言志，所谓"必称诗以谕其志"也。

  秋夜时分，西阁四围又该是"孤月当楼满，寒江动夜扉"的深美之境了。我的情思如这凌波的江楼，融化于无边的水天。想那朝辞白帝、暮至江陵的诗仙李白，在彩云中放舟峡江，该是怎样地翩跹，怎样地风流！钱基博说，李白、杜甫"以雄浑高奇为盛唐之宗"。伫身于高山大江之间，口诵思驰，对这话领解得愈深。

  曩日那位自称白帝且改鱼腹县为白帝城的蜀王公孙述，素怀功名之念。他如何能想到，绵长的诗情会久久萦绕在如画的山城，更在雄峻的夔门向奔流的长江投映一抹诗的亮色。

山之麓构亭甚清净

——学士山和《养心亭说》

从前我过永州,顺带游九嶷山。一个晚上,学跳瑶族竹竿舞,脚腕儿叫竿子打了一下,疼得不能动弹。下山,进了道县。我原想去清塘镇的楼田村看周敦颐故里。豸岭、龙山下的千年街巷间,周家老屋旧址大约颇可观。更有潆着的一泓濂溪,壁上多题刻的月岩惹我浮想。这下可好,走不了道儿,躺在床上干着急。定下的事,吹了,心不免冷去一半,悒悒地生出念头:我和濂溪先生的缘分,浅了些。

很多年过去,我到了合川。合川的得名,跟嘉陵江、涪江、渠江在此汇流有些关系。重庆的多个区里,它自是占了几分形胜。古时,这里是称为合州的。我住的地方临江,十里滨堤"含烟带月碧于蓝",是个清闲的去处。

傍岸而走。江水很妙,印在上面的石栏、楼屋、树丛、山丘,尽朝相反的方向竖着,延展着,幻出另一个空间。深邃、悠远,是它的意味。我喜欢这片倒过来的影子,它很静,毫不

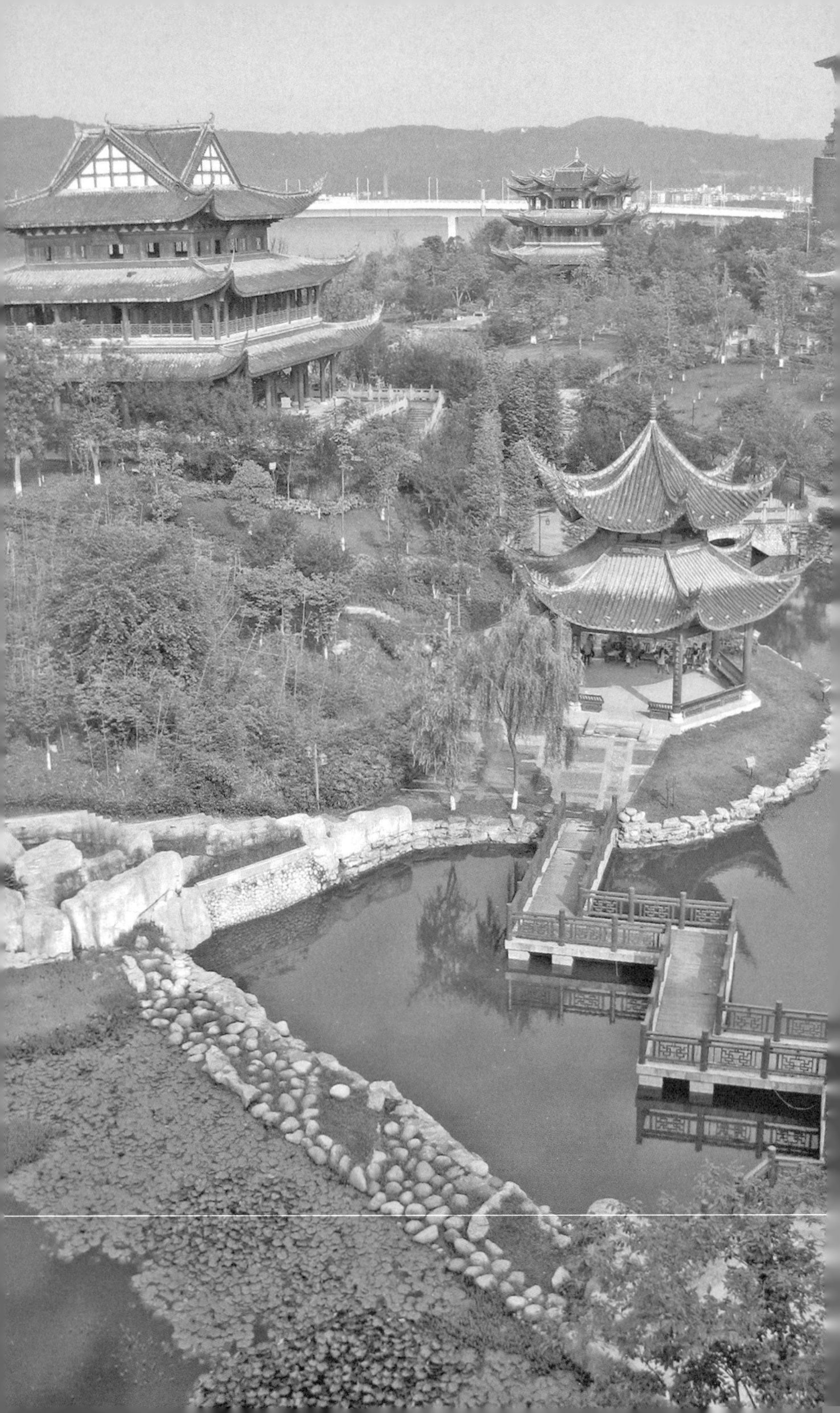

纷乱，睡着了似的。我能够冲这幅水里的画瞅上好一会儿，瞅着瞅着，入了梦。此番光景，实不单薄，若取过"清润"一词状之，显得弱了。

岸上人，步子急，心里其实是不急的——只为练练腿脚，这才对得起自己，又不负静好的晨昏。埠头那边，长长的钓竿贴水垂着，持竿人默等咬钩的鱼。泼剌，江面翻几朵浪花，鳞光一闪，鱼出了水，溅起声声笑。几个捣衣的妇女，目光追过去，心叫天上的翅膀带远。

风歇了，水面也闲下来，不皱一丝波，丝绒那般滑。这时的江面，宛如成了莹白的冰，踏上去，可以过到江那边。那边有一座山，没多高，四面的坡都是缓的。山姿不峭，长满树，以绿夺人。这山得了一个风雅的名字：学士山。宋代即已这样叫。给一座山起这样的名字，总是为了一个什么人。

树色媚，江光清，衬着山上一座八角亭。亭子的檐翼翘着，高出林杪。一山一亭，说起根由，理当不俗，故事自然也是有的。一问，全跟周敦颐扯上了关系。

北宋嘉祐元年（1056），周敦颐被仁宗差到合州，做了金书判官。这个职事，也是呼为"通判"的。这算什么官呢？从京城下去，给地方长官当僚佐，辅理政事，还担着监察的职分，也是不好轻看的。周敦颐在合州干了四五年，若述其概，是要费些笔墨的。不知为什么，关于他的记载，留下的并不多。他在学士山兴办州学的事，倒被后人时常讲起。

办学要有场所，周敦颐看上了学士山。林麓深处的八角亭，是一个叫张宗范的本地乡绅筑造的。此君懂得"教化之本，出于学校"的道理，捐出亭园，且督御学政。山林添了书香，"学士山"的名字，他也一口定下来。张宗范这个人，我原先没有听说过，因为周敦颐便记住了他。

周、张勠力，可说"官办民助"。山中响出授课声，合州文教始兴。苏洵、苏轼、苏辙都被请来讲学。文学家的"三苏"如此，周敦颐邀约过邵雍、张载、程颢、程颐吗？理学家的"五子"若在嘉陵江畔雅集，甚妙！合州学子逾千人，汲汲就教，州学之盛，不逊岳麓书院。

风晨雨夕，周敦颐在这座八角山亭中度日。他想出"养心亭"三字，题在上面。又作一篇《养心亭说》，有句："山之麓构亭甚清净。予偶至而爱之。"依他的眼光，读书、著文，兼眺江景，这里再好不过。

《养心亭说》像是没有《爱莲说》传诵得那样广，却也够得上理学名篇。"是圣贤非性生，必养心而至之。"在我看来，这一句乃全篇之警策。"养心"二字，直抵道学义理。心清而气和，而抱朴，而人正。具以质言：静息内修，功夫下到家，自成圣贤。周敦颐借"出淤泥而不染，濯清涟而不妖"的莲花比况君子德望，同一心性。一个做通判的人，他的精神应该是清洁的。

周敦颐离开合州后，越数载，去了永州，就是我前面说过的伤了脚的地方。到了那里，他干的还是通判。

黉舍旧迹，眼下看不到了。我妄猜，周敦颐在衡阳石鼓书院讲过学，他在合州倡修一所书院，"谨庠序之教"也是可能的。

濂溪祠

后来听人家讲，真就有慕周敦颐之名者，把养心亭辟建为濂溪书院，这已是南宋宝庆元年（1225）的事，周敦颐已辞世逾百年了。这座课徒授业的书院，经宋元之战，早已毁圮，连残址也无。好在学士山的名字传下来了。

学士山，离我的住处还是有一段路的。隔江而望，虽不显远，但要走到山前，得耗些脚力。读书的地方，总是安静的。外面来的人，兴致大都叫钓鱼城诱了去，没谁张罗去登学士山。我站在窗前，朝这座不高的山久望。游屐未到，心却是向着那里的。

这个午后，我转到住处跟前的一处园子。眼前闪出一座重檐的楼阁，匾上题的竟是"濂溪祠"。映目的好像不是建筑，是周敦颐的身影。这座祠，和我在岳麓书院看到的那一座，不是一个样儿。没有院子，中间一个池塘，汪着一片水，浅浅的，看去有些白。栽没栽莲花，我记不得了，反正人一进去，心先清凉了。一道木桥卧在水面，折为几曲。人影寥寥，空气未免有点寂然。但是还好，临岸的楼阁挤得密，从树隙间露出斜伸的檐角，不感到旷。这些建筑的名字，皆有讲究：凌霄阁、清华楼、荔枝阁、岁寒亭，各有来历，表面看去，与濂溪祠没有多深的关系，可是在"韵"与"趣"上，似乎也能相契。这么一看，绕岸的阶径、横水的曲桥，是将诸座楼阁连为一体了。

粼粼波影映着一块雕屏，数行字句，恰是周敦颐的《太极图说》。目光触上去，我的心神倏忽极静。此篇文字，言简约，意赅博，不是一下子能悟透的。阴与阳、柔与刚、仁与义，通着立天之道、立地之道、立人之道。真是"精妙微密"！这是大学问。读这样的作品，要有慧心。

北宋人程珦，夸周敦颐"气貌非常人"，让两个儿子程颢、程颐从学于他；我诵周子之文，尤觉"义理明而气势壮"，仿佛孟子辞章。论理不可冗，《爱莲说》《养心亭说》《太极图说》这三篇，没有一个长的，却抵得多少篇页！古今那类废而无用的充数文字，怎样不堪着眼，更是不消说了。文章关世变，关风化，关人心。照此看，周敦颐的笔墨，在中国古代思想史上也是有地位的。

一片云，飞上学士山。江天寥廓，养心亭的檐头昂仰，带点傲气，很像周敦颐站在那里。

陕宁篇

究天人之际，通古今之变

——司马迁祠墓和《史记》

一

心仪司马迁祠墓久矣。"迁生龙门，耕牧河山之阳"，这个地方就是韩城。乙未初夏，我得缘入陕，向着太史公的家山而来。这一天，恰逢着"中国旅游日"。

"中国旅游日"选在5月19日，是因为徐霞客。明神宗万历四十一年，也就是1613年，徐霞客27岁，他和一个叫莲舟的和尚结伴游浙。《徐霞客游记》即以"癸丑之三月晦，自宁海出西门。云散日朗，人意山光，俱有喜态"数句发端。《徐霞客游记》开笔那天，成了近四百年后的"中国旅游日"。

"游圣"之名，放在司马迁身上也是适切的。我读《史记》，对《太史公自序》抱有兴趣。他说自己"二十而南游江淮，上会稽，探禹穴，窥九疑，浮于沅湘。北涉汶泗，讲业齐鲁之都，观孔子之遗风，乡射邹峄，厄困鄱薛彭城，过梁楚以归"。游历

司马迁雕像

诸方，南北山水印过他的履痕。意气风发的远足，为宏壮的生命憧憬准备了一个必需的起点。司马迁初游天下时的年龄，应比徐霞客还小些。旅行的经验会给人旷达的襟怀，还能给笔端带来新异的东西。因此，司马迁写出来的文字是含着一种诗意的，我在《史记》中读出了这种诗意。司马迁把史学和文学打通了。他以文学的态度记史，写出了一部最美的史书。我对于《史记》的一点所知，差不多全是从文学史里得来的。

李长之在《司马迁之人格与风格》这本书里，以"自然主义的浪漫派"形容司马迁的人格。这种浪漫的自然主义的养成，是深得江山之助的。从山水间走出的人，性格中总会带些道家气质：逍遥、任侠、疏狂。在纂修上，司马迁通观千秋史事，离不了雄阔的心胸，述录逝者行状，离不了细腻的情怀；在做人上，司马迁当着汉武帝的面，替降将李陵推言其功，塞睚眦之辞，便见真品性。李先生的这本书，我是在年轻时读的，更多的内容已经不记得了，却把太史公的萧散风神印在心上。

韩城的司马迁，写出了三千年风云汇纂的《史记》；江阴的徐霞客，写出了田野考察的集录《徐霞客游记》。一个是黄河之子，一个是长江之子。虽则他俩遥遥地隔着千几百年的光阴，精神却是那样相通。

司马迁替李陵说了几句话，得罪了汉武帝，被幽于粪土之中，真是"忧患之来撄人心也"。这位悲剧里的主人公，陷入深重的沉痛中，可他没有给自己造起一座内心的囚牢。身上的苦痛，他能够强忍，却不能容许荏苒的流年无情地消泯珍贵的史料，使其磨灭。为了"先人绪业"，一个四十多岁的人，选择了下蚕室而受腐刑。这种酷刑摧残肉体，更蹂躏心灵。醉心的幻梦破碎了，也动摇了他对当世社会秩序的信任。他能"就极刑而无愠色"，忍辱苟活，"虽被万戮，岂有悔哉"，只为把《史记》写完。受了刑，在生理意义上，他成了一个不完整的男人。肌体遭损后，凭着内心的修复，他获得健全的精神。未被权力所伤的理想和意志，取代了痛苦与羞惭，像两只张开的翅翼，冲破淫威的控制，载着残躯高翔于岁月的穹苍。

信念与行动在司马迁身上是统一的。他追怀演《周易》的文王、著《春秋》的孔子、述《国语》的左丘明、吟《离骚》的屈原，还有孙膑、吕不韦、韩非……这一刻，孤苦的他和这些先贤融在一处，前途闪现炽焰般的光明。不相信现实的司马迁，投向历史的怀抱。他被引向一个伟大的抱负："网罗天下放失旧闻，略考其行事，综其始终，稽其成败兴坏之纪……"他听从内心的呼唤，顾不上感怀境遇，立刻就向这一人生目标奔去。他调动生命的全部能量，拼力追赶苍老的岁月。

同历代史官相比，司马迁形成了具有另异风格的写作美学。他把之前出现的史实看成一个巨大的场域，从外部将它打开，进入内部空间，并且向纵深推进。他要由此而创造出一种独异的写法。他在心目中确立了新史书的模式——纪传体。虽是述史，着眼还在人物上面。这种新的创造，大约是反了《春秋》编年体例的正统的，恰可视为一种观念的进步。即便我的眼光差一点，也不难明白，对圣人之则"诺诺复尔尔"，因循成习，断非智者之所应为。章学诚在《文史通义》里所下"范围千古，牢笼百家""创例发凡，卓见绝识"十六字，可谓扼要明通。司马迁其人其书能够在治史领域占了一个极要紧的位置，道理也在此处。《史记》的篇幅来得大，切口却来得小，过眼云烟与那繁富雅驯的文辞配合着，造出一种史传的新风格。理想的史书，应该是这个样子。就这一点看，我若是一个评论家，会这样认同他：关注大历史的细微处，用私人和群体演绎的事件缔构宏观的通史系统。

对于落满尘埃的古风旧俗、先世遗迹，司马迁有着特殊的感受力，那是情节和结局已定的史剧，他的职分是要做出接近真实的还原，让往事复活，而不是将其朝坟墓深处送。对漫长历史中环生的事实，依次爬梳、整比、拣择，把史的次序捋顺，固属不易，而要写得精，写得妙，特别是登场人物的头脸能一下子认得出，不把面目弄僵了，更为难能。他神追前人的时代、前人的社会、前人的生活，体味命运，体味心境，体味情绪。这是隔着遥远距离的观察，这种真切的观察是一面镜子，丰富的社会表情浮出历史的地表，清晰地投映进来。他在每一个人的身世中看到了灵魂的存在，文学笔调的述录，流丽畅达，把人物的仪容情态勾画得如活在纸上一般，让历史改变了枯硬的姿态，这多半又同他透彻的人生体验相关。"陶唐以来，至于麟止，自黄帝始"的人与事，汇成呼啸的湍流，奔涌于他的脑际，史上迭出的种种现象，在他的笔下衍成一番畅盛的局面。他力求离远去的众生近一点，近到看清各异的神情。因为有人物活动穿插在里面，这样一部严肃而系统化的大著作，神气虽颇俨然，但是它的具体传情、亲切有味，又最为读者所注意，《春秋》那样的编年大事记带不来这样的感受。司马迁在返回自己心间的亡灵那里发现价值，观照人生的戏剧性呈现：尊荣与卑陋、丰盈与残缺、雄强与羸弱、勇壮与怯畏……自上古迄汉初，他看到了书写的广远性，激扬的神思自由往来。他拥有如此巨大的权力——骄傲地站在历史的峰巅，瞰览一切。

在论史过程中，司马迁本能地进入一种思辨状态。"本纪"中的帝皇、"世家"中的王侯、"列传"中的人臣，他大胆臧否，无忌月旦，笔端凝着爱与恨。他是让自己的影子忠实陪伴在殁者一旁，亦将自己的思考给予他们，仿若真实的题赠。独到的史学性格在纂录中形成，使史书富有了人性意义，传为千古绝唱。《史记》被称为汉代文章的典范，可以无愧。

经历疼痛的生命受得住难耐的孤凄。数载光阴里，司马迁的肩头套上了笔耕的犁铧。官场的争斗与俗世的烦扰远去，他的撰述之心，专用在著史这一件事情上面。这是一种韧的苦战，常人断无此类作为。执拗的天性和记叙的禀赋，帮助他走向成功。笔底呈现的波澜大观，虽非他的生活经验，纷繁的史料却是通过他的意识，经了探赜索隐、钩稽发微而成书的。他写着，恍若看见那些陌生的面孔，听见他们的声音。这一刻，他同前人离得那样远，又是这样近。他潜心为历史人物塑造形象。身外的一切都不存在了，世界只浓缩成腕底的每一行字。风晨雨夕，青春的热焰重又燃烧，他耗尽心血完成了一个奇迹——用文字唤醒故人，也用文字照亮往古。

司马迁的人文精神和书写品格的成因，可以到历史环境中去寻觅。汉朝初立时期新鲜、蓬勃、向上的空气，给那一代知识分子注入了强健的气质与心理自信，纵意寥廓，肆志乾坤，敢为天地立言。照着李长之先生的意思，先秦诸子的学术精神滋育了司马迁，齐人的倜傥风流、楚人的多情善感熏沐了司马迁。他的命运之树缀满果实，受损的身体拥有充实的心灵和思想的重量。他获得人生的圆满，也赢取了自我的精神补偿。苦难的土壤上终于开放出成功的花朵，五十二万余字的大书，放射着生命的光彩。

每个人都带着上天的旨意降世，司马迁则为《史记》而生。

他把古史的长卷留给了世界，还有那些精彩的场景与细节。假若世上没有这部纪传体通史，后人怎么了解往昔呢？皇帝、王侯、将相、儒生、方士、酷吏、游侠、商贾和他们的功罪，借助词句与时间抗衡，留下坚实的印迹。确立个人同历史牢固的关联，是一种永恒的依托，他们是有幸的。我时常想，没有被史家记录下来的人和事，或许比纸上铭载的还要多，后世无从知其名，晓其情，这是永远的遗憾。今人对太史公抱以特别的敬仰，根由也正在这里。

《史记》是司马迁生命中最重要的部分。漫溯流光的长河，后人从这部书里认识了他。若无这部久为世用的典籍，他就是一个饮恨沉湮、其名不彰的文人，青史不会有他的位置。当然，事实不可反转，我的这番假设不过是为了证明他存在的价值。命运让司马迁为岁月留痕，为他人纪传。历史渗透他的语汇，他也把自己融进了历史。千年之后，黄河东岸的夏县，出了一个司马光，他在编年体通史《资治通鉴》里，写进了太史公的这一段。

上面的这些话，有些是司马迁的心迹，有些是我的所感。我在年轻时读《太史公自序》，读《报任安书》，那上面的有些字句，未曾离开过我的记忆，情绪常常受其支配，近乎产生同感了。替古人而悲，也是"尚何言哉"，真可放怀一哭！

写完《史记》后的司马迁，断了消息，竟至下落成谜，连卒年亦不可考。一个写史的人，求的最是信而有征，到了自身，空留一叹。

二

在中国，几乎无人不知司马迁，他让韩城成了一大去处。一个对史有情的人，应当来看司马迁祠墓。这个看，其实是拜。

祠墓踞势很高，全在一道巨蟒似的山梁上筑起。那绵亘中带着的跃动气韵，已叫初到的我看出来了。山梁的地势不平旷，无法把一大堆殿宇挤在上面。妙就妙在兴工前，那些做规划的人大概费过斟酌。在逼仄的地方高筑楼台，中国古人还是有心得的。我到过的蓬莱阁、普救寺，都是营造的好例。司马迁祠墓建在这样高的地方，很是轩昂，简直把整座山做了它的根基。陶渊明在他的诗里说："死去何所道，托体同山阿。"抬眼往上看，你会以为陶诗仿佛为此而吟。这一带的山，呼为梁山，可说有些名气，东面又临着黄河，大河之水把山衬得很峭。梁山借了黄河的势。

建筑承载精神。祠墓自西晋永嘉四年（310）始建，历代屡修。每一次新葺，都加深了后世对于史圣的怀思与钦敬。感情的积累延续了文明的传承。来这里的人，走在山道上，仰看祠堂的直壁翘檐，一时的心绪，还能不是"拜"吗？此刻光景，比那"万户楼台临渭水，五陵花柳满秦川"的诗境，总也不差吧。

先要过一条河，芝水河。河的名字是汉武帝起的。从前叫陶渠水，有一年，汉武帝在这里采得灵芝，就给河换了叫法。这个季节，河水没到丰沛的时候，又细又浅，也不清亮，水色有一点黄浊。水草却长得旺，这儿一片高的，那儿一丛矮的。

高的能过丈，暗绿的叶片蹿得很长，在风里柔软地弯垂，平常的蒲草长不了这么猛，我瞅着像芦苇。矮的不盈尺，光亮、细短的叶子拢得紧，聚得密，一蓬蓬散开在河滩上，花花搭搭，在太阳底下闪出鲜翠的颜色。

河上架桥，芝秀桥。过去，出入韩城都要从这里走。这是一座明代修起的五孔的石拱桥，桥栏的柱头雕着一些图纹，都是好手艺。工匠们做完了活儿，远走四方，他们的名字，没法知道了。后来，杨虎城和邵力子拨付银币重修过。桥面受了风雨的剥蚀，已很老旧了。铺上去的麻石，粗粗大大，一块鼓，一块陷，经过很长的年月，走过很多的车马，才会这样。带些坑洼的石板留着故人的足迹，值得低回。

桥那头，是一个坡，司马坡，必是因太史公而得名的。坡倒不陡，就是一个大斜面，一直通向祠的正门。门檐之下横着白色匾额，八个黑字："汉太史司马迁祠墓"。过了这道门，就是上山的路了。山算不上多高，爬到顶还是得费点力气。同行的从维熙年纪大些，抬脚吃力，留在山下默望，谓之"游目"，饶可尽意。蒋子龙还行，腿下无倦，噌噌奔到我前头去了。

古人在山梁上砌出石径。石径不是"一马平川"，是有些起伏的。大块的石板横铺在倾侧的陡坡上，或者把青砖竖着墁上去。遇见弯折的地方，山道依形就势，斜着就上去了。走惯了平直路面的人会觉得不那么顺溜。这么多年下来，石径好像从未大动，原初兴许就是这个样子。保留了这点"凸凹"，很好！修祠的工匠，舍不得把山给铲平了，也就没有废了好风景。本

司马迁祠墓山门

来嘛，在山上凿出一条路，哪有那么坦阔的？低头登山，脚底下不平，甚至会硌得慌，当然有点累人，可是登了一气，仰脸往上看看，还想接着登。走在历史辙印里的感觉是熨帖的。这里的石径，比起许多山间铺满柏油的步道有意味多了。山梁之上多牌坊，牌坊之间的空白要靠这条苍古的石径填补，就像人生的不同段落总要凭借记忆连接。

踏过一级级阶坎，在一个坡前，立起木牌坊。漆色有些褪淡了，坊额上的字还辨识得出：高山仰止。这是从《诗经》中挪来的老词，用在这里，还是有力量的。这四个含着深意的字，触动了我的联想：这条路上，满山的人是朝着一个伟大的灵魂走着，无数的心里都深印一个傲然的身影，崇峻如山。

往上登几步，迎着我的又是一个木牌坊，漆色照例残了，清朴之姿，犹似当年。穿过，舒了一口气，朝前一望，上面又有一个，是一座灰色的砖坊。坊额上写的是"河山之阳"。字是一个叫翟世琪的人的手笔，此君是清康熙年间的韩城县令。他应该读过《太史公自序》，记住了司马迁自报家门的话。"河山之阳"，指的就是东面的黄河、北面的龙门山。这一带是司马迁的乡园。石级尽处为山门，檐下"太史祠"三字，气韵很足，题撰者王增祺，也做过韩城县令，时在清光绪年间。

里面是个院子，上山早的人，这会儿已在院中兜了一个圈子出来，余味还在脸上泛着。山顶地狭，早年辟建时就定了一殿一宫的格局，今天看到的还是老模样。

殿是献殿。这是一座敞露的建筑，简单，没有什么装饰。

几根木柱支着瓦檐。设了一张石案,上面刻了简单的花纹。祭祀的香鼎我没有瞧见。殿里差不多全是碑,并立殿中的,嵌在壁上的,高矮大小,总有几十块。述行状、表功德、寄怀思之外,那些专门记载所谓历代修葺之事的,当然也不会少。

宫是寝宫。坐北朝南的屋子,背着光,有些发暗。宫门用木栅隔着,进不去,那就站在门口端详吧。后墙修了槅门。槅门涂红漆,还雕了花。门后供着司马迁,是坐像,身量比常人略大,穿一件大红袍,束发,在头顶绾成一个髻,垂着几绺细髯,一张白净脸,透着文雅,双眸发亮,好像看着你。这尊像,塑出了一个温良的司马迁。论年代,他离得太远了,依然是可亲的,不像佛菩萨,教人琢磨不透。我瞧着瞧着,连自己的眼光都柔和了。太史公的悲慨,多年压在我心上。他为史而歌,歌音断处,想到逐岁月而渐老的年华,内心会是无尽的空茫吗?夜静无人的时候,月亮挂在空中,像一个孤独的游魂,悠远的微光冷冷地映着淡青色的云絮,他那双寂寞的眼睛里,还噙着泪吗?"穆然清风"是题在门额上的颂词,草书。寥寥四个字中,含蕴风骨。造像前不见蒲团,摆了几个花篮。无人跪拜,也无人磕头,挺好,司马迁没有被整成一尊神。那天进到韩城的文庙,蒋子龙讲,坐在这儿,说什么都是太轻了。文庙供的是孔夫子,这里供的是太史公,带来的感觉应该是相近的。无暇久作流连,转身前,我在心里对这尊坐像说一声:我该回去了。

有两个拎着塑料袋的男女,走过来,朝宫里瞅了半天,作了一阵揖,低声说着什么,不舍离去。他俩若是本地人,较之外省来的游客，对于太史公的感情可能还要深些。门前放着功德箱，里面稀稀拉拉有一些钱。

这个供着司马迁坐像的宫殿，为一山之主，突出在山梁之上，我刚才在山下远观，高不可仰。有它在，满山都是光芒。此座建筑，好像未加新饰。单檐，短廊，当年朱漆已凋，不那么鲜亮了。漆色有些沉黯，也未补敷。不刻意更好。我经过的牌坊、宫殿、山道，还都留着旧颜色。这座古祠墓，没有变味儿。

寝宫后面，相隔不过几米远的地方便有墓茔立在那里。建祠之初，有个叫殷济的汉阳太守修过一座司马迁墓，是不是和祠堂建在一处呢？已经闹不清楚了。眼前的这座墓，早就不是那个了，却是元世祖敕令筑起的。兴许为了表示对于这位汉家史官的敬慕，或是应对某种需要，自然要来一番作意，这就有了用在建造上的手段，添些浮饰上去，看起来才觉得体。老百姓说，早先这里有一座土坟，忽必烈那一道令下来，经匠人新甃，通身的气派竟像个蒙古包似的。在我看来，这是个砌了砖的大圆丘，早先的土坟给裹在砖壁里头了。忘了是哪一位跟我讲的，这其实是一座衣冠冢。这个说法不知是怎么传开的。真的吗？我有所疑，又不知道应该去向谁讨教。正中那块刻着"汉太史司马公墓"的碑碣，有落款，是清乾隆年间立的。

坟头长着一株很大的侧柏，有年头了。树皮上的纹理拧着劲，比老人的额纹还皱巴。枝叶交缠，树下一片苍翠。墓周的砖石上镌了一些图案，多是花卉，也有八卦。我绕墓一匝，没有看出什么意思，怕是辜负了旧时巧匠的妙想。不过我明白，

司马迁祠墓远眺

这一抔神圣的黄土,只接受景慕的眼神,拒绝任何狂慢的表情。

  沿山筑起带垛口的高墙,把祠墓跟外面隔开。代代年年,每一束经过的日光和月色下,树丛、飘云幻出的图形融入沉沉的墙影,静谧得宛若孕育着神秘的隐喻。悄寂的墓穴和宁恬的空气之中,安详的灵魂与匆遽的时间对视。野花、杂草逃离风声的喧扰,凝神谛听无声的交流。我进入了一种境,很实,又很空。这一刻,我觉得山岭上的所有光泽都是从司马迁的眼睛里闪出来的,在漫山耀动的静穆彩晕中,他浮升在遥远的天边,流云轻拂着宽博的衣袖,祝祷的诵声海浪一般涌起。他的深彻思想,他的复杂心绪,变成文字,静静地躺在书页里。两千年了,没有人能窜削它,它永远保持着原本的姿态。会有那么一天,读过《史记》的人离别这个世界了,它还会继续留存于传世的伟构中。文字终归比人耐久,能够经历更长的岁月。天下写书的男女都是认可这个道理的，遑论司马迁。古今有那么多视文为命的痴心人，以写作走向自己的理想，因为他们相信语言具有固化思想的魔力。一生心事在文章，有了此番恒心与毅力，"用志不分，乃凝于神"这种话，也是不虚的。名山事业寄着这群人的整个的生命。若失掉字字浸血的付出，许多人类的精神痕迹，早就荡然。山路的一个牌坊上留着四个字："史笔昭世"，道出了司马迁在这上面所成就的，不仅是一部书，还有更为深厚的底蕴。漫长的时间里，这个世界上，虽然不再有太史公的躯体，却依然有他的思想。司马迁让后人在《史记》里找到了过去。

祠墓之东，黄河的浪影奔舞，让苍茫的渭北高原经受庄严的洗礼。涛声阵阵，滚雷似的在远方喧响，如同天地间最雄壮的音籁。河上望不见船帆，我的思绪却像船帆漂起来，卸掉命运自身的沉重，逆着时光的流向，去接近一个高贵的灵魂。

司马迁的一生和汉武帝相始终。手握予夺权的汉武帝，给了他修史之责，也给了他难言之辱。司马迁祠墓和汉武帝祭拜过的后土祠隔着黄河相望，这是能够牵动人的感情的。我去年到晋南，听运城人说起后土祠，有的还能背出几句汉武帝的那首《秋风辞》："秋风起兮白云飞，草木黄落兮雁南归。"这个刘彻，在汾河的楼船上悲秋兼怀人，调子亦极缠绵凄切，可他未必想过太史公的内心之痛。

司马迁祠墓与后土祠各在大河西东，也许是一种巧合。一个"牛马走"，死了还躲不开帝王之威吗？哪有那回事！

天若有情天亦老

——茂陵和《金铜仙人辞汉歌》

法门寺的塔影望不见了,车子在召公镇拐入土路。

冬小麦已经泛绿,辣椒长得很旺,红绿相宜。有时也可以望到一汪浅碧的池水,浮着浓密的莲叶。在大西北,这或许稀罕。过武功县,见路边堆放着不少雕着狮虎图案的刻石,方方正正,传汉代画像石朴茂风神。这同我去年在鄂西山区的所见类似。这些砖石作品被用作住家院门柱础,装饰意味很强,自有讲究。

入兴平市,过马嵬坡。路畔高出一座丘墟,环墙以为园,乃杨贵妃墓。但无缘下车以观之。车里人有到过的,说除去孤冢及古碑数通,别无他物。他们过于简单了,只识眼前一二实物,未得想象的情趣。"蜀江水碧蜀山青,圣主朝朝暮暮情。行宫见月伤心色,夜雨闻铃肠断声。"诗句哀婉,不忍读。红墙朱阁远去,我回望墓冢,一时收不回目光。贵妃缢死,凄风黄埃飞卷。吊她的那棵梨树安在?

茂陵

黄昏抵茂陵。斜晖里一座坟，很有山的气势。上面植松柏，覆一层暗绿。

刘彻是汉代最有功名的帝王，他的墓冢在汉陵中也可以为冠。汉代堆土为陵，皆夯筑，形似覆斗。其实，封土的高矮对棺椁会有什么用处呢？只是一种权势的象征罢了。汉武帝是到过泰山的，而且惊叹它"高矣，极矣，大矣，特矣，壮矣，赫矣，骇矣，惑矣"。我猜测，茂陵造得崇隆若此，是不是要同岱岳一比伯仲？茂陵是刘彻当皇帝的第二年开始建造的，建了五十三个春秋，陵园周回三里。在修陵寝这件事情上，他可同秦皇比方。长陵下的高祖刘邦要为之感叹。

茂陵博物馆建在霍去病墓前，就山麓之势，对英年早殒的冠军侯的钦慕亦渗在里面。评量帝王与将相，尤对后者倾心。建馆者的眼光，不俗。

陕宁篇　271

石刻以《马踏匈奴》为上品，昭示大司马骠骑将军戍边功勋。另有跃马、伏虎、卧牛、蟾蛙，均依石料原状，略施雕凿，便出形象。汉承秦制，艺术风格却不同。秦俑细腻写实，汉雕粗犷写意，尚风骨，崇神韵，气象雄阔。

霍去病巨冢状祁连山之貌，据说是汉武帝的授意。览胜亭高踞其上，颇有姿态。行色匆匆，未及登眺夕照下的五陵原风光。

茂陵博物馆是一座很美的花园。馆内花窗、彩堂、游廊，美人蕉火红，翠竹与冬青碧绿，各有浓淡。泉石假山又添韵味。

馆墙之外，环列卫青、霍光、李夫人之墓，气势弱去许多。

只得片时的游赏，茂陵便在暮色中远去。古原落日里，湿薄的雾气带着晚凉在田野上浮起，宛若流动着乳白色的液体。风景很耐含咀。

离别茂陵，秋风送我又归咸阳古道行。汉宫冷月伴着黄土堆下躺着的古人，听静夜里飘响李长吉的那首《金铜仙人辞汉歌》：

> 茂陵刘郎秋风客，夜闻马嘶晓无迹。
> 画栏桂树悬秋香，三十六宫土花碧。
> 魏官牵车指千里，东关酸风射眸子。
> 空将汉月出宫门，忆君清泪如铅水。
> 衰兰送客咸阳道，天若有情天亦老。
> 携盘独出月荒凉，渭城已远波声小。

远天好苍茫。

大漠孤烟直,长河落日圆
——沙坡头和《使至塞上》

千年之前的王维,奉使赴凉州河西节度使府宣慰,身若征蓬,遥过关塞,且记之以诗。诗为五律:

> 单车欲问边,属国过居延。
> 征蓬出汉塞,归雁入胡天。
> 大漠孤烟直,长河落日圆。
> 萧关逢候骑,都护在燕然。

施蛰存先生考诸摩诘原作,认为此首《使至塞上》中的"使"仅是一般的使者,非王维本人,故不可将这首五律视为诗人自述。深入一层,施先生对许多唐诗选本都选入的这首名作并不如何看好,一条要紧的理由是,它的首联和颔联都犯了合掌之病(另一条,尾联是从虞世南《拟饮马长城窟》里抄过来的)。这种诗病,在唐常见,宋之后,则是要力避的。不过,施先生也同古来的多数诗评家一样,称赏这首诗的颈联二句,夸

沙坡头

它"气象极好"。这便是黄发垂髫皆能上口的"大漠孤烟直，长河落日圆"十字。不管这诗中所述出自王维经历，还是从旁观者的视角而来，本诸史，他是到过朔漠一带的，领略其风光，表达其感受，化为纸上文字，也就能够有所交代。

不少人在讲到王维诗中有画时，差不多都爱从他的诗里找出这一联做例子。《红楼梦》中"慕雅女雅集苦吟诗"一回也假香菱之口说到它。这些都还只是借文字以想象，若饥人画饼。真要变心想为眼观，且走入风景中，应该到沙坡头去。

沙坡头在腾格里沙漠之南，黄河之北。大漠、长河，互为映带。落日是容易看到的，求圆，像是也不难。孤烟，虽然居高尚可以远远地望见明长城上的烽燧，狼烟却已是遥不可觅了，求直上之景，就成为大难。才女香菱说"直"字似无理。乾隆之世过去二百多年，岂止是无理，连孤烟的影子也望不到了。烽火岁月已经属于昨天。

这一段黄河，当其中流，水势汤汤，正宜于泛筏。筏，缝革为囊，几个捆在一起，便可做泅渡之用。唐宋时代，呼之为"革囊""浑脱"。我去年在兰州，享受过皮筏之乐，在这里又坐，感觉是河道的弯度大，从香山下穿出去，如龙蛇之舞，不像兰州一带的黄河，倚城而过，又宽又直，故所观旷野意颇足。我来时，距落日时分还远，却可以预想，坐在河中之筏上，举头红日近，恍惚之间，真是身在意中的古画里了。

隔岸的河滩，皆垦良田，虽时在残秋，绿意仍未消尽。"风行水上，涣。"黄河闪着一路鳞波，悠悠地流。我昔年去豫西的陕县（今三门峡市陕州区），曾经站在日暮的岸边，望黄河之水静静地从中条山下东去，且披着晚霞的红艳。《诗经·邶风》："静女其姝"。黄河恰如温婉佳人，绝不飞扬"河源怒浊风如刀，剪断朔云天更高"的狂肆态度。

临河的草木借水之沃而茂，绿荫中掩着一座山庄。过门庭而踏秋叶，落尽闲花不见人，幽静如深寺古观，唯听黄河东流之音。

北面不远是沙坡头，有人认为这就是昔日呼为"万斛堆"的地方，此名似略能状其形貌。滚滚流沙形不成海边那种平缓

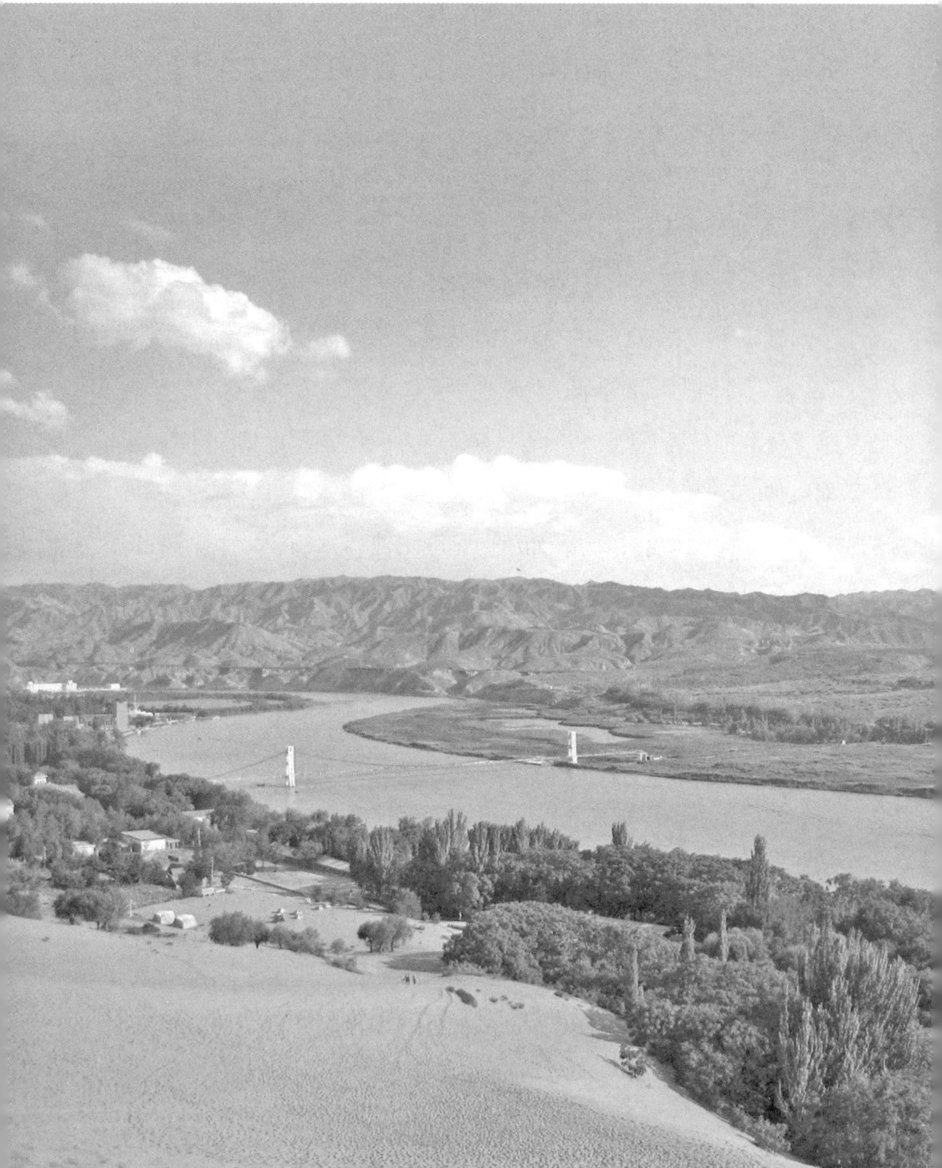

的滩涂，却山一样地耸起，这实在是很奇特的景观。香菱女史若是别大观园而出塞，目有所见，怕又会说它无理了。沙坡头其实就是在乾隆年间形成的。腾格里的风沙南下，为东去的黄河所阻，不再前进，堆起百米沙坡，站在河滩的翠荫里，须仰视才能见其巅。沙子金灿灿的，绝无杂色。沙坡一下子斜下去，刀切似的陡，大起大落，毫不拖泥带水。那一道边缘劲峭的轮廓线，其势流畅，在高爽的蓝天下起伏若奔，有一种叙说不尽的美感。

通常，是要从沙顶一路滑下来才会尽畅游之兴，据说还可以听见沙坡深处响彻钟鸣之声。我去岁在敦煌鸣沙山，因天晚，一未乘沙流以滑驰，二未见月牙泉清波，只记得暮色里晃动的数峰模糊的驼影，却能够凭想象而推知，那细如流质的金沙会将欢笑送到很远的地方，心也仿佛被清泉浸得梦似的甜。

沙坡头也有泉，泪泉。悲夫其名。往日，水曾是颇旺的，眼下所淌只涓涓一脉细流。泉旁立着几株柳。泪泉也有故事，说来说去总也是那一个，我只当作忧伤的传说来听，至今还能够记住的，光剩了一点断续的影子。无非是古时这黄沙之下曾有一座桂王城……余下的，只好略去。

沙坡上，几峰骆驼徐缓地走，三五个斜倚金沙的青年，悠然望黄河。

北过包兰铁路，是望无际涯的腾格里沙漠。我一年之前到武威，曾足踏它西南的一角，今日又从东南边缘以入，故不感到陌生。

铁路北侧很深的一带，皆浓浓淡淡地覆着绿色，是假人之力栽种的沙生植物。这成片的植物带铺展开去，使沙变流为固。所取麦草方格治沙法，可算一种伟大的创造。

遍生的红柳、沙枣，根在沙中扎得很深。还有大片低矮的灌木，半透明的小花黄一瓣白一瓣地笑在枝头，我叫不出名字，只好贴近轻薄的叶片、湿嫩的花蕊，领受苍茫沙海中的缕缕清香。一大片细柳，埋在沙中，本是为治沙而栽种的，却没能活下来，只留下枯死的躯干，仿佛还在这里做着永恒的守卫。那些被扎为风障的树枝，多年后已经朽去，零星地散落，当初，都曾是鲜绿的新枝啊！几根固沙的麦秸，也飞蓬般地在风中飘。草木无言，却自含悲壮意味，隐隐地惹人断肠。

更深处，绿色淡去，弥望皆一片金黄，连绵地扑向海洋般的蓝天。人立其间，细如一芥，无法不兴河伯之叹。我旧日在草原跃马，在湖海踏浪，都曾有过相近的感慨，几要效登幽州台的陈子昂，"念天地之悠悠"了。就朝远方高声喊，没有回音，始觉出身外的空旷。

风扫大漠，皱起谱线般的沙痕，是别一种涟漪。我捧起一把柔粉似的沙子，迎着阳光扬去。飘飞的，是一片金色的雾。

贺兰山下古冢稠

——西夏王陵和《古冢谣》

贺兰山枕西北之天,遥望若奔马。西夏的帝陵造在这里,得堪舆之胜。

西夏立国近二百年,不能算短,十朝帝王的陵墓多数在这里。建筑,推想早已超过植木冢上的寻常葬式,当是宏丽如殿堂的。无奈因为成吉思汗的一声令,大片陵寝就被火焰烧尽,只剩下座座忧愤无言的裸冢。冢,底座大,朝上尖去,具体而微,样子就颇像渭河平原上的汉唐帝陵。一代天骄像是不逊火烧阿房宫的楚霸王。

以我寡识的眼看,关于西夏的大概,实在是近于陌生,能够找来读的文字也稀如星凤。想沉入历史,就成为大难。索性反一下知难而上的常道,退步趋易,至少可以避开史的纠缠转而醉心于对眼前景物的观赏。观赏,因了史与识的短浅,故同样是默对陵寝,却不像对秦汉唐宋墓冢或是清朝的东西二陵那样大可捉摸。能够借死物以帮活人忙的,是这里的一些陈列,

西夏王陵

通过图表加照片，毕竟也略能得其梗概。几方残碑，密刻西夏文，形状粗似汉字，显然是借取了会意、形声、转注的造字法，非专门家不能辨识。碑的面目已不复完整，远不像我去年在甘肃武威文庙里所见的那尊"凉州重修护国寺感应塔碑"气派，不单镌于碑上的伎乐菩萨美妙，那一千多个西夏文字也已成为广陵绝响。

党项族人所创大夏国，尽领河陇之地。从疆域图上看，以兴庆府（今宁夏银川）为中心，西达玉门，东抵黄河，南至萧关，北控大漠，与宋、辽（金）鼎足而三，轰轰烈烈多少春秋！席终筵散，秋坟鬼唱，恨血千年，这同刘汉、李唐、赵宋帝王的归葬像是没有分别。庙堂之君纵使高高在云霄之上，死后，也不免委枯骨于泥土之下，倘非封之若堂，谁人能够辨出和市井之民的异同？《易》理所谓"古之葬者，不封不树"八字，实在也止乎圣人耳。止乎，未免也太绝对，葬于鲁的孔仲尼，相传生前曾作《系辞传》，其墓前可有成拱之木乎？我至今仍无缘去孔林，不能知其详。能够说清楚的，是这片西夏王陵，排场不光是封植之功了。身死，还要让灵魂静憩在人造的风景里。木石之筑的阔大气象，我们只能到今人据推想而绘的长卷壁画中去领略了。且看，角楼、门阙、碑亭、外郭、内城、献殿、陵台、神墙，极有规模，如果不为战火所焚，总也能同朱明王朝的十三陵相当，至少不会输于桂林郊野的靖江王陵。这种形制的帝陵凡九座，环以为数甚众的官僚勋戚的陪葬墓，聚为旷漠大观，我们简直无法想象其壮丽。风云舒卷八百年，残留的一座座塔形陵台,在艳阳下闪烁金黄之光,遂使贺兰山下的平川,野意和古韵俱足。

有的人将西夏王陵同埃及的金字塔相比方,想想,差能得其仿佛。

昔年的风云人物和功业距今是遥远得无可追寻了,唯余一片荒冢断垣来供我们凭吊。偶有风来,自腾格里沙漠越贺兰山而东移,就使秋凉愈深。粗硬的沙砾中,离离之草和几株细瘦的沙枣在渐紧的风里摇动。风化的古陵台,残躯如尊尊不肯坍弛的骸骨,默立于苍茫的宇宙和寥廓的历史空间中,在流云、疾风、骤雨、飞雪里维持着昔日以刀剑横世的威严。是王者之风吗?"春色不随亡国尽,野花只作旧时开",是遗民之音。除去这一片荒陵古台,我们向何处去寻西夏旧影?无可奈何花落去,只能空抱叹息。形而上,王充谓之"鲸鱼死,彗星出,天道自然,非人事也"。

有好事或怀古者也如我一样在陵前缓步,明代的安塞王朱秩炅就是一位。他不只是游,还留下一首七言诗《古冢谣》:

贺兰山下古冢稠,高下有如浮水沤。
道逢古老向我告,云是昔时王与侯。
当年拓地广千里,舞榭歌楼竞华侈。
强兵健卒长养成,眇视中原谋不轨。
岂知瞑目都成梦,百万衣冠为祖送。
珠襦玉匣相后先,箫鼓声中杂悲恸。

世更年远迹已陈，苗裔纵存犹路人。

麦饭畴为作寒食，悲风空自吹黄尘。

怪鸱薄暮喧孤树，四顾茫然使人惧。

天地黯惨愁云浮，遥想精灵此时聚。

君不闻，

人生得意须高歌，芳樽莫惜朱颜酡。

百年空作守钱房，以古观今还若何？

这首边塞诗，追史之外兼以言情，就不能不让人心系沧桑。忽然忆及，旧日登咸阳古道，迎茂陵秋风时，也曾有过这种感觉。总之，伤古的心是太重了。此情，四海皆有相近。路易·波拿巴时代的雨果谓："凡是发生过悲剧的地方，恐怖和怜悯就留在那里。"早他千年之上的晚唐人杜牧之则以诗咏叹："六朝文物草连空，天淡云闲今古同。"

我未逢翁叟于古道原田，只独自在秋草鸣虫间轻抚斑驳如蜂房的陵台，捡起几片砖雕或覆瓦的碎片埋头看，貌痴痴似有所寻绎，也能略近于考古家端详断简残牍。

老去的陵台，覆满劫火的燎迹和箭镞的锈痕，是一具泥质的木乃伊。深深浅浅的裂皱间，竟毫无惊扰地爬行着一只彩色的甲虫，它是从哪里来的呢？

枯朽的残骨，还能绽放生命的花朵吗？

贺兰之荫、黄河之水仿佛都已远我而去。己身、古冢，相距近，可以借无声的语言交流，也确实能够视为一种独有之境。

西夏王陵，可看的不很多，可悟的却未必少。悟，常同遥想相伴。比方同这些高大的冢丘默立在银川平原上的我，幻想之翼就飞向了阳关的古烽燧和苍茫的戈壁滩。野云寒沙中，铁马悲嘶，雕旗狂卷，敢以征杀边塞的龙城飞将自居乎？

最是萧瑟残秋的夕暮，踏寒烟衰草来看这成片的枯冢。纵有扬州歌女在，《玉树后庭花》也是无法隔江犹唱的。想到一代王朝就这样灭绝了，连二十四史都不曾入，总不免心怅怅兮有所憾。憾，还在另一面。六伐西夏功将成的成吉思汗，未及举觞做得胜之饮，便病死在六盘山中的军帐里，霸业，转瞬就成空无。

苏东坡尝歌《江城子》，谓："酒酣胸胆尚开张，鬓微霜，又何妨。持节云中，何日遣冯唐？会挽雕弓如满月，西北望，射天狼。"对于苏才翁聊发少年狂，千骑卷平冈的气魄，我只能暗抱赞叹，所想，实在还只是古甘州之地的大佛寺，居首位的，当然是那尊倚梦而笑的释迦。

鲁豫篇

安眠的思想者

——兰陵和《荀子》

荀子的血肉被鲁南大地收去了。早先只是兰陵城东南郊野上的一个小坟头，添的土多了，积出了山的姿态。

一个思想者在这里静眠。散发着古远气息的泥土裹紧他，温润的水分滋育出鲜碧的草树，仿佛从他的身体上长出。我来的时节，残冬的寒峭刚刚过去，纷繁的枝条溢满春天的芳馨。树身带着深沉的神情伫立，几抹轻倩的针叶阴影投映在孤零零的坟上，常青的树色象征着生命的久远。墓上的青草在风中绿波般漾动，宛似布满苍老额头的智慧的皱纹。野花也来夺一点风光，花瓣细小，缭乱地吐出粉白与淡蓝，受了风吹，犹似化成蝶翼，转瞬就翩翩旋舞，绕墓而飞。思想的颜色灿灿地闪，吸引着人们的想象。

荀子两任兰陵令，度过的年光近二十载。那时，他是这个名邑的担纲角色，就像他以强健的思辨力在诸子百家中获享学术尊荣一样。春秋战国时期，思想的开放蔚成繁盛的争鸣局面，

荀子墓园大门

衮衮时贤的慧觉，是那个活跃的年代孕育的，又照亮那个年代。曾在历史上共处的诸公，生前，接纳他们的是社会，死后，接纳他们的是热土——走尽了有涯之生，各自带着风雅遁入孤寂的空间，在枯守中承受浓重的黑暗的包围。最带情感温度的是，拥抱荀子的终老之地——兰陵的黄土，同赵国的故土一样教他噙满激动的泪水。被清谧攫住的心，最宜耽入沉思和遐想，他不感到失落。永远辞别了人世，天国的门阙訇然敞开，荀子迎向新异的一切。

　　远近而来的参谒者，穿过一扇扇髹红漆、镶金钉的大门，轻步接近先哲袒露的心扉。重檐的后圣殿，是为象征思想的重

荀子墓园后圣殿

量而兴修，名为"梦花笔"的华表，是为象征生命的高度而刻造。建筑寓意都落在钦敬与追怀上。在这个令后世的目光和心灵良久驻留的地方，我一时的所想，竟是那座无数人经览的济慈墓——惹得雪莱为它动情，并用欣羡的语气说："想到人死后可以被埋葬在这么甜蜜的地方，不禁使人迷恋上了死亡。"瞅瞅冢前分立的墓碑、翁仲，我更在心里默诵正殿内外横匾上的题字："最为老师""周孔之绍"。供于方正拜台上的荀子坐像，是工匠模拟他的形神悉心雕镂而成的作品。扫视的一瞬，我记住了清癯的面容和蓄在颔下的浓须，还有一双闪动着明慧之光的瞳眸。把"生受崇敬，死备哀荣"八字给他，是合适的。

天授的心智禀赋，使荀子将一生中的黄金时段励志于学理的创制。从思考出发的书写，让他通过充盈卓识的语汇来表现自己。神圣的精神劳动，是天职和使命。他向世界赠送了自己拥有的最好东西——深邃的思想和诚朴的感情。"博雅""知明"诸字，镌在墓道中间的牌坊上。这标签化的圣训，后者语出《劝学》无疑。我们多是在语文课上怀着赞叹的心情记诵此篇，从语词间流贯的古雅风调中初识荀子。畅达的论理、警策的箴谕、严缜的逻辑，显示了思想家的一面；繁复的譬喻、整练的句法、排比的气韵，显示了文学家的一面。真理从来都切近人生，精神的功绩也是现实的。他关于精进的教诲，仍然在为学子的成长服务——点燃胸中炽烈的信念，竟至改变了命运。当他们摒弃混在心间的各种杂念，敦习进修，使潜在的才智获得长足发展后，定会亲切地怀念这位带着荣耀远去的尊师。

稷下游学，对知识孜孜以求，为荀子渊深的学养打了底。他承传孔孟，用精辟的言辞建构儒家的精神秩序。古与今、天与人、名与实、义与利、善与恶、礼与法，对于充满矛盾意味的概念，他皆持独异的灼见，倾心解析深奥的意义之谜。基于认识选择的理性定位，是在时间线上确立的坐标，导引后人向着儒学的源头寻溯。

"天行有常"是荀子尊奉的天道观。究天人之理，飞荡慷慨之气，代表了人类的自信。上古时代，少数智者才能看到这个高度。他用理智的声音压倒飞来的质疑，使自己跃上思想家的峰巅。他对观念世界的成功塑造，促进了古代哲学的成熟。他那仰天而啸的风姿,"恢恢然,广广然,昭昭然,荡荡然",一个孤傲的灵魂在无边的寰宇狂奔。同在穹苍之下,他不像屈原那般忧愤,也不像庄周那般玄远。

"人之性恶"是荀子对孟轲发出的辩难,也是他提出的一个深刻的道德命题。面对人性,孟子投来的目光是温良的,荀子投来的目光是冷厉的。荀子的思绪固执地转向人性的另一面,并直接亮出诘问的锋芒:不经过教化,先验的善只是理想化的幻象。相异的识见深处,又都暗含理想主义的色彩。一代儒宗钱大昕谓之"立言虽殊,其教人以善则一也"。善恶观念是复杂人性的抽象,对于心灵的默化往往又在日常的浸淫里。歌德的看法或近于述圣子思的中庸准则,他这样讲:"我们称之为恶的东西,只是善的另一面,它对于善的存在以及构成整体是必不可少的,就像要有一片温和的地带,热带就必须炎热,拉普兰就必须冰冻一样。"天道远,人道迩,形而上的奥旨,我不能解,只好求诸奇异的力量。还是连唤数声,让醒来的荀子笑微微地跃出地面,向没有尽头的来日睁开眼睛吧。雨果说过:"那些生时是天才的人,死后就不可能不是神灵!"

生命对于荀子的灵魂来说,消逝得太匆忙了,不然,他的精神长度不会限定在《荀子》三十二篇上。太史公说他"于是推儒、墨、道德之行事兴坏,序列著数万言而卒"。嘉惠后世的鸿文,扩大了无数人的思维疆域,掘进了认知的深度,魂灵上的盲者瞩望到了照彻内心的光芒,培育出对于生活哲思的敏感。简言之,后学莫不有所沾溉。这些独立成章的文字,展开了一个个精彩的

荀子墓园牌坊

荀子墓冢

内容单元，兰陵人赋予它们一种耐久的形式——刻在长长的碑廊上，使其战胜时间。带着巨大精神能量的经典，最有资格同碑石永伴。不，这些文章本身就是一座巍峻的纪念碑！荀子以深思的代价换来了皇皇载籍，这些载籍内蕴的坚实力量，支撑着宏富的中华文化的巨构。作为著述者的他，赢得了历史的荣光，没有任何虚假的荣光！一幅精神的肖像在追慕者心中清晰地显现，司马迁撰写《孟子荀卿列传》，是向圣贤的致礼。思想家的美誉，超越了邑令的体面。文名一旦盖过官名，理政的那番作为倒不常有谁去留意，荀子为之抱憾吗？"从今以后，众目仰望的不是统治人物，而是思维人物。"这，仍是雨果的妙句。

一个人影响着未来。在荀子面前，死亡并不存在，只因魂魄的寿命从来都是无限的。殒身不会导致与世绝缘，也不标志着思想的终结和精神的断裂，他照例活在绵远的世代中。他的睿智长存于我们的呼吸之间，盈溢着古典意蕴的语声延续着同圣谛建立的联系。他的双眼好像永远不肯闭上，脸庞依然浮起慈蔼的笑意，宁静地细听后人念诵自己写下的旧而未朽的字句，探知古老的意义如何获得颖异的理解和精新的开益，体味迥殊的生活感觉。

只有用心灵悟透的道理才值得借助语言来表述，成为导引前路的真知。时光抹不去它们的长久价值，每个人都通过自身的经历验证这价值的珍贵。荀子的撰述，在两千多年前停止了，而在后嗣那里，则意味着一次次新的开始。因此，理知的生机不会萎缩，荀子的心灵羽翼挣脱囚室般幽狭的圹穴，朝着寥廓的天际纵意高翔。人们没有失去他。那个纯正的灵魂，穿越世纪的门限，犹在现实生活中跳荡。我开始相信，茫茫世间确实存在着永恒。

太史公尝言："齐人或谗荀卿，荀卿乃适楚，而春申君以为兰陵令。"春申君葬身淮南，李郢孜镇的一抔土下，幽魂不言，公子黄歇还记得起荀子吗？楚相葬身之所，不过一碑一冢，别无布置，逢着晚天的斜阳照来，伤感地立在淡红的落霞中，哪有荀子墓园内崇楼高台的雄丽气象？

随风流泻的灰云坠下来，压住了坟头萋萋的浅草。草丛间颤响着低幽的虫鸣，闲寂的空气愈加浓郁。垒土的弧形边缘被环砌的青石收住，封存了荀子的世界，我也陷入极深的缄默。只一瞬，太阳破开雾霭透出光来，绽放感动天空的明亮的微笑。迎着温煦的照拂，隆凸的封土像是从短梦中醒来，灼灼地亮了。此刻，我的视线恍若同荀子的眸光对接，整座丘垄都笼罩在穿透岁月浓雾的沉静光晕中。这寂寥无语的古冢，存迹千载，并未沦为被遗忘的一隅，潮润土壤的空隙盈满生命的热度，饱实的精神种粒在沃野宁静的怀抱中获得新的萌发。荀子的建树没有被时间的尘埃覆盖，无尽延长的光阴会显示它的久远意义。

深深的苍凉是坟茔特有的气氛，四围堕入空寂。大地不会愚弄人类，与它结为一体的逝者，用骨骼担载沉重的泥土，抗拒时日的压力，并以恒定的姿势享受安宁。我的手缓缓抬起，像是举觞敬酹一樽兰陵美酒，在这悄默的墓前。甜润的汁液洇入他长长的酣梦。

聚义厅前杀气生

——梁山和《水浒传》

出菏泽，北过郓城，即见一片山，不高，亦无茂树，所望全是大片裸岩，很瘦硬。巨野之泽呢？地图上也不见标出这样一片大水（北有东平湖，非为梁山泊）。水泽的形成，是黄河南溃的结果。水退，泊涸，遂成平陆。山无水映，风光似要差些。绿林豪客，谁能长怀赏景的闲情呢？缺了巨浸的环护，梁山不再险固。从断金亭边的宋江马道举步，一口气可以上到虎头崖顶的忠义堂，毫不觉累。山极寻常，能引新旧落草的各路好汉结寨啸聚吗？不免怅发英雄之叹。我疑心施耐庵是夸大其词了。"寨名水浒，泊号梁山"的旧地，大约是在这里的。一路上纵使只有山迎，并无水送，因慕古的心占了上风，游兴仍是不减。

山口刻石为像，是施耐庵。连云港的花果山下也有一尊吴承恩像。在这两处和小说分不开的地方，做法都是一样的。走过一段山阶，上到半山平阔处，横出一扇断崖，勒"水泊梁山"，这是点景的四字。一旁造了武松和鲁智深的石像，据说由戴敦

施耐庵像

邦设计。屯聚山野的豪士，使气任侠，揭竿当旗的旧影虽入《大宋宣和遗事》，也仿佛近在眼前。

断金亭里，一个穿灰布长衫的老汉手打竹板，唱着莲花落，像是《水浒传》中的句子："断金亭上愁云起，聚义厅前杀气生。"山风吹得猛，拖长的声音响很远。菏泽为戏曲之乡，多能说唱者。他歇下来，我问起莲花落，答曰：大明朝已有。这位满口腔曲的老汉，好似还活在过去的日子里。断金亭扼岩道旁，颇像一座古时就有的山驿。宋江骑马上山，很有可能从亭前经过。马道数尺宽，铺着岩板，一面傍崖，一面临壑，奔水浒寨中，要经过这段路。坡上很多松树，略矮，大概是近些年栽植

武松、鲁智深像

的。宋江马道长可数百步，行尽，改走林间的土路。黑风口有一点狭隘，树木苍郁，望之幽深，如小说中所云，是"绝径林峦"。立着李逵石像，颇传神。后面是一道斜崖，皴石万点，山势的险恶正可以从这里看出。远望，山外一片平野，农舍掩映于绿麦间。往日，眼前曾是浩渺的水泊。

宋江据虎头崖扎寨，两道护寨的石墙已坍为残垣，剩下一截儿横在路上。寨墙原高丈余，推想是很坚固的。山寨水涯间的攻守，要靠它。寨边的宋江井有水，浮着一些草叶。井口很大，应该是旧物。静水曾照故人面，不觉一叹。身后的石碣亭里，有说书者。听了几句，恰是武二郎打虎那一段。

鲁豫篇

忠义堂

忠义堂筑于崖上平地，下临断壑，择势有一点险。砖墙围起一个院子，插了杏黄旗。堂中供着宋江。堂址也应是昔年的。只是焚香炷，设蒲团，如一座山寺了。《水浒传》第七十一回，宋江大摆醮筵，"香腾瑞霭，花簇锦屏，一千条画烛流光，数百盏银灯散彩"，排场之大，无可形容，确能感通上帝。天罡地煞的作为怎样，是史者之论，我的兴趣唯在小说家言。

下山至郓城，吃了一顿鲤鱼。我从小就在芦花荡中打鱼，入口即知是不是刚出水的。桌上鱼，味鲜，是从东平湖新捕来的吧？菏泽人很会做鱼，劈开鱼头，放入瓦煲，加足作料，且炖呢！此道菜呼为曹州鱼头煲，过齿不忘。还喝了一点酒。酒名很能应景，曰：水浒英雄。

春树秋花一草庐

——蒲家庄和《聊斋》

太史公适齐，尝谓："洋洋哉，固大国之风也！"我在淄博三日，看周槐苍荫下的姜太公衣冠冢与孝妇河边的颜文姜古祠，筑石为御的齐长城延袤的墙影和沉寂的东周殉马坑也从眼前闪过。稷下学宫邈矣，风吹垄草，齐国故都西门下，只孤伫着怅望的我。孟子、荀子、邹衍、慎到、田骈、环渊、淳于髡等稷下的贤士，管仲、晏婴、司马穰苴和被其妻孟姜哭祭十日的杞梁等等恭伴君侧勤恪任政的卿相，俱往矣。我来去匆匆，未及一吊管仲、晏婴之墓。假定能去，或许要比探看深葬姜齐的桓、景二公和田齐的威、宣、湣、襄四王的古冢有意味。只这些，纵使《箫韶》九成无缘亲听，执雉羽随编磬而曼舞的齐都礼乐之仪犹若入目。泱泱乎齐之国华，还不能有所感吗？太史公言，乃史家的咏赞。

我到淄博，初游的是梓橦山下的鬼谷洞。郁郁山林，应该以梓树、橦树为多，可惜我不能识。我只认得松柏，一山都是绿的。槐树亦茂，谷雨一过，满坡的槐花就开了，很香。

这可真是一道"谷"，由北至南，长可三四里。一片浅水汪在那儿，闪着淡蓝的浮光。说是湖，似还不够。水大概是从东南角的鬼谷泉淌过来的。岸的四旁是低昂的殿宇。穿蟠龙门入谷，即感清凉。同鬼谷先生相守的，是以孝行立名的王樵。有祠，影壁上刻一篇他的小传："王樵字肩望，北宋人，雍熙元年生于淄州之东梓橦山庄。自幼聪颖，工诗文，擅剑术，文武兼备，更以忠孝为世人称道。契丹军南侵淄州，父母被掳，王樵拔剑而起，循迹追赶数十次，闯杀敌营，历尽人间磨难，终未寻得二老。归故里后，雕刻双亲木像以葬之，守孝六载。愤国衰被欺，叹民遭涂炭，乃著《游边集》《安边集》《靖边集》三兵书，呈靖边之良策，申强国之宏愿。然朝廷腐败，未纳忠言。国仇家恨，忧愤成疾，晚年于梓橦山阴垒'茧室'，合壁自殁于内。"《二十四孝图》若能补绘，应当添入王樵之事。祠后是他自筑的茧室，其实是一座墓穴。壁上凿孔，我朝里看看，有一尊他的蜡像，卧在床上，怀间是兵书宝剑。学作茧之蚕以自戕，真也同和尚的坐化相差不多。冢上摇着几蓬春草，我只能替这位千年前的孝子凝眉一叹。

步云桥架于鬼谷之上。桥东立一面刻瓷长影壁，八千言《鬼谷子》全在上面。诸子九流，纵横家居其一。我身在门墙之外，对于纵横之术的高明，连粗知都未能，好在年少时读过战国故事，马陵之战与合纵连横的旧典也还记得，故对孙膑、庞涓、苏秦、张仪和他们的老师鬼谷先生不陌生。四人当中，我所佩服的是孙膑。我不大喜欢张仪，"巧言如簧，颜之厚矣"。对惯于游说的策士，我是有一点成见的。至于苏秦，《战国策》上说他"读书欲睡，引锥自刺其股，血流至足"，颇可教化人。只是混到"位尊而多金"时，慨叹"人生世上，势位富厚，盖可忽乎哉"，则俗之又俗了。北行不远，为鬼谷祠，高筑殿宇，前立八棱无字碑。祠后即鬼谷洞，寻常。一师四徒的石像横列在那里，均是圆脸、短须、胖躯，雕艺不甚精，大约出自今人手。洞顶刻一幅太极图，便嗅出道家的气味。本地人把鬼谷子呼为王禅老祖，看成一尊道教神。有什么根据吗？道教广纳民间俗神，为数难计，实不易说清。鬼谷子受香火供奉，日子一长，也摇身成了神。洞北的黉岭寺和玉皇宫，皆为古筑，近年翻修过。寺里释迦、宫中玉皇，带来佛道的空气。择梓橦山而落户者，似乎有些杂。

鬼谷子邈矣，后两千年而有蒲松龄焉。

蒲家庄已经不大像一个村子了，乡野气淡而园林气浓。时移世易，"青岚带雨笼茅舍，黄蝶随风上豆篱"的景象怎能如故呢？庄户的四近尚绿着一片连阡的麦田，仰衬着昊昊春阳。砖砌寨门还是清代的，瘦长的青石路朝庄里伸去，我好像看见穿长衫的蒲松龄缓步的影子。屋巷间有一些谈笑的妇女和孩子，朴厚的乡风犹未尽逝。东折不远，即至蒲松龄故居。低门槛，矮院墙，几角闪出的房脊和数根斜逸的树枝。柳泉居士，您就是住在这里的呀！

院子的规模不大，可谓"茅茨占有盈寻地"。里面很幽静。

蒲家庄乡间

壁上檐下，植藤艺卉，门前窗后，种蔬栽花，夹竹桃尤繁。荒园小构，透出豆蔓松篱、披萝带荔的味道。聊斋是三间北屋，放着几把老桌椅、数架旧书册，光线幽暗，真是萧斋！蒲公生于斯，折襟僵卧且依窗危坐而亦卒于斯。户外两株石榴、一蓬修篁，确是身恋茅衡、心闲梦适之境了。只是昔年以茅草苫顶的房子覆了一层鳞片似的青瓦，还算交代得过去。有《聊斋》一律：

> 聊斋野叟近城居，归日东篱自把锄。
> 枯蠹只应书卷老，空囊不合斗升余。
> 青鞋白帢双蓬鬓，春树秋花一草庐。
> 衰朽登临仍不废，山南山北更骑驴。

垂老居家，山村之东的这座半亩荒宅，是蒲公"邀取邻翁相对酌，晚菘犹足备盘飧"的地方。他自耽于缥囊缃帙的处士生涯，不空慕歌钟五侯之家，能有茅庐容膝，便似梦里羲皇。蒲公在写花妖狐魅、志怪述异以外，孤愤之情亦在忧荒记灾的诗歌上面。《糠市》《饿人》《饭肆》《流民》诸诗，字浸血泪，何其沉痛。史志上所赞的康熙盛世，深可怀疑。蒲公一支笔，"出于幻域，顿入人间"，真是神乎其技。我在聊斋的阶前低回，想到他的词作《大江东去·寄王如水》："数卷残书，半窗寒烛，冷落荒斋里。"心隐隐地随逝风飘坠。

蒲家庄东门外旧为满井沟。丝柳下的井当然还汪着清澄的泉，只是旁侧高台上的满井寺太过堂皇，建在东边冈阜之上的那座聊斋宫，更像是一座入云的仙阙。此道沟谷往日是青州、莱州、登州三府通向济南的要道，蒲松龄常在泉边茅亭供设茶烟，"见行者过，必强与语，搜奇说异，随人所知"，妄言妄听，记而存下，所积日夥，归而润饰之。这当然只是传说，亦未必全无可能。放眼当下，谁还肯照此尽心取材呢？蒲公大"痴"。痴人往矣，《聊斋志异》这种久能博誉的文言小说也叹为稀有。柳泉道上，怎不施施行过几位身着古时衣冠且秉兰而笑的士女呢？

泉之南新辟狐仙园，泉池山石、柴扉竹篱，颇近江南园林的秀雅。又在尽处移建西铺村毕府石隐园（蒲松龄曾于此坐馆授徒三十余年），远心亭、迟月亭、霞绮轩、同春堂、万卷楼，着意照蒲公诗意布置。一道藩栅边，开着一丛牡丹，红红粉粉。花影中恍若浮起香玉梦似的笑颜。

踏山阶东去，风送松香，林鸟鸣啭。一片平旷的黄土坡上，葬着这位蒲留仙。清人撰《柳泉蒲先生墓表》，记蒲公行述。碑亭所倚的墓冢，不高大，封土上生着杂草。交荫的侧柏下，是印着古今游迹的荒径。墓冢多座，蒲松龄是同家人葬在一处的。坟前的石案上无香烛，落着一朵极细小的花，花色淡紫。蒲公松龄，这就是您永眠的墓园呀！怅望北面青色隐隐的洪山，我宛如听见夕风中飘响的秋坟鬼唱。

此时的天色渐渐转暗，似幻又真的情景也变得朦胧。我已无暇闲入聊斋俚曲茶座听一段《墙头记》，只有怪"日忽忽其将暮"了。

南去博山看赵执信的因园，北至桓台谒王渔洋故居及忠勤祠，继而登临马踏湖东岸的古会城残墟，如阅各方诸侯聚盟的壮概，旌幡猎猎，军阵赫赫，犹在春秋的一纸编年里活现；所愿，均成了他年之梦。唉唉，我在淄博日短，怎能将齐地佳处一一游尽？

子曰："微管仲，吾其被发左衽矣。"待来日，我若重履旧迹，先要去看淄河岸上的管夷吾墓，细听冢上宿草与飒飒天风相摩时颤响的幽幽古音，其境应略胜遥赏左思高咏《齐都赋》，或则孔子闻韶了吧。

家家泉水，户户垂杨

——大明湖和《老残游记》

上千佛山，从低处往高处走。见佛，要有敬恭的行姿。

佛有千尊吗？没数过。兴国禅寺里的千佛崖有一些造像。这些佛，跟此片山林的因缘不浅，自隋初起，就在石上坐禅。有一个叫极乐洞的大窟，观世音、大势至两个菩萨左右侍立，阿弥陀佛在中间坐得稳稳当当。禅心如古潭，任窟外多少寒暑过去，凿刻在山壁上的，雕造在龛穴里的，都不改本来面目。众佛半睁半闭的双眸透出的那种神情，永远看不穿。朝山者眼前犹似浮着一个"尊"字，气氛又总是森森的。摩崖也有一些，这类题记文字，多关乎造像的意图。用施蛰存先生的话说，"它们反映了当时人民的生活和思想状态，可以作为一种社会史料"。摩崖从历史暗角闪出熠熠的光。这种光，看不到，直接映入心里，它使黑皱粗硬的岩壁添了精神。

山中藏着多少洞和窟，筑过多少祠与亭？此兴彼废，推想也是一个大数目。中国之山，儒释道三家都来落脚，虽则势力

大明湖畔千佛山

有大小，总也想抱团而居。这正像高远的抱负：乐意学孔孟当圣人，也乐意学老庄做真人，还乐意学达摩做禅人。至境当然是"兼善"，可是放眼一望，古德先哲能有几人？到了今日，真的出过三贤之圣吗？或曰：史上唯有苏东坡。中国的思想传统亦相仿佛——原始儒教，汉宋变异，尊为正统，释道为其辅翼，结果仍是三位一体。这么一看，事理就澈然了。这是山的哲学。

　　峰岭无言，而能为师。那么多人朝山里来，不近佛谛的，只消瞅一眼石窟幽隐处菩萨温婉的眉眼，心就静了；谙达世情的，顿悟到世间的阋争、厮斗殊无意义。远在梦里的释迦进入实际生活里头，种种俗虑呢？化净了。心神便不再被爱因斯坦所说"我们自己用思维方式创造出来的问题"所驯服。

从东麓行抵历山院。靠北，一览亭在焉。古柏刺槐影里，临崖北望，眼底一片楼，高高矮矮。黄河呢？叫楼身挡住了，连断续的影子也不见。佛之山，人之楼，有点格格不入。在有些人看来，也许是"入"的。

还有鹊、华二山呢？印象里，西边的鹊山，平圆；东边的华不注山，尖峭，可惜雾气缠得紧，看不清。只好登入超然楼，到里面挂着的那幅《鹊华秋色图》上去找。这是一件纸本镜心：平野、翠峦、洲渚、长汀、堤柳、湖莲、修荻、丛蒲、渔舟、茅舍，引评家的话，可说设色苍润华滋，皴擦简逸疏放。题跋、款识、钤记也配得密。赵孟頫把历下山水留在上面了。他在济南做过官，笔端带着感情。这幅青绿山水，是他心中的历下胜境。

从前老舍写济南，字句也可以成画。记得是这样的："看吧，由澄清的河水慢慢往上看吧，空中，半空中，天上，自上而下全是那么清亮，那么蓝汪汪的，整个的是块空灵的蓝水晶。"这还只是冬天的景象呢，就教人觉得美，何况色彩更艳的春与秋？

不知怎的，心就一沉，想得深了。

小时看天，那么高，那么远，颜色又是那么蓝。眼下，楼林疯长，天乱了。玻璃幕墙的锋刃，鳞割着渗血的天际。剥夺了想象的余地，浪漫的翅膀不再扇动快乐的风。散不去的烟与灰，吞噬了我对清穹的诗意感觉。

人离天一远，心就窄了。

天是什么？是自然，是鸟啼声，是流水音。一只鸟啄理好

大明湖牌坊与大明湖一角

羽毛，轻轻从水边飞起的那种光景，是我过去在北方乡下常见的。现在我老了，这幅画，要回到青春记忆里去找。

天是什么？是宇宙，是星的光，是云的影。银亮的星辉给飘云镶上淡青色的花边，朝心里闪，我小时的种种美丽幻想就花朵般绽放。这花，枯萎了。

嗨，我竟远学屈原，聊发长天之问：

——向物质拜服的现代人，还有欣赏自然的感兴吗？还有涵泳诗文的雅意吗？农耕社会孕育的文化传统，成了一团烟，捉不到了。我生活的城市，雾霾之魔吞噬了心灵的平静。那些漆色炫亮的汽车，从不知疲倦的流水线开向每一条大街，每一条小巷，随处喷吐的废气，毒化着原本净洁的心肺。人的肌体开始变异，城市的外表开始陌生。崛起的都会，堕落为恐怖的耗能魔兽。天晕地眩，心灵经受着寒冷和疲倦的暗袭。我们怎么同远去的文明接续呢？

——骄矜的人类怎样窃获了"万物灵长"的优越权？是天神的授赠，还是自我的标榜？地再大，物再博，也无力支撑失去节制的嗜欲。掠夺性消费，疯狂劫取着地球上有限的森林、矿产、江河、湖海……非要等到资源枯尽的那一天，其他生灵向人类中心主义者进行愤怒的报复吗？

——向善的佛陀不愿看到这些。失去活力的大自然，必然使人类丧尽生机。《寂静的春天》呼唤理性的觉醒，从挑战亘古不变的生存法则的那一刻起，怎样艰难地改变从未接受过怀疑的发展定律呢？

历下山水，会让文字很清。这是过去的历下。不知什么时候，挤进了跟美不相谐的东西，生硬、古怪，沉沉地压在心上。那么多人来登千佛山，来看大明湖，是想换一种清纯的空气，让透明、欢悦的光线照进灵魂，是还恋着旧日的景况呀！

他们的心转悠到了曲水亭老街上。宅院、门楼、花窗、砖雕，站在石桥上左右一看，就记起秦淮河畔的影子。这真是一条水街！珍珠泉和王府池子的泉水汇过来，成了河，水光映上青砖灰瓦的屋院，影子晃动，亮了半面墙。墙上攀满爬山虎，绿得养眼。河岸人家的门柱贴着对联，字句多能应景，家常韵味是叫门前窗后的清泉养出来的。昔年文士临流雅集的风致，还在。河里，水草的细须随波轻漾，更比那皱起的明漪柔几分。住在泉边的人，爱在檐下种花。起凤桥街上的这一家，门前就有几片蔷薇，红红粉粉，水也给染艳了。带了花色的泉水，不在窗边停留，只顾往百花洲那边去，进了大明湖。百花洲上，空着一汪水。岸旁风摇杨柳枝、水中波映白莲花，在诗画里面更觉着美。朱明之年，水中曾筑楼，名白雪楼。在诗文上以拟古为能的李攀龙便高卧于斯，啸傲于斯，也曾适意而得神仙之乐吧！和那远在浣花溪畔的少陵草堂，同样韵致。风风雨雨，楼台纵使无存，他的曼咏仍仿佛在波流间萦响："无那嵇生成懒慢，可知陶令赋归来。何人定解浮云意，片影飘摇落酒杯。"只叹一番栖隐情味，终随水声去了。流泉入户，吃起来再方便也没有。不用跑到黑虎泉去接，那儿太挤。泉水发硬，济南人也吃得惯。院子里汪着一池泉，池边的盆里，泡着条鱼。这是要做糖醋鲤鱼呀！

王府池子里，一群壮汉在游泳，极欢实。不怕弄脏了泉水吗？没有谁向这些人发出道德上的命令。立了一块碑，刻的是"濯缨泉"这三字。泉之名，自含雅俗吧。有个饭铺，开店的好像是两口子，他俩坐在马扎上，手里择着大明湖长出的蒲菜。好吃吗？池子北面的张家大院，三百年的石榴树，高过了墙头，遮出一片荫。树下喝茶，意甚闲暇，比那明湖居里看艺人敲板鼓、弹三弦，悠悠醉入梨花大鼓的腔曲中去，兴味谁妙？

曾巩筑起的百花堤，印着轻快的履痕。西湖苏堤有六桥，大明湖的曾堤呢？从南向北瞧过去，百花桥、凝雪桥、竹韵桥、南丰桥，四座，比起苏堤上的映波桥、锁澜桥、望山桥、压堤桥、东浦桥、跨虹桥，总也不在其下。另有北渚、濯锦、鹊华、芦花、藕香、芙蓉、梅溪、汇波诸桥，各有各的样子。名字也起得好，念在口中，写在纸面，都美。这样的桥，配着这样的名，在湖柳的绿烟里弄影，不觉一丝愧。桥下，画舫过处，碧荷摇着身，荡着水浪朝堆叠的湖石涌去，又是一番光景。风月无边，游情所向，是悠悠地萦着水呢！

《老残游记》第二回，写过这番景致："一路秋山红叶，老圃黄花，颇不寂寞。到了济南府，进得城来，家家泉水，户户垂杨，比那江南风景，觉得更为有趣。"接下来，还有一段景语：

> 到了铁公祠前，朝南一望，只见对面千佛山上，梵宇僧楼，与那苍松翠柏，高下相间，红的火红，白的雪白，青的靛

秋柳诗社与秋柳园

青，绿的碧绿，更有那一株半株的丹枫夹在里面，仿佛宋人赵千里的一幅大画，做了一架数十里长的屏风。正在叹赏不绝，忽听一声渔唱。低头看去，谁知那明湖业已澄净的同镜子一般。那千佛山的倒影映在湖里，显得明明白白。那楼台树木，格外光彩，觉得比上头的一个千佛山还要好看，还要清楚。这湖的南岸，上去便是街市，却有一层芦苇，密密遮住。现在正是开花的时候，一片白花映着带水气的斜阳，好似一条粉红绒毯，做了上下两个山的垫子，实在奇绝。

刚才说了，这种情调，也可坐入水西桥畔的明湖居，到鼓书里去品。书场的生意至今不坏。今日艺人，转腔换韵，学的也是白妞的做派吧，能及美人绝调吗？刘鹗夸说白妞的功夫好，朱唇轻启，皓齿微发，只唱了几句，便听得人"五脏六腑里，像熨斗熨过，无一处不伏贴；三万六千个毛孔，像吃了人参果，无一个毛孔不畅快"。这是一种什么滋味呢？小说家言，自然入胜。当地人嘴上，大半也全是这话。前面宽敞些的地方，有刘鹗塑像。近旁一段老城墙，明代的。墙头，杂树长了一片。

湖山的空间，容不下浪漫的思绪。到了西麓山道的一座坊前，看那额题"齐烟九点"四字，天地人，才算打通了。这座牌坊，以唐人诗意为之。过去我背唐诗，记住的就有《梦天》。李贺的想象真叫奇异。齐烟九点，有人讲是指四近的九座山，境界小了，也太实。说是从月宫俯观九州，或者深一步，是从仙界遥看尘世，略近诗家本意。这是梦里的世界。灵思奔逸的

大明湖俯眺

诗鬼,独伫昊苍之下、坤舆之上,天地人,和而归一,又是道的精髓。在我看来,悟道,哲学上要读庄子,文学上要读李贺。

高处立佛,弥勒佛。铜质,形甚巨,据称为江北之冠。化千为一,可抵众觉者的神通。有莲花座上的他在林麓深处笑,一山都放出金光。山是一尊佛。

重阳赏菊,是千佛山的旧俗。庙会热闹,人脸乐成了花。我来早了,故未登赏菊岩。一路之上,桧柏、黄栌、黄连、五角枫倒没少看,而以唐槐为最。老树顽健,仍具形姿之美。还有山杏、山桃、酸枣,长得野。

阳光给山麓中摇动的枝叶镀上明亮的光泽。林鸟迎着风,啼出单纯的歌。那声儿真脆呀,水似的流进心里,发甜。

护城河的一处桥壁上,画了好些画,民间的喜气融在彩墨上。船过得快,只记住了扇洋画、跳方格这两幅,兴味颇近陈师曾所画北京风俗。我由此知道,老济南还有"砸毛驴"、"抽老牛"、"诳家雀"、"藏猫乎"、推铁环、斗蛐蛐、"磕拐"、弹球数种童戏。后面几种,北京孩子也常玩。

瞧,我在这里只顾将千佛山和大明湖搅在一起说,跑题了。可谁教它们是伴儿呢!移用宋人词意,一个是眉峰聚,一个是眼波横,想分也分不开。

把山前山后的风景看过,略得一点兴味,心上也微微地起了清涟。其美可比坐入柳茗居品一回老济南的大碗茶,兼诵王渔洋的《秋柳》一诗。

道可道，非常道

——函谷关和《道德经》

从三门峡去函谷关，要过陕县，走灵宝。灵宝多苹果，山坡上的果树已经疏疏落落开放洁白的小花，若媚人的春雪。半月前，我刚去过延边朝鲜族自治州，在从延吉通往龙井市的公路上，见过好大一片苹果园，在亚洲可以行二，很出名。想必这时节也该花白如絮了。

远山是茶褐色的，近处的丘陵则一片浑黄。梯田里的麦苗绿出了青春，油菜花也已经金黄，但这色彩掩不去黄土高原的本色。山中掏了一孔孔窑洞，还有人居住吗？远望仿佛巴蜀山中的古栈道遗迹，加上一垛垛麦秸，显示着浓浓的豫西风情。黄土院墙很矮，在风雨中秃了棱角，颇有沧桑之感。奇怪的是，许多墙头都覆满了仙人掌。这是干什么用的呢？海南岛荒滩上那些仙人掌，一大片一大片的，撂在那里荒着，这里的农民却把它派上了用场，绝不仅仅为了装饰一下门面，赶走单调的土黄色吧。泡桐树的花朵却格外鲜亮，淡紫粉白，在墙头屋檐飘起一团团彩色的云。

车窗外闪过一块极旧的碑,被风埃吹打得如挂了很厚的黄锈,上刻"墙底遗址"四字。函谷关的城墙大约从这个小村庄中逶迤过去。

黄河可望,波光一闪一闪,在我的眼中,它竟很温柔。

老子当年骑一头青牛悠悠出关时,走的也是这条黄沙路吧?大河两岸烟云风物,会是什么景象呢?

如今,这位哲人被后代的工匠塑成一尊像供奉在太初宫的黄帐里,手里执一杆笔,仿佛那部《道德经》还没有圈上句号。不知是谁在老子的膝前放了一面铜镜,是何用意?我不明白。若依宋儒所见,大概是"以心鉴照万物而不遗",也未可知。

从一张很有年头的照片看,太初宫原是极残旧的,老子写作《道德经》时的条件大约很清苦。现今的太初宫,已修得颇可观。道观的味道同我在丹东凤凰山上游过的紫阳观接近。一间东周时代的房子,能将大体规模维持到今天,简单吗?镌着《道德经》的石幢我没有看到,只瞧见后人以工整的墨字把它抄了满壁。当地同志送每人一册《道德经》,加译注的。我接过,视为厚礼。接下来几日,"道可道,非常道;名可名,非常名。无名,天地之始;有名,万物之母"这起头的几句,念多遍,记熟了。悟透奥义了吗?差得远。

鸡鸣台紧邻太初宫,是坡上一座亭。中立一碑,刻写"鸡鸣狗盗"之典的原委。藻井绘《孟尝君赚关东出》的连环画。碑上勒两只公鸡对鸣的图案,线条生动,细腻如飞凤。我疑心那

函谷关

公鸡的尾巴是过于夸张了。

　　这是一座起纪念作用的碑亭。真正的鸡鸣台是什么样子呢？我猜测，不过是一个黄土丘罢了。

　　这里要建碑林，石匠们正在风中凿镌。碑身或直立或偃仰，题撰均不俗，顺带抄下几幅：康有为的"斯文在天地，善行表乡间"、李骆公的"雄视千古"、赖少其的"一夫当关，万夫莫开"。另有"青牛白马，望气鸡鸣""青牛西去，紫气东来""雄关古迹",均为名声不著者所书,字势和词意都好。有一块碑特别让我注意:"东来紫气满函关",这字体我太熟悉了。细瞧落款,正是蜀人侯正荣。我遂想起他在嘉陵江畔皇泽寺为我写的一幅颇有神韵的"虎"字。读碑如见到他的形容。

碑林的规模不弱,两千多个春秋过去了,道家精神没有受到冷落,老子应该感到满足。

函谷关的丹阳楼早没了踪影,古道就在脚下。黄土路平软,踩上去发暄。春雨后的湿气浸得空谷一派沁凉,仿佛更多些苍茫的意蕴。人走进树丛深处,影子都会叫绿荫隐得朦胧。叩关攻秦的六国联军是在这里伏尸百万,流血漂橹的吗?

箭库里存放过成捆的箭镞,如今盖了彩色亭阁把它作为文物围护起来。我趴着玻璃窗看了半天,只能从黄泥中辨出星星点点的锈斑,大概这就是朽蚀了的铜箭头吧。古城墙倒还残存下一段,全是黄土夯筑的,曾有几千米长,但雄姿已消,唯余空叹了。商周烽火、秦汉烟云,一座泥木古关如何能安稳?好在有老子的《道德经》为关墟添些风雅。文武之功,皆在这座古道上的雄关找到了依托。

虢公败戎、修鱼之战、无忌伐秦、五国败师、庞煖征秦……我真像在读一部《东周列国志》。

函谷关凡三处,除去这座秦关,还衍生出新安县的汉关、灵宝市东北的魏关。俱往矣,只剩下关门和烽火台遗址了。

湿凉的风漫过赭黄色的丘陵,从弘农河面吹来,摇乱泡桐树影。这条从陕西商洛山流过来的河,在函谷关前甩出一片开阔的浅滩，有人弯在水中挖沙子。泊在河心的船很宽，比我在北大荒的兴凯湖划过的渔船敦实。

离去时，朝高坡上望了一眼瞻紫楼。当年，关令尹喜就是站在这座土山上望见紫气升腾的，知是祥瑞，果然盼来了出关的老子。尹喜善察天象，那团东来的紫气怕是只有他才能够望见，寻常人是没有这种特异功能的。行色匆匆，我们对这座古楼也只剩下望望的份儿了，或许能望出福气来？

汪元量"老子骑牛沙上去，仙人化鹤苑中还"，很凄凉。我从三门峡市文联《洛神》杂志封面上看到的老子出关图很特别，画中的老子居然倒骑青牛。难道他和张果老一样吗？不知根据在哪里。老子大约是很怀念故乡的。这也算画出了他的人情味儿。

灵宝市的不少住户已迁离窑洞，院门上方写着"千祥云集""春华秋实""钟灵毓秀"一类吉祥词。雪白的梨花探出墙头，同田地里金黄的菜花相映，真好看！路过北坡头乡集市，长街堆满了大葱、青蒜、韭菜，均扎成很规矩的捆儿，挺顺眼。菠菜长得好粗好壮才薅来卖，保准压秤。但老到这份儿上再下锅，恐怕艮得够呛，不会好吃。雨后的街面腻腻糊糊，可并不影响老乡们做生意，衣帽绸布照例摆在垫好的木板上，花花绿绿一片，真扎眼！

老子出关故道上，已是新的风情。其淳朴韵味仿佛渑池的仰韶酒，会教人悠悠醉去。

国丰民宁，远夷慕义

——白马寺和《理惑论》

汴洛多佛迹。少林寺为禅宗祖庭，可算"天字第一号"。我已另有文记过，故无妨在这里略去。离寺，过少室、太室两山间的辘轳关，奔往西北的白马寺。古关不存，漫漫山道上，大禹理水的传说还常常被人说起。忽然想到家里挂着的《老子出关》那幅画。若骑在青牛背上在嵩邙陵谷间缓行，闲览沿路风物，何等悠闲！朱自清说"悠闲也是人生的一面"，诗意正该不浅呢。

此际崖上是迎着艳阳而泛出新碧了，在气象上表露着蓬勃与跃动。覆在山上的那层灰暗渐渐退去。清明刚过，距谷雨也不远了，豫中的春天，应该是这种颜色，岂可流于毫无点缀的枯淡？我就记起去年四月里来游少林的情形了。山景和庙貌不见变化，老去的只是我的容颜。

行至洛阳城东的郊野。张恨水说管鲍分金的典故就出在此处，寺西数里尚有名为"分金沟"的车站。中原古地、黄河岸

白马寺

边,随意指去,就可讲出一段故事,正好供我掇拾。站在午后的天底下把四外一望,村舍横斜于廓落的田垄里。邙山洛水之间,哪里去寻一点周汉魏晋的残迹呢?昨日走中牟,看人遥指平野述说官渡之战,千年烽烟都逝,谁能道尽兴亡旧事?

中国的僧刹,差不多是固守同一法式来建的。白马寺并不例外,挑出它的特殊之点不算容易。我只能说些比较的话。看过嵩山之麓的中岳庙,白马寺便显得格局稍逊。殿廊的高矮、院舍的深浅在中国的梵宇里应算普通,同少林寺来比,略无相差。大雄殿供毗卢遮那佛,文殊、普贤陪伴左右,华严三圣虽近在眼前,犹如远踞神秘的彼岸。那种平和安详的表情仿佛在建寺初年就凝定了，永无改变。十八罗汉静守在两厢的暗影里，神温和而貌清秀，不似一些地方的罗汉胖大。护法的伽蓝菩萨执一杆戟，有天王的眉目，而猛气胜过手握金刚杵的韦驮。看众神，我有点无动于衷，盖因都是非人间的。能牵我情的，是引白马负经籍远来中土的摄摩腾和竺法兰。两位高僧是在寺中永眠了，又仿佛在深墓里做着各自的清梦，寺院的风晨雨夕和他们的精神融在一起。圆大的坟茔分立于山门内的东西两侧，古德的灵魂远离冢中枯骨而翩然飞升。我绕墓一走，可说高山仰止。碑勒僧像，算是投在石上的最后一点影子。无缘睹其真面，看看线刻小像，亦聊可慰情。镌诗，唐太宗李世民题。"青牛谩说函关去，白马亲从印土来"一联尤妙。有他的抒咏在，天竺之僧的名气更非寻常。

考寺史，可谓触到中土佛教的源头。牟子《理惑论》里的记载聊备一说：

> 昔孝明皇帝梦见神人，身有日光，飞在殿前，欣然悦之。明日，博问群臣："此为何神？"有通人傅毅曰："臣闻天竺有得道者，号之曰佛，飞行虚空，身有日光，殆将其神也。"于是上悟，遣使者张骞、羽林郎中秦景、博士弟子王遵等十二人，于大月支写佛经四十二章，藏在兰台石室第十四间。时于洛阳城西雍门外起佛寺，于其壁画千乘万骑，绕塔三匝，……时国丰民宁，远夷慕义，学者由此而滋。

另有类近说法撰录于寺碑上，云：

汉明帝永平七年甲子，四月八日，帝寝南宫，夜梦金人，上因群臣之对，遂使人至西域求佛道，乃得摩腾竺法兰，帝大悦，至十四年辛未，敕于西雍门外，建白马寺以居之。

苍梧隐士牟子，有大智。"见博则不迷，听聪则不惑"，他将心以为然的事理，诲示后人而不辞谆谆。这些记在书里、刻于碑上的字，出处虽是两样，却足可说明此座古寺的来历。出于信，才不惮烦地选抄。

腾、兰二僧将释典引进，在儒道之外添入新的文化精神。中土素无宗教的历史就此一变。洛邑清梵含吐，天花乱坠。张中行讲过，佛陀之教一来，民众就有了"睁眼似可见，闭眼似可得，力大到绝对可靠"的精神依凭。此种信仰，比"道家设想的逍遥，宋儒设想的孔颜乐处之类"更能亲近日常生活。跨入释门的善男信女，在心灵的润化中暂时忘却了俗世的悲苦，释迦的影响也就超出孔聃。清人所言"孔教所到处，无不有佛教。佛教所到处，孔教或不到"，表明的大约是同样意思。

寺的前后立了那样多的佛、菩萨，所谓"百丈金身开翠壁，万龛灯焰隔烟萝"的气象盛矣。踏过松影晃动的砖阶，转到接引殿后面的清凉台。供在台上配殿里的，是腾、兰二人的塑像。竺法兰较摄摩腾的面相稍老，不知道是照着什么画像造出来的。我看佛塑，总难感味人间情趣，仿佛一经装点，生命也就僵死了。殿前分植的千年圆柏仍颇畅茂，看那苍绿的枝叶，我宛如见着两位尊师未朽的筋骨。

佛法在中土初兴，译经是大举。毗卢阁的后壁嵌着历代石刻，腾、兰二位高僧共译的《佛说四十二章经》即在其中，为首部汉译佛经。倚墙的经橱甚高大，漆色黯旧，里面尽存佛理教义吧。层台芳树间，久印着他俩苦译佛典的劬劳身影。东汉以降，敷畅译经，亦多在这座汉魏都城。《洛阳伽蓝记》里有一节文字状写永宁寺"绣柱金铺，骇人心目。至于高风永夜，宝铎和鸣，铿锵之声，闻及十余里"，摹绘出耸峙于赫赫释藏后的浮图壮概。岁月久远了，光景还能依稀浮想得出。梵呗咏歌，敷弘释学，洛阳成了一座佛都！曾聚九朝京师的王气，也淡若轻烟一缕。

法宝阁、藏经阁占了寺后很大一片地方，殿堂的里外全是新葺的。到上面一看，浮艳炫目，同旧有的清凉台一比，反失颜色。

寺中松荫下，安坐一位穿黄色僧袍的和尚，喝着茶，细眯双眼，似在淡品众香国的深味。对我讲起汉明帝永平求法的逸事，如叙家常。执掌东汉朝政的刘庄，在他口上仿佛一个熟友。

未及转遍院内每一角落，就迈出寺门。两旁的石马是从别处移来的，附会得真是恰好。朝东南不远处举目，将逝的霞辉把齐云塔映得朦胧，望去恍若缥缈了一些，在随来的黄昏与夜里，只剩了薄薄的影。晚风一吹，教我很想细听塔檐下如吟的铎声。

求佛于内，明心见性

——龙门石窟和《龙门记》

"洛都四郊山水之胜，龙门首焉。"白居易好眼力！

伊水冲山为阙，一带如龙的山影里竟横列龛窟若蜂巢，仰视累累。这和我在四川广元的嘉陵江畔看过的千佛崖相近，只是规模更大。施蛰存先生说"龙门山大小佛龛有一二千之多"，造像超十万尊。从北魏孝文帝始，经隋唐，历五代，迄宋明，在一座石头山苦下了千年的修凿功夫，光这份耐性就要教后人说不出话来。

石是山之骨。奉先寺的卢舍那佛最为气派，它支撑着龙门山，只是过于肥胖；但因为是唐代的作品，也就毫不奇怪了。这佛有一张温和亲切的脸，很带人情味儿，自然教人乐意多看上几眼，同古希腊大理石雕像或者中世纪绘画放在一处比较，冰冷的匠意和沉闷的宗教气是要少一些的。看这样的佛像，目光容易掺上感情。这点功劳能记在武则天身上吗？她为这座龙门石窟中最大的佛龛捐助脂粉钱两万贯，数目看来不小。东岸有擂鼓石，我没有注意到，但资料不会有误。女皇礼佛时是要击几通鼓的。不知佛家有没有这个规矩，但其心可鉴。萨都剌

《龙门记》里好像没有专门写一写这尊卢舍那，而对另外的刻像却能尽其详：

> 两岸间，昔人凿为大洞，为小龛，不啻千数。琢石像诸佛相、菩萨相、大士相、阿罗汉相、金刚相、天王护法神相，有全身者，有就崖石露半身者。极巨者丈六，极细者寸余。趺坐者、立者、侍卫者，又不啻万数。然诸石像旧有裂衅，及为人所击，或碎首，或损躯，其鼻、其耳、其手足或缺焉，或半缺、全缺。金碧装饰悉剥落，鲜有完者。

我一直不明白，萨都剌怎么会在笔下漏掉了可发一赞的卢舍那？

佛一律是灰秃秃的，耀眼的彩饰早没有影子。我向来以为露天石佛是不着泥金石绿的，这与殿内的泥质菩萨应该不同。可是忽然记起十几年前在承德磬锤峰下曾见过一石刻，佛身依稀有彩色敷设。那么，直斋先生的笔墨不错。

元代诗人里，萨都剌是常游山水、多咏自然的一位，记历、摹景兼发议论。在他生活的年代，洛阳已失去列朝京兆的地位，降为河南府治。龙门石窟一边受着剥蚀，一边遭着盗劫，风光渐失。萨都剌临龙门，所见尽为颓败光景，也就不奇怪。叙说完佛像遭损的模样，感慨自来：释迦牟尼贵为西方圣人，尚能"弃尊纲而就卑辱，舍壮观而安僻陋，弃华丽而服朴素，厌浓鲜而甘淡薄，苦身修行，以证佛果"，遁入寂灭为乐，其心若浑然无欲之境，常人"又奚欲费人之财，殚人之力，镌凿山骨，斫

龙门石窟

丧元气,而假于顽然之石,饰金施彩,以惊世骇俗为哉"!窟貌之荒,惹他一叹;财耗之巨,惹他再叹。游而思之,对前世凿山开窟终不以为然,比起崇佛的信士,他的识见确乎深了一层。那些"习妄迷真""甘受其惑"的学佛者,眼观石窟残毁荒凉的景状,总该明白慈悲为心、利益众生的佛陀"必不徇私于己而加祸福于人,亦无意于炫色相以欺人也"。所谓"色相",恰指如影历历的满山佛塑。

萨都剌在篇末云:

> 予故记其略，复为之说，以解好佛者之惑，又以戒学佛者毋背其师说以求佛于外，而不求佛于内，明心见性，则庶乎其佛之徒也。

语极透辟，可说卒章显志。

隔过几百年，孙席珍再来写龙门，面貌竟与之相仿佛："山石上浮雕石像，大者数丈，小者数分，总计不下几十万。但几十万的佛头，存者百不得一，因为所有佛头，早都被人挖下，卖给日本人了。"张恨水也讲过近似的话："大小佛头，一齐让人偷了去。小佛呢，连身子都由石壁上挖了去。到了佛崖上，仿佛游历无头之国，你说扫兴不扫兴呢？"这话说得怪让人绝望，却又不是瞎编。所以我一边登崖阶，一边跟游伴引孙席珍的那句话："要看我们的那些古物，应该上东京或纽约去，无须乎再逗留在这里。"就是这么回事！

洞窟多半有名称。门口戳块木牌，写得明明白白。万佛洞、双窑、老龙洞、莲花洞、药方洞、古阳洞、宾阳洞、潜溪寺……我是凑热闹的外行，瞅不出实在的名堂，只得其大概。古阳洞顶刻着名气很大的《龙门二十品》，但没见有谁设架仰脸抻脖儿地拓帖。抢着坐在残基上照相的却永远不断。佛像消逝在风雨中，今人代替了它们。看他们那种激动的样子，我直要被惹出笑。禅心不是寻常人所能领略，但也实无镇日焚香打躬的必要。如果有谁选一片好风水，殚人之力再造摩崖，准会有今日东方朔劝他去心理医生那里看门诊。

石崖虽秃裸而了无覆蔽，却也有数根细柔的野草从岩缝钻出，在风里舞。乐山大佛的耳朵里也有这样的小草极顽皮地冒一截儿，真是天趣。它们从哪里汲取养分呢？诗人能够从它们摇动的清影上寻找到一缕情绪。

墨绿色的伊水在阳光下闪亮，一路柔缓地流。萨都剌"两山下，石罅迸出数泉，极清冷"，全是写实。岸柳发丝般低垂，撩着粼粼涟漪。赭黄的沙洲上丛生着浅浅绿草。隔岸是琵琶峰，浓荫深处，掩着一片乳白色矮墙，那是白园。乐天老人的诗魂还在邙山伊水间飘荡吗？"洛阳之盛衰，天下治乱之候也。"沧桑流年，又吟几多新乐府？我当以酒遥祭。

晋冀篇

黄河入海流

——鹳雀楼和《登鹳雀楼》

鹳雀楼在蒲州古城西门外，黄河的东岸。它是一座孤起的很大的楼。

楼名古今未变。鹳雀是河边的一种水鸟，长腿、尖喙，形如白鹤，喜食鱼虾。一听这个，我乐了，真像我们兴凯湖的"老等"呀！以"鹳雀"名楼，挺好。

这座楼是新建的。早先的鹳雀楼，由北周大冢宰宇文护倡建。书上说，北齐和北周争天下，蒲州成了要塞，镇守河外之地的宇文护，遂筑层楼以御敌。它其实是一座戍楼。六百多年过去，到了金元光元年（1222），金、元攻夺蒲州，火照城中，楼焚，只剩故基。一座楼，能历隋、唐、五代、宋、金，为时不短。

清乾隆十九年（1754）的《蒲州府志》上说，此楼"旧在城西河洲渚上"，到了光绪年间的《永济县志》里，又讲"旧在郡城西南黄河中高阜处"。地方志所言存异，不管踞洲渚，还是临高阜，皆傍黄河而造，料无可疑。

鹳雀楼的出名，在诗。照沈括《梦溪笔谈》里的说法，是"唐人留诗者甚多"。临楼，唐代诗人李翰《河中鹳鹊楼集序》（鹳鹊楼即鹳雀楼）谓"悠然远心，如思龙门，若望昆仑"。龙门、昆仑当然是眺览不到的，这样说，实乃形容一种旷阔的心境。或曰李翰为文精密，用思苦涩，就不好说他语多夸张。不这么落笔，颇难写出此楼气韵，也难畅抒凌云心怀。下文的"八月天高，获登兹楼，乃复俯视舜城，傍窥秦塞。紫气度关而西入，黄河触华而东汇"，倒有依凭。这里处秦晋豫三省连壤处，不知所度的"关"，是风陵渡对岸的潼关，还是河那边的函谷关？而所触的"华"，当是"华岳"吧。

唐宋诸公楼头题咏，也是一时风气。鹳雀楼从瞭望御敌的戍楼变成了雅集游宴的所在。况且永济文风久盛，"大历十才子"中的卢纶、耿沣，即为本地人。吟诵鹳雀楼的诗，"唯李益、王之涣、畅诸三篇能状其景"，这是沈括说过的话。王之涣"白日依山尽，黄河入海流。欲穷千里目，更上一层楼"这首五绝，最入人心。诗的前十字，状楼台外风光，以景显情；后十字，寄登楼人胸臆，以理化景。笔墨虽未直接落在楼上，可是若无此楼，一切便会失了根。这是"不写之写"。辜鸿铭提起唐人陈陶的《陇西行》时讲过："这种中国文学可以将深沉的思想和真挚的感情融汇在极其简单的语言中。"王之涣的《登鹳雀楼》诚然也当得起这一句话的褒扬，这种"接近于白话的简洁"，深含一种放达、豪纵和高远的风概。

王之涣像

王诗，我自小熟读，脑子里却无形象。几十年后上了鹳雀楼，放眼兼默诵，始知"黄河入海流"的样子。这会儿，我已经是一个老人了。此首《登鹳雀楼》，头一次让我感动。

诗人凭栏，黄河从眼前流过，流进他的心。王之涣素性萧散，不以俗事为要，见容于浊世就成为至难。他的命途断非简单，心中愤怨也是有的。他的大河放游，只图一时的散淡吧。若无闲逸心情，较难作出这般有情理的诗。此楼回廊上，真就塑着一尊王之涣的立像，以意为之，饶得风神。我站在一旁，眼光凝住了——他戴着官帽，两个帽翅下垂，下颔蓄着一绺短须，登楼这年，他已是五十岁左右的人了，而意气未消，边塞诗人的风骨也透出几分；他叉腿站着，身子后仰，两道眸光朝远方伸去，投向斜阳下的峰峦；左手展纸，右臂轻扬，手中一支笔正要落下；宽大的袍袖，折线飘曳，仿佛有风来。我依着塑像，留了影。在这样高敞的地方，四外的风景让你放览，心

晋冀篇

鹳雀楼

愈发狂纵了。真用得上王右军《兰亭集序》中那八字：游目骋怀，信可乐也。我俯着身子往楼下看时，是有无边风光铺卧在长河畔的。滩涂、岸野、林地、耕田、蒲津渡、黄土塬，被傍晚飘浮的凉雾遮虚了影子，黄河闪出一片白亮的水光，悠缓地盘曲。太华、首阳诸山隐在风烟里，又教我把轩辕会群仙，伯夷、叔齐采薇隐居的传说略想一遍。长天、大河、苍山、落日奔来眼底，一个有情怀的诗人，总会对远处的景物充满想象，并且"情动于中而形于言"。或许这就叫"从风景出发，回到情感"。独伫楼头，就是站在诗的世界。

旧的鹳雀楼，高三层，已不算矮。李益赞曰："鹳雀楼西百尺樯，汀洲云树共茫茫。"唯有居高望远，才有此等眼界，此等襟抱。千几百年后重修，比起原初的形迹，自是有变。楼已经升到九层——三层台基托着六层的楼身，挑出的四层翘檐朝高处收窄。在营造形制上，一看就知道，谨遵唐式。这有根由，鹳雀楼是因王之涣的近体诗出名的，它的最盛期理应在唐。

新的鹳雀楼，楼前有大片的花，红的、黄的、白的，开得极好。我叫不出它们的名字。"花蕾的使命就是绽放"，这是我近日读来的一句话，现在想起了。这些彩花和绿色灌木，是以传统纹饰为底本拼植的，蝴蝶纹、石榴纹、莲花纹和云头如意纹，美如锦缎。栽了不少雪松、泡桐、桧柏和白皮松，互为映带。把平常的花木莳弄得这般俏，真是巧手！教人大声赞妙。我的眼睛不够用了。我是看花呢，还是看楼？

楼阁这般岿巍，能衬出它的气势的，只有天。云雾拂过十

晋冀篇

字歇山式楼顶，五脊六兽各安其位，于高处殷勤守望。檐脊之间正是狻猊、獬豸、押鱼、鸱吻诸宫殿神兽和跨凤仙人的天下，本是一团泥坯，升到飘云里，立添神气，比那翚飞的翼角更傲。月台、勾栏、柱础、回廊、门楼，俱作仿唐彩绘，建筑之美不必从笔下一一叙出。

宽展的台基砌了多层石阶，通向一层大厅。厅堂极是宏敞，空闲不得。环堂摆列，满满的文史精华在内。供着几尊坐像，通身黳黑，神色沉静，那等鲜活的生命气象已归寂灭。我踱至像前，停了脚，是唐尧、虞舜、夏禹，其部落之所或为河东一带，亦有此说。尧舜禹，圣迹遍神州，炎黄子孙感戴圣恩不尽。尧王访贤、舜耕历山的传说，我们不觉陌生。更有理洪水、量大地、铸九鼎、游海外的大禹，虽是天神，却多人间情味。《太平广记》引《三秦记》："龙门山在河东界，禹凿山，断如门，阔一里余。黄河自中流下，两岸不通车马。"这则鲤鱼跳龙门的神话，妇孺皆知，而出典的地方在此段山水间，大概就非"皆知"了。在黄河边的楼上，设像敬祀，有厚重的意味。乡俗气息亦不淡。民间社火是精神的狂欢，晋南皮影带些汉代画像石的技法，以线造型，装饰性特强。皮影戏的取材，和蒲州梆子应该是有一点接近的。当地人惯呼蒲州梆子为"乱弹戏"。坐在台前瞧演出，能从戏里了解不少历史上的故事，甚或明白一些做人的道理。赏雅观俗的当口，也一定要喝蒲坂桑落酒。这种酒可算"古酿"了，酒味烈不烈呢？我不沾酒，无以言。

壁上画像，瞧那容颜，瞅那装束，已有了春秋，教人记起久经世代的当地名贤。文臣武将这样的人物，暂不去说了，我一心只拣合我兴趣的看。作诗文的薛道衡、王勃、王维、柳宗元、聂夷中、关汉卿，绘山水的马远、阎次平，画释道人物的乔仲常，跟我离得稍近。静栖于中条山王官谷的司空图，我也注意到了。我早年买过一册《司空图诗品解说》，这本薄薄的书，影响过我的创作，倘若细究起来，又会长篇大论的没个完。他分出的"二十四诗品"中，冲淡、自然、疏野、清奇、飘逸、旷达这几种，我尤倾心，虽则颇费琢磨。司空图的身上，有一股僧味儿，真是个隐逸。

和运城相关的圣贤，这里都把他们布设在四面，我好像进了历史博物馆。这些介绍材料，在真实性上没的说，而诗意则不要去想了，似乎委屈了这座凭一首绝句出名的"诗楼"。

调丝弄弦，尽是前朝腔曲；鼓瑟吹笙，又是咏怀情致。在南昌的滕王阁、武汉的楚天台、随州的擂鼓墩，这样的仿古歌吹我也领略过几回，一笔不能写尽其妙。鹳雀楼亦有此般光景。猩红的氍毹铺上舞台，台面不高，当中一张古琴。近前摆设的几把红木椅是留给观者的，我们招呼着坐好了。几个男女演员闪出身来，口拖长腔，把王之涣的五言绝句曼声唱出来，仿佛入梦。我遂低了头，细聆台上平仄，又将这诗来一番咀嚼，殊觉惬怀畅意。女子穿的丝绸衣裳，很艳，袖口肥阔，绣着花，彩帛贴肩，是唐人的襦裙吗？男子则穿圆领袍衫，右衽，袖子收得略窄些。我一边侧耳听着腔曲，一边仰脸瞥着天棚，看见一些绿底黑白团花、青底红色团花、白底缠枝花饰画在平棋上面，外添常用的如意纹和连珠纹，使那宫阁气浓得化不开。细密的方格里，容纳了这么妍美的想象，中国古代纹饰的抽象意蕴，跟建筑语汇融合得真好。

楼身已远的时候，片片彩锦似恋在我的头上，袅袅地飘。不好怪我痴，还不是王之涣那五言四句二十字撩着心？耳边遂又响起吟诵的声调。他的遗音在诗史上的意义，更是不消说了吧。而今人还能倾倒于鹳雀楼，抱有赓续中国文化传统的深心，必是确真的。

愿天下有情人终成眷属

——普救寺和《西厢记》

普救寺的主人,不是大雄宝殿里那三尊石佛,却是相国小姐崔莺莺、洛阳的穷书生张君瑞,还要算上丫鬟红娘。此寺的巧妙,都在这三人身上。

寺史,可以追到武则天的时代。元稹写传奇《莺莺传》,动笔之先,应该是知道这座寺的,况且鲁迅说他"以张生自寓,述其亲历之境",但到了曲词宾白都好的戏文里,"始乱终弃"的薄情之举又变为"终成眷属"的团圆之美。花好月圆的结局令无数男女适意当可以设想到了,小姐、书生和丫鬟凑成的一台戏,成了百姓口里的佳话。历代工匠起劲地修寺,也一定听说过这仨人,比起端坐莲台之上的佛陀,更近人心。便怀上梦,梦使他们的日子有了"土气息,泥滋味",这六字是崔莺莺唱出的。粗大的手掌,垒墙,髹漆,摹像,勤苦地护着这处清凉界,使它久延春秋,全为娱人心目,断非寻常庙堂可比。寺的近处,有村,西厢村。得名应当也是从王实甫那出五本二十一折的杂剧来的。

普救寺前影壁

世上有了《西厢记》，儿女之情就把无数的心给缠绕上了，不知多少朝朝暮暮。你知他知的崔张故事，最系人思，说起也是不尽依依，只因问世传述，听也听熟了，且不消细说。本来我对西厢风月的笔墨，不管姓董，还是姓王，实在不留意情节之妙，只叹赏曲词之美。

这个叫普救寺的老庙，建在晋南蒲州城东边的峨嵋塬上。塬，就是台地，也像土岗，上下直陡，顶部平阔。黄河流过中条山这一段，你站在风陵渡口，往河东河西的晋陕豫一带望吧，差不多都是这种地貌，像两扇屏障，直直地朝前伸。蒲州的老墙垣还留着一截残址，荒草碎砾，只有几个寻古的人停下来低回。离它不远的地方，几只大铁牛卧在岸边的石堤上。黄河改了道，蒲津关不存，河上的浮桥亦废，它们带锈的身子逃开水浪的激溅了。

塬本不矮，把寺托得更高。照陈从周先生的意思，中国古人建塔筑亭，选址必不在顶部，须略低于最高点，存些含蓄之意，才是好眼光。莺莺塔巍然塬巅，幸而非只一塔，低处殿宇房舍，各有分布，饶具阆苑仙阁之美，故不觉其孤而无依。这么一看，普救寺的位置在这黄土塬的顶上，也就由它去好了。

时在仲春，不是崔莺莺所云"况值那暮秋天气，好烦恼人也呵"的季节，登塔高眺，"下西风黄叶纷飞，染寒烟衰草萋迷"的光景还离得远。聊可慰情的是，黄河岸上风物，尚能览而尽。

一进山门，光那连向大钟楼的石阶，就过百级了吧。我瞧那往上伸的势头，倒发了个怔，《西厢记》里的老夫人，怎么上去的？我呢，"讲一句笑时行一步"，好似是朝头顶那座密檐式砖塔仰拜一般，恍若听见红娘隐在梨花深院的树影后偷乐呢！听过这戏里"意似痴，心如醉"悲调的人，或以为此六字是为"我"而唱的。

老夫人和寺僧法本观战的所在，就是大钟楼。"王西厢"第二本《崔莺莺夜听琴》说那"统领十万之众，镇守着蒲关"的白马将军杜确，下了将令："速点五千人马，人尽衔枚，马皆勒口。星夜起发，直至河中府普救寺救张生走一遭。"雄师寺下列阵，"半万贼兵，卷浮云片时扫净"的鏖战场景，踞楼正好瞧个痛快。飞荡的烽烟刚消，杜将军拿了作乱的孙飞虎后辞寺，"马离普救敲金镫，人望蒲关唱凯歌"的声势，料也可观。那口不知何年铸成的刻字大钟若要一响，怕能传遍黄河湾。蒲津桥头的大铁牛，也会惊得眼睛圆睁。

晋冀篇

梨花深院

弥陀殿和莺莺塔

深闺梦里人,"春山低翠,秋水凝眸",好一番娇羞态度,只恨早不复当年风华。我却觉得这些古时的士女是留在过去的时间里呢,容色不染风尘。想得深了,也学落第的崔护,怅咏人面桃花之诗。也巧,崔护是博陵人,和崔莺莺恰是同乡。博陵崔氏为望族,他们皆出其门也是可能的。在我这里,生活中实有的青衿、戏剧里虚构的闺秀,不分家。

梨花院无伽蓝气,几间清凉瓦舍,和北方人家的宅子没有什么不同。砖木门楼尺度不大,清水脊,灰筒瓦,悬山顶,琉璃正脊两端,那似鱼似鸟的鸱吻,卷尾若飞。出挑的檐下垂着花瓣莲柱,讲究人家的宅门才有这等气派。没有绿色屏门,可我一眼就瞅着里面那个紫色木雕屏,像一道影壁横在门后。雕屏中间镶着一块扇形木板,浅黄色,横斜树影,隐约其上。转到它的背面瞧,一字不误地题着四句,恰是崔莺莺吟出的:"待月西厢下,迎风户半开。隔墙花影动,疑是玉人来。"这个设计,颇近行草写扇面。导游姑娘站在雕屏前念这诗,粉衣上几朵好看的花,是她的姐妹绣出的吗?

这是个三合院,没有倒坐的南屋。北房三间,是老夫人住过的。西厢房也是三间,莺莺和红娘住进去,帘栊帐幔,花烛灯彩,恰是丽人的"温柔乡",供花设瓶、安置笔砚也会的。"昨宵个绣衾香暖留春住,今夜个翠被生寒有梦知"就在此屋吧。东墙角,立着一蓬竹、一块石,瞅那皱、漏、瘦、透的样子,应该是太湖石。竹之翠、石之白,叫红墙衬着,有一点味道。张生月下"手挽着垂杨滴溜扑跳过墙去",就是这里。墙的那一边，垂杨是见不到了，倒是长着一棵杏树。听那簌簌的乱叶响，绿荫下的游人，不必再问这树是何由来。以传统的眼光瞧，书生跳墙幽会，呼为"雅举"总是不很适切吧。好事之人在这一处艳迹前踱起步来，必能索出一个道理吗？或许还会记起红娘的那句唱："为一个不酸不醋风魔汉，隔墙儿险化做了望夫山。"鬟婢开口，分明也尽是灵透心思。宿慧天成的红娘，在崔张之间来去，也算立了一场功德。

人在门旁窗前，抬眼，叠涩出檐的莺莺塔虽只露个侧面，却是如画般地好，值得几次回头。这个小院子，真似红娘所唱："风静帘闲，透纱窗麝兰香散，启朱扉摇响双环。"闲情文辞又让我将那敷衍出的陈迹故事思索了一番，殊觉曲折细腻。得，我又陷在戏里了！

白马将军退了贼兵，张生从西轩搬进书斋院。院子后面有门阶，通向低处一片池水。沿池置桥、石栏、亭子、岸石、竹树……比别处更觉幽静。为情所恼的河南相公，无法把这缕相思丢过不放在心上，怏怏的，无事闷坐，正愁往后的日子怎样度，脸儿也越觉瘦了下去。一道简帖儿，破了心里的苦，只怨来得太晚了一点，遂叫那花笺锦字诱着，径入园内，目迎良宵下的倩影芳尘，好似见着天上下来的神仙！令天下女儿淌干一生眼泪的爱意也就缠绵不尽，急欲把埋在心底的所有的情给她。风袅篆烟，心底生春，入骨的凄凉总该散了吧。

花间美人，本是中国婉约词家所艳称的。游过普救寺，我的所悟像是更深了一些。

鉴于往事，有资于治道

——司马光祠墓和《资治通鉴》

我从芮城经由夏县去往阳城的那一天，逢着半晴半晦的天色。时节尚在初夏，晋南一带的热天竟极湿闷。一场大雨快要从天上漏下来，满心又尽是灰暗的情调。刚到埋着司马光的这片墓园，雨就从身后跟来了。坟茔的光景本就愁人，让雨这么一浇，愁便更深了。

骤雨送过的凉意，教我舒出一口气。在这样的天气里游墓，倒也别有意味。我在暗红色的祠墙前停了一刻，把门额上"司马温公祠"这几字看了看。我问自己，是什么把我引到这里来的？坟冢的价值在于精神，我的一颗慕古的心朝向这里，正为此也。我的感觉里，创造了中华文化财富的先人，会在深情的凝视中从我们的心上归来。看墓的本质，是思想的回望，是追寻文化的灵魂，若不是这样，意义便失去了大半。

思绪就回到过去，在记忆的土壤里发现精神的根苗。司马光大约是最早走进儿童心里的古人，缘由自然离不了印在小学课本上的"砸缸"故事，他和那"让梨"的孔融一起，成了世人推敬的先贤，教我们自小便能发蒙仰先觉。南边一块砌砖的空场上，真就塑起"司马光砸缸"的石像。瞧一眼，这个谁都知道的故事又得见之。我像是重返童年，温习了一遍语文书上的字句。近前还有他的立像，束带顶冠，双手合抱在胸前，两眼飞出光，看取人世万象。他保持着朝向远方的生命姿态。

中国的读书人，无不知晓一生修史的"二司马"。他俩俱是天分高、才情远一派不凡人物。司马迁修纪传体通史《史记》，从黄帝至汉武帝，时越三千年；司马光修编年体通史《资治通鉴》，从东周迄五代，岁跨千几百年，悠远历史悉收于笔下。著述是他俩留在世间的伟大印记。二人的生命力跃动于文字里，并未随时间耗竭。太史公和温国公，一个是私家著史，一个是官修史籍，年代虽隔得远，乡园却离得近，一在韩城，一在夏县，分隔于黄河两岸，夏县又是大禹之子启建都的地方。"他放弃阳翟，西迁到大夏，建都安邑。"这是范文澜《中国通史简编》里的话。当地人把自己生活的这片土地看作"华夏之根"。渭河之南的华县、黄河之东的夏县，合在一起，华夏之名由此出乎？看来，我们的祖根都要到这方水土细寻了。北面有吕梁山，东边有中条山，晋陕峡谷里又奔流着黄河，山河之胜孕化出一派人文之气也是自然的。

司马光在历史上的地位颇高，不因他做了宋神宗的宰相，却在于他依据旧史主持纂修了这部"鉴于往事，有资于治道"的史书和别的几种著述。他受刘攽、刘恕、范祖禹三人之助，做丛目，做长编，做修润，费时十九年，日夜与千年人事通声息。他的生涯是这般度着的，近乎以苦行磨砺着自己的生命。

司马光祠正门

此种学术韧劲,以我的推想看,当与司马迁的精神相赓连。《资治通鉴》中专有一节记述太史公受腐刑的旧事,令人深感其气节和毅力。历代为官者得此书,确可循着年经事纬,获得从政鉴戒。司马光在史学上的开创与奠基之功,为后继史家导夫先路。说到我自己,是把这部仿《左传》叙事之体纂写的《资治通鉴》当成历史演义来读的,从那里知道了不少古人古事。我的一些历史知识,是从这书里得来的。

围墙里面也是一派屋舍厅堂。进去观其光景,轩峻深阔,自是那等静穆气象,只是叫流年磨蚀得旧了些。正殿不很富丽,门楣未添新漆,倒也存着一番古朴风味。有额题曰"温公祠堂",门旁并无对联。供台上横列着司马家族的塑像,皆敷了彩。遵辈分长幼之序。父亲司马池迎门面南坐着，神情自是安稳的。司马旦、司马光伴于左右，面容也极平静。我看去无味得很，并非缺少崇贤仰德之心，怪只怪一堆泥怎么也捏不出真血肉，倒弄得僵了。

靠东为余庆禅院，这是司马光向朝廷乞建的家庙。移身近前，门后闪出一个大院落，随处植些花木，自有悦人颜色。厢庑分列东西，正中是条平直的甬路，通向北面一座廊柱窗扇漆色都残的旧殿，雕甍绣槛的初貌颇难忖量了。那里面，立了多尊佛像，在微暗的光线中透出朦胧的姿影。把佛菩萨请进祠墓，似不多见，给墓园的沉寂空气添了一点宗教味道。唐宋官宦之家倡兴的坟寺配造的风气，在这里找到了实例。对那佛菩萨，我只粗粗瞥几眼，虽说老得褪了彩妆，又蒙了积年的灰尘，可那粉白的面颊依然含着温暖的笑意，飘拂的衣带裹紧丰腴的身子，愈加显出姿态的袅娜。山西佛像的好，天下共知。正面莲台上端坐的毗卢佛，两旁伴着的药师佛、阿弥陀佛不消说了，佛坛前的侍童、两壁下的罗汉，也是一样，眼神里都有故事似的，可惜还不及晋祠的侍女和双林寺的观音那么有名罢了。名气弱些倒也不怕，希望看过我的这篇文章的人，能够注意到它们。

佛菩萨的脸颊盛开微笑的花朵，我带着这般美妙的印象迈出大殿。这些佛也是宋塑吗？司马光已邈，造像还在，到底比人耐得住岁月。

往西不远的一片坟冢，是埋葬司马光父子的所在。祖茔也邻近旁，满门都在这里归了位。风吹过时光，对他们，从摇篮到坟墓，一辈子转瞬就熬尽了。不见甃石垒圹，仅撮土为之，真是太简单了。这算薄葬吗？朝东边的余庆禅院一瞅，又是那么气派。两汉的厚葬之风，犹存余绪。靡财造祠墓，实在还是表现着对于生死的态度。为了不被遗忘，司马光在大地上建筑起最后的尊严，构成与现时平行的世界，无声地证明人间仍有他的位置。他大概让经过这里的老少明白——我在地底下呢！后人似乎能够从地面的楼台上，看到历史上的他。

隆起的几个坟头都过丈高，草色自有浓淡。"绝弦悲宿草，抚首念诸孤"，恰是司马光的诗句。每棵草都有生长的记忆。经历了这样久的时日，不停地有人来添新土，才没让坟山矮下去。要不，看那凄雨中的老坟，曩以名誉扬天下的司马家族，似乎显示着根基已尽的衰势。若搬来听书看戏的经验，正配得上《红楼梦》里太虚幻境十二舞女歌过的"忽喇喇似大厦倾，昏惨惨似灯将尽"这句曲词。

打着浅草的雨声，一阵疏，一阵密，一阵缓，一阵急，墓地愈显安静了。坟墓是有气息的，呼吸之间，会感受到静穆中的力量。这还不是斜阳笼罩时分，要不，记起"近泪无干土，低空有断云"这联杜诗，心头更觉凄迷。土冢是最朴素的葬式，圆圆地隆起，松软的土质失去坚硬的力量。上面的纤草被雨水染绿，浮着一层光似的，真是"连天衰草遮坟墓"，衬得裸露的泥土更黑了。躺在地下的温国公听见什么了呢？土地给了他安静的空间，他好像回到生命的原始起点，永远避开了充满摩擦与冲突的人世，再不用去和王安石激辩熙宁变法的是非了，元

司马光像

祐更化也如一梦。

　　司马光的坟头，一条细如羊肠的小径斜伸在那里，不知何人踩出的，秃秃的长不出草。也许是嬉耍的孩童，也许是南北的游历者，逝去的先贤一概不在他们的眼里。此种景况，总之有些轻慢的意思，而治史之人，有多少曾来墓前流连？若非身入此境，我也想不到这一层。还是《红楼梦》中的话用意深："问古来将相可还存？也只是虚名儿与后人钦敬。"言尽于此，还能说些什么呢？我就一怔，心上也明白，在冷湿的土中睡过长夜的温国公，已经不能感知这些了。墓中的光景对他，透不进一丝气息与光亮，永远是夜静的时候。一个醒着的灵魂仍在黑暗中同世界对话吗？唉，只有活着的人替他抱些浪漫之想了。我蹲下身子，轻抚着涩黯的墓碑，有"司马光墓"一行清晰的字迹留在碑石上，牵着我的目光柔软地滑过。我仿佛突然看见一张模糊的脸，又恍若碰到脸上迸出的一道眸光。冥想的幻景倏忽就闪逝了，耳畔又尽是渐紧的风声和雨打草叶的响动。绵密如针的雨，斜斜地落下来，打出一片浅细的土凹。

　　一旁站了几个刻成文官样子的石人，风晨雨夕，在墓外殷勤守候，从不离去，又像是彼此悄声说着衷肠话。石头做的身子，心肠比菩萨还慈软。他们的面目不挂什么表情，只留下忠实的眼神。幽寂的神道两侧，因之有情。

　　司马氏族人，谁来守先祖基业？

　　四近的田垄和菜畦朝这边闪来新鲜的翠色，远处点缀着疏落的村庄农舍。低田边一片林子，柔细的枝条洇成了雨景里静止的线条,教人如同望见清光浮动的湖面上,几点婷婷的新荷。这是大自然送给我的一个烟似的梦境,颇撩归农之意。我浸到深沉的默想里了,说不清是宁谧还是冷寂。宁谧带来的是心上的静,冷寂带来的是心上的忧,在这森森的古墓地,我那一刻的感觉是什么,真也难说出究竟。青草和泥土混成的气味,弥散在墓地上空,到底没有公园的花香清妙,并且与墓中的逝者一同飘得邈远。

  雨还下着。正门外东南的那座碑楼刚才没顾上看,快要离开的一刻,我对它忽然有了兴趣,就顶雨跑过去。这一看,又是一惊:龟趺之上的古碑真叫高大,难怪要建起一座四层重檐的碑楼才容得下它。螭首碑额题"忠清粹德之碑"六字,须仰视才可目及,是宋哲宗的字——这是御篆。苏轼"奉敕撰并书"的两千余字碑文刻在上面,叙家世,述功绩,应该是为司马光作的一篇行状。苏轼为司马光写的墓志铭,或许就是这满碑的字句?未可知也。带些谀墓气味吗?我也不敢妄断。人死,给他作一篇碑文,后事才算安帖了,也顺了逝者的心。这块"司马温公神道碑"本应和那些翁仲石兽立在一块的,怎么单独放置在这儿呢?我本想细读东坡之文,但外面的人在催了。

  祠墓前后,峨嵋岭凝翠,涑水长流。傍着古坟长出的,已非当年草木。

凡功名都成幻境

——黄粱梦和《枕中记》

晨发邢台，经褡裢，去看黄粱梦。农民把刚刚收割下来的谷子晾满道上，任汽车往来碾轧，然后随风高高扬洒，一片金色的雾。

这方水土盛产谷子。看来，喷香的小米饭伴卢生做了一回那样漫无边际的美梦，可以从生活中找到依据。

这是中国历史上一个金色的梦，一个最灿烂的梦。多少人的梦，都没有超越它的境界。

庄生晓梦迷蝴蝶。

千秋重复的梦很耐咀嚼。

沈既济《枕中记》："道士有吕翁者，得神仙术，行邯郸道中，息邸舍。摄帽弛带，隐囊而坐。俄见旅中少年，乃卢生也。"下面便引出黄粱一梦的故事。吕翁者，吕洞宾也。确否？不少人都认可。南墙一幅字：蓬莱仙境。前面三字就是吕洞宾手笔，后头那"境"字据称是乾隆帝补上去的。有什么异同吗？有点儿，不多。这固然又是传说。不过，旁边真的有一座八仙阁，题联："庄子到红楼证百代之梦境，钟离度吕祖诚八仙中名仙。"

卢生祠

黄粱梦石碑

阁中供着八位仙人的塑像。他们的面孔，我在山东蓬莱阁已经熟悉。

宫观内另有钟离殿、吕祖殿。本是来看名声在外的卢生祠，一进门却掺进这样多八仙的内容，两合水，有些夺卢生的光彩了。

琉璃亭，玉石桥，池中绿荷，岸畔碧柳，黄粱梦其实是一座公园了。

卢生祠在最后边。庭置香炉，配廊皆为碑碣，新制旧物参差，不少人在仔细逐其字句。祠内光秃秃一尊漆黑色卢生卧像，在千年霜雪中寒着一把骨头，依旧一副酣眠模样。这一梦岂止"徊翔台阁，五十余年"，怕是断不了梦里的因缘，睡它无尽春秋了。檐下一通石碑，镌一个颇大的"梦"字。好些人摆正姿势，同它照相。人是醒着的，且极灿烂地微笑。云尘梦影，没有谁真会在这里推敲一则传奇故事的深刻处。一纸荒唐，留在游客脸上的，只是梦一般浪漫的神色。

卢生的悲欢属于另一个时代。

吕纯阳是留在传说里的人物，卢生呢？有人讲史有其人，名英，字粹之，所居村庄在旧邯郸县治西北二十里，今名芦英堡。可备一说。

寐寤之间，阴阳乾坤。王谢人家的富贵梦竟抵不过炊黍的片时。良宵短，梦难圆。心中，恼恨的情绪，脸上，愁苦的风霜，寒酸的卢生耐不得这份熬煎，逢掖之衣裹身，干脆不再醒来，犹似用一双倦眼看人间。这也得安详。夫宠辱之道，穷达之运，得丧之理，死生之情，尽不知矣。这是遁世隐逸了。卢生祠联:"睡至二三更时凡功名都成幻境,想到一百年后无少长俱是古人。"读之苍凉。也有清新可诵者。比方这一副:"梦醒黄粱方悟道,心同明月可寻梅。"梦能使人昏沉,亦可教人清醒,这一副就题得好,只是此类碑刻我没能读到更多。有些题联,词语虽工,境界却不高,总脱不了富贵梦一类漂亮的废话,读多了反倒把人给绕进华胥国了。

后来读元好问《题卢生庙》:"邯郸今日题诗者,犹是黄粱梦里人。"深刻!

古观红墙之外,不少地摊正忙活,曰"算命的"。

"嘿,算命的,来一卦!"

这些人,白游了一回黄粱梦,真要向卢生借青瓷枕头吗?

"修到神仙,看三醉归来,也要几杯绿酒;托生人世,算百般好处,都成一枕黄粱。"大梦若醉,纯阳遗风和卢英残梦毕竟还相承袭。把他们安置在这邯郸古道旁,让后人来当风景看,贴谱儿。

抄下袁宏道诗"人间惟有李长吉,解与神仙作挽歌",以祭那个遥远的梦境。

送影舞衫前，飘香歌扇里

——丛台和《八咏应制》

丛台的出名，和赵武灵王相关。颜师古《汉书注》言其"连聚非一，故名丛台，盖本六国时赵王故台也，在邯郸城中"，为冀南诸胜之冠。

从外形看，武灵丛台有些像北京的团城，略显高峻。称"台"，很准确；叫城或者宫，都不合适。

眼下的丛台油饰一新，尽显辉煌之色，已经看不出多少旧时痕迹了。台顶的那座据胜亭，是明嘉靖年间增建的，以壮御苑声色，并非赵都旧物。

依雉堞立碑，勒《丛台集序》，乃邯郸举人王琴堂手笔。始知丛台来历，为武灵王阅军旅、赏歌舞之地。初唐诗人上官仪，受命于朝，应诏赋咏，多奉和之作。一吟一哦，"好以绮错婉媚为本"，华辞丽藻，尽袭齐梁宫体诗浮靡轻艳风调，而写气图貌，虽缺乏雄杰风概，却能细密工致，使人起柔腻之感。他的《八咏

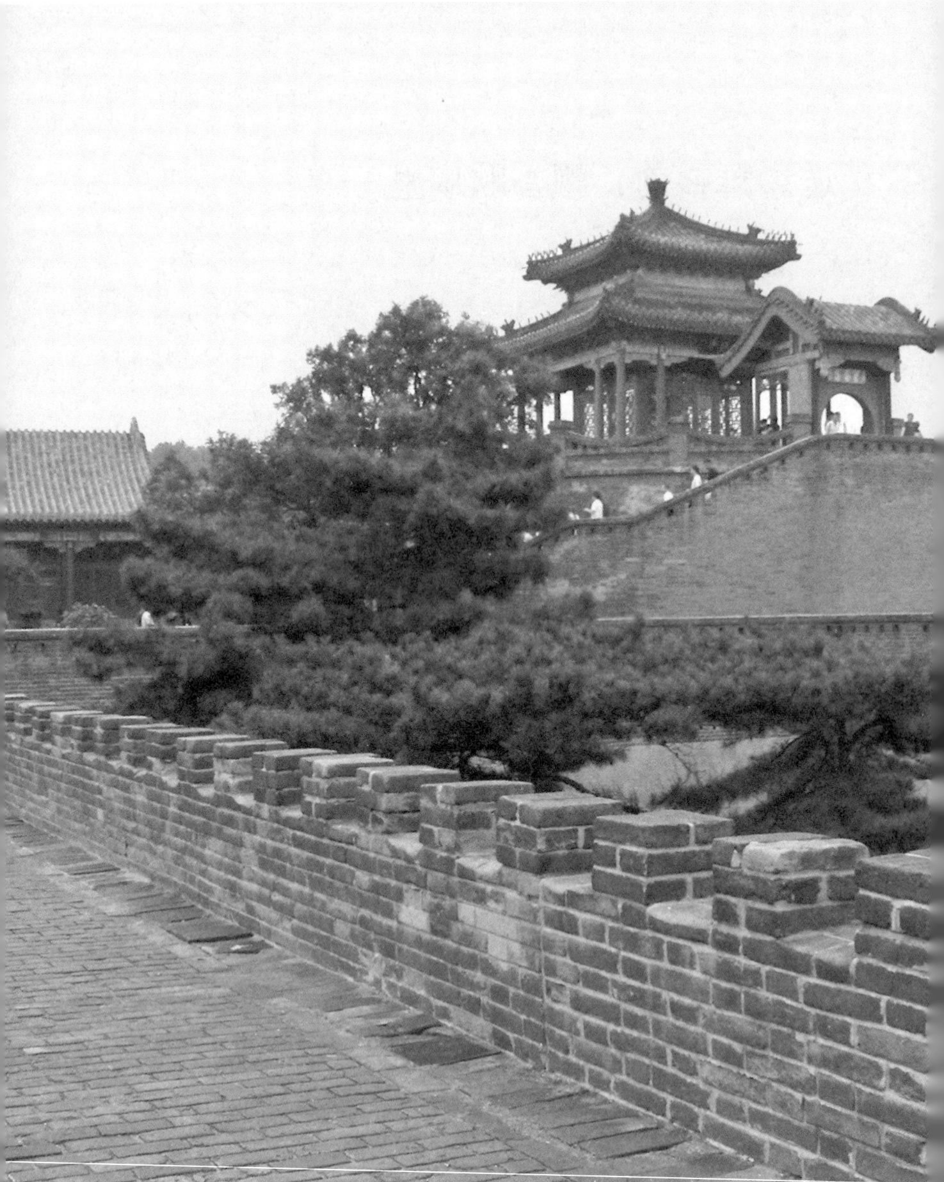

应制二首》，其所寄意，亦向丛台。其二云：

> 入丛台，丛台裹春露。
>
> 滴沥间深红，参差散轻素。
>
> 妆蝶惊复聚，黄鹂飞且顾。
>
> 攀折殊未已，复值惊飞起。
>
> 送影舞衫前，飘香歌扇里。
>
> 望望惜春晖，行行犹未归。
>
> 暂得佳游趣，更愁花鸟稀。
>
> 且学鸟声调凤管，方移花影入鸳机。

一派乐府风味。"送影舞衫前，飘香歌扇里"一联，我尤为喜欢，清丽明秀，如见梦里的光景。

王世贞"台上奏伎邯郸姬，台下拔刀邯郸儿"，也为吟咏丛台的名句。车行酒，骑行炙，该是何等铺张的排场！可怜武灵王赵雍晚年竟饿死于乱兵之围，悲夫！荒台上那株老槐如残断的孤碣。蝉鸣古树，草蔓斜阳，空余冷雁长唳北飞，笛箫凉。秋风故垒蓬蒿，妆阁粉黛寒影，张弛"犹怜歌者声如燕，不是当年旧舞人"，是千古哀调。歌残舞歇，暮笳声咽，瘦尽前朝宫墙柳，悲风雨。

碧水绕丛台，映着青墙翠檐。水面不及紫禁城前那条护城河宽，却极平缓，静得不漾涟漪。

夤夜，天上一弯银月闪在河水里，空潭泻春，古镜照神，幽人流水明月，是古今浪漫的情调。阅兵操演似乎不宜，若于清曲中品赏舞袖罗绮春风，且咏且赋，他处鲜有其比。

临高台，邯山远映，滏水绕堤，好看赵都千般风景。最当凌长风，把清樽，狂啸酒歌。雁影烟痕、翠鬟红颜早凝为历史的皱纹。灵王丛台上斑驳的古碑，久阅沧桑，站成岁月的化石，空祀赵家楼台。

武灵事业留荒址，乐毅功名剩废祠。丛台之西有湖，水之榭曰望诸，乃因战国时燕将乐毅封号而名之。《战国策·燕策》："于是昭王为隗筑宫而师之。乐毅自魏往，……于是遂以乐毅为上将军，与秦、楚、三晋合谋以伐齐。齐兵败，闵王出走于外。"乐大将军亦是千秋功名人物，终老于赵，人生结局未能如意。他的墓冢就在邯郸市代召乡大乐堡村北。另有乐毅舞剑房，也成一方风景。

"有良将而不用，赵黜廉颇而亡，燕疑乐毅而偾。"王夫之这话，对误信齐国反间、削夺乐毅兵权而任骑劫为将的燕惠王心怀鄙薄。

丛台下有七贤祠，乃祀程婴、韩厥、公孙杵臼、廉颇、蔺相如、赵奢、李牧诸燕赵豪俊之所。

榭和祠，我没去看，只在远处望了几眼。

它们没有丛台那样高，毕竟不是帝王气象。

退而让颇，名重太山

——回车巷和《史记》

回车巷无排场，宽可两步迈完，深则不逾百米，院门两三耳。若无巷口那块《回车巷碑记》石刻，陌生人怕是找不见踪影的。

古巷在邯郸市的城内中街。这是一条老街，尽被农贸市场占据。稠稠叫卖声中，时令瓜果菜蔬很水灵。《史记·廉颇蔺相如列传》"已而相如出，望见廉颇，相如引车避匿"，便发生在这地方。老将军廉颇是驾车疾驰，一如攻城野战的狂飙气势，还是步行？司马迁没有交代。反正蔺相如是"引车避匿"，躲了，躲进短巷了。事情办得似乎憋屈。

我端详回车巷很久。巷子逼狭，马车应该是连声吆喝着倒进去的，不然，待要出巷时，无论怎样也是掉不过头来的。这么窝囊的举动，难怪众门客忿悒不过，一齐埋怨："臣所以去亲戚而事君者，徒慕君之高义也。今君与廉颇同列，廉君宣恶言，而君畏匿之，恐惧殊甚。且庸人尚羞之，况于将相乎！臣等不肖，请辞去。"车子掉头而闪，看似吞声受辱，而着眼大处，"今两虎共斗，其势不俱生。吾所以为此者，以先国家之急而后私仇也"，真是豪阔胸襟！蔺相如用心若此，方能明晓利害，退步思量，拿出隐忍的勇气来。"折冲尊俎间，鼎镬亦可就"，胆气堂堂的人岂怯于抚剑之厉？廉颇"以勇气闻于诸侯"，蔺相如不单口舌为劳，更以一个"义"字当先。廉老将军终于大悟，肉袒负荆，至蔺相如门谢罪，卒相与欢，为刎颈之交。重公益而轻私怨，不忍将相水火殃及国家，这便成为传诵千古的佳话，一段很动人的典故。清人英榕的诗是一个归纳："有胆怀璧竟完归，有识回车能屈抑。强秦不敢问连城，老将负荆亦屏息。"

蔺相如的宅址在今邯郸市蔺家河乡，已无存。相如墓亦湮废。除去一些传说，这位赵国上卿什么也没有留下来。前几月去豫西，车子经渑池县，一下子就开过去了。我至今还在后悔，怎么就没去看看秦赵会盟台呢？

太史公曰："相如一奋其气，威信敌国，退而让颇，名重太山，其处智勇，可谓兼之矣。"述行状，品勋业，真是史家下的月旦评。

回车巷的尽头被临时砌起的一堵砖墙堵得严实，但隔不断喧阗的市声。

这一带，曩为赵都城墙之址。

寿陵余子古来稀

——学步桥和《庄子》

一座石桥,跨沁河之上。芦荻舞风,菱荷弄影,水面散浮红蓼青蘋,被晚风吹得于夕阳下一闪一闪。夹岸杨柳依依情,紫山雾里连绵。

仿佛旧日里站在北京鼓楼前的银锭桥远望西山一抹碧痕的感觉。这时,最好从天上飘落几丝微雨,疏影如淡墨,疑是从古典诗词中飞出的意境了。

一角好风景。

学步桥不是建筑史上的名桥,是根据庄子的寓言而取名的一座古桥。两千多年前的那位寿陵少年为邯城添了一段故事,庄子把这个意味深长的典故记录下来,引人发笑之余,是对读书之道的教训语。

桥栏雕刻人物,有情节,多为口耳相传的民间故事。桥枕清流,将隔岸的北关街和城内中街连通,沿岸人家尽可于柳荫

学步桥

下享受郁达夫笔底"门对长桥,窗临远阜"那样的妙境了。只叹这里不是渔梁渡头,亦无野寺悠扬的晚钟。但毕竟有山有水,搭配又好,尚不缺少中国画里疏散淋漓的逸韵。望着,教人的心里飘起一缕说不出的闲情,不会无聊。

南北街口计四幅瓷砖壁画,题材亦是胡服骑射、邯郸学步、完璧归赵和负荆请罪等燕赵故实,放在这里,谁都会觉得亲切。

桥头"学步桥"石碑和"邯郸学步"人物雕像,除点题的作用外,大约是专给游人照相用的。咔嚓一响,就意味着领略了它。石像雕得很细腻,形神和姿态都不坏。我只从《庄子·秋水》里读到很概括的几句:"且子独不闻夫寿陵余子之学行于邯郸与?

未得国能,又失其故行矣,直匍匐而归耳。"细节的描写却没有,因而想象不出邯郸人迈出的步子究竟是个什么样儿,有什么特别的高明之处。快哉?美哉?寿陵,燕之邑;邯郸,赵之都,并不是天涯之距,能相差到哪儿去?终究是一则寓言,要紧的是字面背后故意不挑明的话。忽然悟到了,会让人的心情一下子大不一样起来。

有一位叫李光远的明代诗人,邯郸籍,为学步桥吟有一首七律:"学步邯郸未可非,寿陵余子古来稀。百川学海终成海,一钵传衣始得衣。西子捧心原暧昧,南车指路自光辉。国能未得无坚志,莫怪当年匍匐归!"诗者对学步的故事另有一番机杼。他对寿陵少年勇于学习他人长处的精神是嘉许的。匍匐归者,怪其心未坚,而教步的邯郸人责任尽得怎样?我看蔡志忠漫画里的寿陵少年形象,并无好讥好笑的地方,去拜异国之师以习人之生存中最起码的本领,几乎失步于他乡而为天下笑,倒也很可贵呢!这同庄子的另一则寓言《东施效颦》,应当区别。

李光远道常人所未道,他走出了自己的步子,不俗!

满桥好绿一片柳。

京华篇

南瞻窣堵，北频沧波

——琼华岛和《白塔山记》

永安桥拱卧太液池。侧面看去，桥身荡出的大弧线使团城和琼岛相连。到了桥上，往前瞅，桥面不直，弯折处自有巧妙。望柱大约不很古，却雕制得好，朵朵净白的石头花亭亭出水。花含苞，叶摇展，一帧好画。方整的栏板上，早将荷叶图纹细镂上去，技法虽说应规入矩，而气韵的飞动、情致的秀逸竟那么清鲜，好似带上了幽淡的香芬。双狮守着的桥头直对着那座额题"堆云"的牌楼。牌楼架势不凡，三楼四柱八戗杆的形制，抢了永安寺山门的风头。

小时候过队日，老师从不带学生往里进，我们就在旁边的亭子里听故事。待到迈入这座御苑中的佛宇，我已经老了。

永安寺依山筑造，寺前石桥的大弧线至此一扬，一条轴线直朝高处伸，等于把合院式建筑斜着升到极巅了。整体结构的稳定性，得到时间的验证。

白塔和善因殿

  最先迎人的，是那面阔五间的法轮殿。百年之前，瑞典学者喜仁龙拍过它。照片够老的，在这上面，我没瞧见题着"人天调御"四字的横匾，大概让额枋挡住了。飞甍之上的腾龙好像是有的。转到殿后，过"龙光紫照"牌楼，往上，对着的正觉殿、普安殿、善因殿，一个比一个高。"飞阁干云，浮阶乘虚"，必得拾级而观。铺着黄蓝两色琉璃瓦的殿顶在太阳底下闪亮，檐脊的绿剪边仿佛给屋面添上绣带似的，可谓"珠殿连云，金层辉景"，诱人的力量是拒却不了的。特别是善因殿，差不多临着覆钵式白塔的跟前了。此座圆亭式楼殿，上覆镏金宝顶，下甃红墙高台，环壁镶砌蓝色琉璃砖，其上嵌满坐佛，雍容，温婉，端凝。有人讲，这是绿度母。若想凝意赏看这殿、这佛，更得费些脚力，躬身一步步在石磴上踏。我这个年岁的人，难承攀陟之劳。

永安寺，白色喇嘛塔是它的极处。举头一望，白塔真高呀，照着"借景"的说法，整个天都让它借来了。清穹之下，势大无边，故不觉其孤。这个喇嘛塔，须弥座折出坚硬的边角，圆大的塔体昂屹其上。相轮、华盖、风铎都齐的锥状刹身，仰月、阳日、火焰均备的金黄刹顶，尽在飞荡的云里，愈觉远不可及。况且善因殿在低处烘托，殿壁的幽蓝正与晴丽的天色相融，赭红台身耀出的灿艳色块，衬得白塔愈明洁了。那个以西番莲花为饰纹、时轮金刚咒为符记的盾形壶门，放出更亮的光。

天下名山僧占多，老话到底不谬。在这岛内，也可找到实例。琼岛虽说冠着"白塔山""万寿山"的名字，究竟还是小，不像别处，层台高阁，大可散漫于山野。在这里，如何放得开手脚？非得尺尺寸寸，盘算得细，哪肯亏耗丁点地面。全寺楼台，紧相依傍，前后端详这三进院落，空间似无可再省。虽如此，却也被巧匠筑出一定的格局。殿中端坐的佛陀，楼头悬垂的钟鼓（一说钟鼓楼内，有钟无鼓），加上苍苍的树影，总是宁谧梵境。

琼岛的树，植满了，堆青叠绿，连荫挺秀。林壑榛莽的杳邃，自会体悟得出。就算到了冬天，岸边弯垂的柳树叶片落尽，唯余枯瘦柔细的枝条在寒风里寂寞地摆动，岛上也还是郁郁的，虽则树色多少有些转黄，不再浓碧得惹眼。宫树深处，闪露一飞檐、一跃瓴，楼宇影动，深而隐。并且一会儿云遮，一会儿雾掩，低昂亭阁倚翠微，山容愈缥缈了。

恭持香烛以供佛，敬诵经文以礼忏，种种法事，在清代的永安寺持续不绝。圆鼓之声、法螺之音，遍山林。而今，清梵虽邈，遗响犹萦。此番光景，仍可留待闲时述说。

寺内一派悄静，我在楞伽窟前那两块太湖石前流连了一会儿，瞧着石上所勒大字"昆仑"和"岳云"，如读词气古茂的文章，便要将其跟留园里的冠云峰比一比。"昆仑"石没什么窟窿，表肤极光净，仅浮着几道依稀的褶襞，不见瘦漏，也不见皱透，说它莹润倒不勉强，神气更是远灵秀而近雄朴，吃得住洪荒之势。这种石头都具曲折奇峭之姿吗？不见得。沈从文说："今北海琼岛的建筑，虽从辽代创始，至于琼岛上的太湖石假山，却是金人攻下开封后，把'寿山艮岳'撤毁，搬运石头来京堆砌成功的。"读过这段话，眼底这两块艮岳遗石的来历，也就大致清楚了。"昆仑"石之阴，刻着弘历在寺西悦心殿作的一首七律，尾联"摩挲艮岳峰头石，千古兴亡一览中"，倒有它的意味。即景口占，不更一字也说不定。

楞伽窟为对称式，占着平台的左右，蕴含极大的平衡感。窟为双层，可登阶上下。阶旁叠置湖石。建筑美学经过营造师之手，呈现出真实的物质形式。窟顶碹成半圆形，可与窑洞比方。摆列多尊佛菩萨，或立或坐，一时认不全面目。我无心细看，却有兴趣摩挲石雕券窗，且在券门前那几棵年岁过百的桧柏下低回片时，让老树顽健的影子印上心目。

桧柏前有名为"引胜"和"涤霭"的亭子，分列两边。亭中

悦心殿

立石碑，厚如方柱，每面皆可镌题。一刻《白塔山总记》，像是一篇序，道明落笔的缘起："盖地既博而境既幽，且禁苑森严，外人或偶一窥视，或得之传闻，其不能睹之切而记之详也亦宜。兹特界为四面，面各有记，如柳宗元之钴鉧、石城诸作，俾因文问景者若亲历其间，尝鼎一脔，足知全味云尔。"言语倒也实在，廓落的意度含着几分。一刻《塔山东面记》《塔山西面记》《塔山南面记》《塔山北面记》。全是弘历写的，各极其致。他倾心辇理这片宫苑数十年，有了感情，登眺如画风景，忆想葺建旧事，动了远思，欣慨自然难尽。眼底无物不堪诗，几篇游记也便作成。工匠依样描摹，遂以勒石。

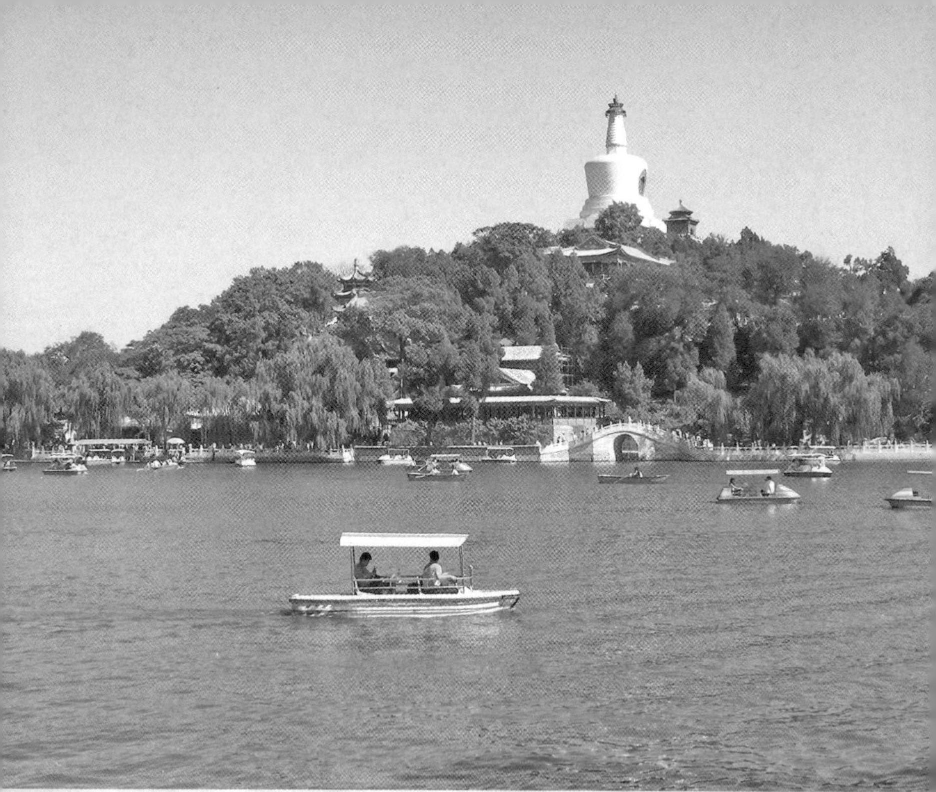

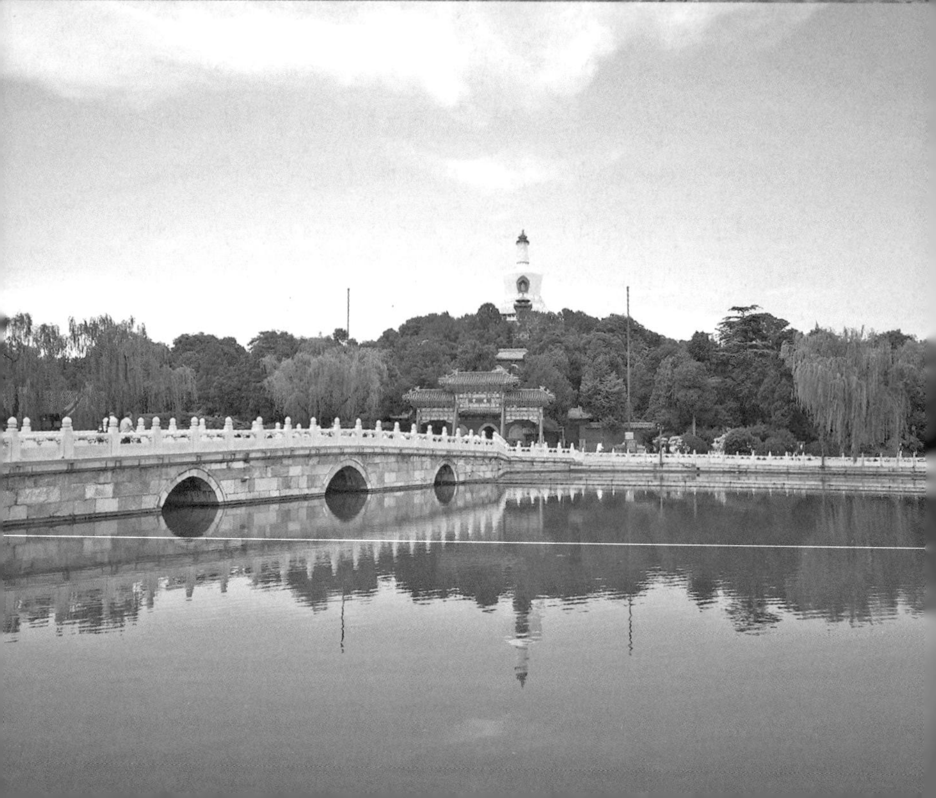

永安寺让这位清帝的诗文给压住了。

弘历能诗文。几篇记，叙游，状景，杂以论说，笔趣散适。这样的文字，激不起读览天下的情怀，安坐于悦心殿之东的静憩轩中细品，倒来得合宜。弘历之作，规仿古人字句，好以柳子厚为宗，刻意摹效《永州八记》笔致。功夫怎样不必讲，循蹈其文则，步趋其逸躅，表露的心识总还是可赞的。何况论岁数，写这些游记时，他已经六十多了，还肯下这般气力，不简单。

身临堆筑于水心的岛中，以弘历的游踪为脉，投迹胜概，迎送四面云物，如行蓬阆仙苑间，光色自相映发：

山之东，则看画廊、交翠庭、古遗堂、峦影亭、见春亭、半月城、智珠殿、陟山门；

山之南，则堆云积翠坊、法轮殿、引胜亭、涤霭亭、楞伽窟、云依亭、意远亭、正觉殿、普安殿、圣果殿、宗镜殿、慧日亭、蓬壶挹胜亭、悦心殿、静憩轩、善因殿；

山之西，则庆霄楼、一房山、蟠青室、揖山亭、琳光殿、妙鬘云峰亭、水精域、甘露殿、阅古楼、亩鉴室；

山之北，则邀山亭、酣古堂、琼华古洞、写妙石室、盘岚精舍、环碧楼、嵌岩室、一壶天地亭、延南薰房、小昆邱亭、铜仙承露盘、得性楼、延佳精舍、抱冲室、邻山书屋、道宁斋、漪澜堂、倚晴楼、分凉阁、碧照楼、远帆阁、莲华室。

琼岛之上，山北楼庭最萃，叠石最奇，岩窟最窅，景观也就最丰。我小时，常在那里出入，全然不管森峙之岩、危峭之崖怎样险，折盘之径、迂回之廊怎样深。至于牌匾、楹帖却从

琼华岛之北

未留心。不要紧。弘历在《塔山北面记》末尾似也无心备述其详，曰："若夫各室内或题额，或联语，率铭意寄兴，无关于景概之全，斯则不悉载。"跬步山阴的弘历，着意的是殿堂，他要凭借木石之筑表达构景美学。

全岛景观，穷极意匠。按着弘历的篇中字句，哪怕不亲临，卧以游之，琼华胜迹亦可历历分明。诸般风物，他大都写到了，顺次辨照，络绎证定，二百多年过去，仍如他笔下的样子。

弘历述游，偶有识见。《塔山西面记》云："室之有高下，犹山之有曲折，水之有波澜。故水无波澜不致清，山无曲折不致灵，室无高下不致情。然室不能自为高下，故因山以构室者，其趣恒佳。"弘历潜心笃志，规度指画，这片庙宇园林之内，崇堂邃宇峻起，叠榭层槛林立。他在筑造上的眼光，不会差。

《塔山北面记》云："南瞻崒堵，北频沧波，颇具金山江天之概。故登楼与阁，偶有吟咏，无不以是为言。"依太液池造景，多以南方胜境为粉本。临风驰目，弘历神意飞扬，宛似梦回多水的江南。风光过眼，他动了情：苍茫天地间，悄怆幽邃，其境过清，恍若只剩了他一人。雅游以放怀，摹景兼寄意，聊得《永州八记》风调。

我在阅古楼见过弘历的"烟云尽态"刻石。塔山西麓，古木苍岩间，造了一座以这四字为名的石亭，八角攒尖，石柱筒瓦，砖雕宝顶为亭盖，旁植嘉卉，凿水池。营筑上，恰可见出"花间隐榭，水际安亭"的心思。弘历在《记》中却没提到它。亭柱和檐枋上刻了他的诗，有句曰："廊池延水垂霜远，苑树飞花落暮空。人世荣衰犹自恨，春思缭绕见无穷。"一段心情留在这个悄寂的地方。到此行乐的天潢贵胄，能够解悟其意吗？

孔子入太庙，每事问。我呢，进了永安寺，眼观心记，紧忙活。读罢石碑上的记游文字，孤伫白塔之下，心飘到天上去了。树影下的钟鼓楼，一片安静。静中犹有声过耳。

那是山水清音。

会心处不必在远

——濠濮间和《世说新语》

濠濮间,在北海极幽处。地深而僻,最据形便。

梁实秋说这一景"曲折自然,有淡雅之趣,只是游人多了就没意思"。我的印象中,平日里,濠濮间没有多少人,这里的清静,破不了。

正门前,一棵大树,应该是雪松。长枝横展如飞翼,尤显树身的壮茂。不知何年栽植。

游濠濮间,非得从正门进吗?不一定。正门在道边,是一座灰墙红柱的大砖屋,能住人。门老是关着,有些冷清。门扇高大,裙板无刻绘,虽髹以丹漆,但少华贵之气。"宫门一闭不复开,上阳花草青苔地。"一时心情,无妨以唐代元稹的旧句摹之。我透过门窗往里瞅,隔扇上有画,有字。字太小,瞅不真,估摸是风雅的诗文。

贴着山墙,一道廊子向坡上伸。山石在两侧兀起,松柏的枝条垂得低,荫翳愈浓,遮得四近昏微,仿佛离了人的声息。

濠濮间九曲石桥

这就算进了濠濮间。

爬山廊北折而东去，到了一座题着"云岫"二字的山房前，把那"云无心以出岫，鸟倦飞而知还"的句意稍加体味，便知附丽陶渊明《归去来兮辞》之意，是造屋人的深心。此屋的叫法是借了弘历《云岫厂》这诗的名字的。隔着花格槛窗，室内的陈设也能瞧出个大概：条几、卧榻、题诗、楹帖都齐。挂着一幅墨笔山水，已发黄了。纸本还是绢本？光线偏暗，看不出来。画上，峦嶂、林麓、溪涧、茅舍、烟云……高远、旷阔、空幽的气韵颇近范宽的《溪山行旅图》和李唐的《万壑松风图》。画的左右，悬着联语："直应人意逍遥处，便是游鱼自乐时。"这是从宋人张耒《观鱼亭呈陈公度二首》里选来的，前面还有两句，是"千古濠梁庄惠词，不须反复辨真知"。抄录于壁，帝王的心思已被点透。"竹摇清影罩幽窗"，我好像看见弘历临窗望景，神意萧散闲逸，心有所触，转身濡毫，诗落纸上："一缕欲

濠濮间石坊与曲桥

飞何处去，定知琼岛作春阴。"这便是他的七言绝句《云岫厂》里的句子。清吟雅诵，聊得归田之乐。

墙上，弘历的《赋得濠濮间》颇惹眼："峭茜青葱表，澄漪绮碧浔。聊因构朴屋，讵欲拟华林。俯仰得天趣，冲融散远襟。生机含水石，静度逮鱼禽。信矣堪明志，于焉亦会心。六朝非所企，渭上倘容寻。"这首五言排律，用了《世说新语》里的旧典："简文入华林园，顾谓左右曰：会心处不必在远，翳然林水，便自有濠濮间想也，觉鸟兽禽鱼自来亲人。"对这位"清虚寡欲，尤善玄言"的清谈皇帝，弘历似乎有所倾心，表达的自是出尘之想。濠梁之上，唯求鱼乐之境，他把这个意思化作了诗，更落在了园景的营筑上。

廊阶顺坡一层层低下去，方向一变，朝北拐。右侧一屋，坐东朝西，正与高处那门冲南开的云岫厂形成一个转角。处势虽矮，却起了仰高的室名。檐下那匾，漆板金书，"崇椒"二字题在上面。崇椒，高山顶也。这分作三间的书屋，室名亦照搬弘历《崇椒室》的诗名。诗，仍是五言排律。在这幽僻的池岸，高筑诵读之室，独享遐踪山林的清寂，以解俉勤，是诗中表露的心迹。风日清美，登临多石的土岗，迎着拂过太液池的风，凭窗驰目，像是身在泰岱之巅了，怎能不动感情呢？其意正与明人宋濂《阅江楼记》"升其崇椒，凭阑遥瞩，必悠然而动遐思"相近。宋濂奉旨撰记，给明太祖朱元璋唱颂歌，粉饰多词而不忘规讽。身为清帝，弘历拈其文意成诗，全为舒展怀抱。

夕暮时分，每当想起"断云低晚，轻烟带暝"的宋人诗境，弘历大约会觉得，居此岩斋，也像投闲泉壑了。适时而动，最宜卧游兼吟眺。

崇椒室里的布设，跟云岫厂不相差。多了一张书案。案上摆放笔架、砚匣。还有一张黑色的古琴。清供过眼，颇得趣。冬天的日子，弘历会踏雪而来。红炉暖煦，安坐榻上，看画，抚弦，诵读，娱情纵意，略享清欢。暂不图议国事，可避枢府的喧扰。琼英飘清昼，玉蕊落阶墀，一时间，林苑之乐使这位精勤政务的皇上，心头不再压着沉重的俗累。

门窗之外，土阜插石，如神锋铦锷，森耸擢出，刺破穹隆，犹见苏州园林中狮子、含晖、吐月、立玉、昂霄诸峰，瘦、皱、漏、透虽不及，而形，总还是奇的。

正门这边，也就几间老屋。可看的不多，可品的像是不少，而且味深。只是好些人不打这儿走。

山总要以水为配，才能活起来。懂得这个道理的人，喜欢循水而行。从立着"濠濮间"石碑的那个路口往东拐，进去，几步路，就瞧见一座跨水的曲桥。在桥头的石坊前站定，一抬眼，心神便叫坊柱上的对句捉去，盯着"蘅皋蔚雨生机满，松嶂横云画意迎"一类妙语，清奇宕丽，词翰之美直教人感觉宛似到了多水的江南。这一刻，眼角的笑纹也会添上几道。

叠着很多石，其色灰黑，太阳照来，一下子就亮了，浮动的光直映到浅塘里。北海公园以石垒景，自元代着手。撷择的山石计三种：太湖石，黄太湖石，京西产的青石也占了一部分。从石种分类上看，濠濮间自是青石的天下。它们兴许不是从汴京艮岳御园那边移来的,比起快雪堂里名为"云起"、永安寺中名为"岳云"的两块孤赏石,身份似要低些,点景的作用却是一样的。

石不高,环池错列,形苍拙而意清朴。蹬道迂曲,恍入石林。石身横斜偃仰,看似乱,却如下笔作文,藏着一番理致。虽无势压苍崖之险,玲珑之状尤显出叠造技法的不凡。石影入水,仿佛下深数丈的样子,愈可揣摩构景的妙谛。恍兮惚兮,进到里头的我,遂发慨喟:杨升庵"凡山洞岩穴,有窍通明,小者曰星牖,大者曰月窗"这话,诚乃形神俱出。

水出罅穴,积潴于一个疏挖出的塘坳里,又潆洄着,盘曲着,奔进着,泻入杂石深处,不知流到哪儿去了。可说源头易溯,尽头难觅。这水,是浴蚕河的水,自北面的先蚕坛淌来。一阵一阵轻细的水声滑过丛石,滑过耳边,也留在园子里,留在记忆中。"石窦有洪泉,甘滑如流髓",摹此光景,东坡诗恰可一用。

池子太小,采莲船进不来,倒也换回了清宁,莲叶的梦更酣了。平桥低低地依着不方正的池面,经过的人,手一伸,几可触着亲水的睡莲,空气中便响起甜甜的笑。我一边端详这快活的意态,一边绕池闲走。清风悠悠地吹着,莲叶静静地浮着,人影缓缓地移着,桥身微微地折着,向悬垂"濠濮间"横匾的水榭伸去,宛转入轩楹的姿态从哪里着眼都好。丹青师傅怕也描不到这般地步。我甚至疑心自己走在柳宗元《小石潭记》的画境里。

濠濮间水榭

可供游目而憩足的,是那个三面临水的榭。榭身全被出水的白石梁柱撑托。规模足够大,开敞、通透是它的好处。况且又是卷棚歇山顶,虽为单檐,可那上铺的灰瓦,鳞片似的精整,亦见出营造的细。檐枋抱柱之上,多挂匾联,停住步子吟味一番,是禁不住的事。再把藻井、桁架上的彩绘细加品赏,跟进了华美的殿堂实在也没有什么两样。泛泛之筑岂能如此用心?皇族宴饮于兹,已成旧闻,曼声唱昆曲,却是眼下的寻常之景。傍着楹柱,倚着栏杆,目光落向波光闪动的莲池,尽可静静地观鱼。

濠濮间是观鱼的所在,正与苏州沧浪亭的面水轩、杭州西湖的花港相同。莲下的喋喋,凝神的一瞬,可以传进耳朵里。这也是临榭最可领受的妙处。水底的鱼游起来了,薄薄的尾鳍划出线一样细的波痕。菖蒲遮掩处,偶或几声泼刺,榭前愈静了。

"断涧横幽石,苍苔古木阴"这一联宋诗,可以摹状身前身后的景致。坡上满植的松柏峭石般立着，柯叶云片似的翠影晃漾于泛起丝丝碧漪的荷塘。低处的一朵朵花、一蓬蓬草，可爱浅绿衬深红，似经剪裁。叶瓣交映，顿觉馨香四面来，又怕被风吹去。默坐榭上，吟味石坊上的题句"日永亭台爽且静，雨余花木秀而鲜"，殊觉情与景竟是那么谐美。若来得早些，赶上四围皆寂的清晓，你看吧，弥漫于池上的乳白色雾气贴紧莲叶和水草飘移，又随着轻柔的晨风悠缓地上升，在满岸的枝叶间浮动。泉石清婉，烟云尽态，一个善作襟怀之咏的人，栖迟林水间，疑似见到了阆苑风光。一切都被唤醒，畅幽怀，寄远韵，浪漫的灵思在水心摇荡，瞬间化成妙丽的语句。

有人把此景写成"濠濮涧"。只消瞧瞧两旁峻竦的危石，石底盘曲的沟汊，就不能怪写错了。以石围水，以水映石，确有点像"涧"。

临此幽胜，不是涧而能让人仿佛游于涧中，可谓天上取样人间制。那些置石掇山、浚流理水的匠师，与造化者同功而不露斤斧，全靠心思的巧和手段的高。

"昕林木清幽会心不远，对禽鱼翔泳乐意相关"，是刻在近处碑上的联语。一读而知，出典仍不离简文帝入华林园、庄惠游于濠梁旧事。往贤可追，依图仿建的濠濮间，恰是以意穿凿，把深邃的旨趣落在木石上。

咫尺之地饶得山林之远，意致清逸。照此看，这水，我愿当它是鲦鱼欢游的濠水；这桥，我愿当它是飞架濠水的桥梁。只叹庄周、惠施二人的影子，已邈远得很了。

偃休于吾斋，如偃休乎舟

——画舫斋和《画舫斋记》

北海公园东岸，一道粉垣从小丘后面露出，掩着错列的屋檐，翠竹的瘦影也隐约地摇。"濠濮间"石碑前，豁着一个路口，早有辟好的石径折向深处。进去，往北没几步，闪出一座宫门。说是宫门，气派像是弱了些。可你要是领略过园内亭榭厅堂的清美，就会觉得，这灰墙红柱的正门，倒也来得相宜。它没有恼人的挤压感。

这是画舫斋。清帝偶临，驻此歇身。唐人"寥落古行宫，宫花寂寞红"之吟，叫我记起了。

宫门前，空出一个场子，为弓手习箭之所。此处不宽敞，像是拉不开架势。

进到院子里，两株旧植的丁香分立着，虬枝横斜，早让年光给催老了。我不是来寻它们的，脚下一紧，避了过去。迎面一座殿，"春雨林塘"殿。檐下悬匾，正是这四字，乾隆皇帝题

画舫斋

的。春树含烟，林花凝露，水光映楼台，自是诗家清景。

轻步穿堂，殿后出来一块，四柱三间，所谓抱厦是也。额枋下横着倒挂楣子，形制颇精。檐柱间设坐凳楣子，凳板漆红，坐上片时，默对塘中田田睡莲，"水殿风来暗香满"那句古词，犹萦耳畔。眼光再一扫，可览尽满园景色。只是眼下秋深了，望树上枝叶，观水中静影，也是"浅黄轻绿映楼台"，颜色未尽消残。心绪便柔波似的轻盈荡开。这一刻，思想闲下来，感情却活跃了。

这个园子是围着一个方正的池塘营造的。正殿居北，额题"画舫斋"，也是乾隆皇帝的字。两个偏殿，东为镜香室，西为观妙室。我所在的春雨林塘殿则居南。临水台基上，施彩回廊沿墙绕了一圈。屧廊如香径，缓步，直似体味"袅晴丝吹来闲庭院，摇漾春如线"之美了。

正殿前，出厦，开放式。也无妨说，一座敞轩伸入池面。我伫立片时，就感觉而论，宛在水榭。凝眸，瓦檐、楹柱、栏楯、游廊、墙、树、人，均沉在碧池中，当风一来，吹皱盈盈之水，又跟莲叶浮萍下的鱼儿一同随波晃颤，显出一幅梦里才可得见的画。风荷绿漪，令我想到"半亩方塘一鉴开"的宋诗上去。

粉墙上开着透空洞窗，形如折扇，如净瓶，如书页，如玉镜，如花瓣，如石榴，其状多样。不知道为什么，窗面都用毛玻璃堵上了，看不见墙外风景。

这处池苑，在乾隆皇帝看来，宛若船舫。他大概是读过欧阳修那篇抒情性很强的《画舫斋记》的，一心只学此样，方能有所取意，自表其心。庆历二年（1042），欧阳修自请外任滑州通判。他在官署东边盖了新屋，"凡偃休于吾斋者，又如偃休乎舟中"。他的感受不坏，住进这样的屋里，就像身在船上。况且户外山石峻耸，花木列植，林野映带左右，又似泛舟大河之中了。"画舫斋"的室名自此而来。欧阳修的命途，蹇厄多艰，不算平顺，"尝以罪谪，走江湖间"，很似逆浪中行船。虽则列官于朝，日饱廪食，夜安署居，只要回想起往时的山川所历、舟楫之危、浪涛之汹，枕席之上亦常惊梦，足见他的心神仍不安稳，风波之恐短时难消。忧于时势，感于身世，他在文中以舟名斋，自警的意味很浓。文末曰："顾予诚有所未暇，而舫者宴嬉之舟也，姑以名予斋，奚曰不宜？"自谓"诚有所未暇"，说明他断不肯撒手世事，大济苍生的抱负总在心里装着，而这个怡情适性的屋子，是他歇憩灵魂的静处，非耽于逸乐的所在。在这里，他不泯舟行水上，一日千里的放旷神意，心境因之宽远。

新宅完竣，著文以记，或为旧时风气。尽管欧阳修为给庐舍添风雅，找到蔡襄，"将乞大字以题于楹"，又怕好友见了他这斋名，全不清楚是怎样的底细，故而存疑，才写了此篇摆明来由，本意还在自申其说，坦露仕宦心迹。

眼前的画舫斋，虽不是欧阳修的那一座，但在我看来，流连不置，也如温习了他的文章，弄懂了他的想法。

钱基博讲："然修之为文，尤工唱叹。"抑扬咏怀，风韵溢于行间，又常阐证事理，夺人心神，乃其笔下功夫。欧阳修的"论说之文，因事抒议，而工于辨析，条达疏畅，理惬情餍"，亦是钱先生的看法。这个特色，在《画舫斋记》里表现得完足。题旨一经点醒，可谓"如网在纲，有伦有脊"。欧阳修属文，尤喜设譬，尚奇警而寄意深婉。此篇中，以舟喻斋，以江河之旅喻浮沉之生，用思甚殷。

欧阳修的画舫斋，无可寻迹。这只"心中之舟"漂到乾隆皇帝这里了。凡是践祚之君，必得以社稷为念，勤于国政，一生心事在天下。修造画舫斋时，乾隆皇帝已经四十多岁了，循诵旧章，念往忧来，志向仍专而意气甚锐，此时的他对欧阳修的内心或许有了更深的理解，对其人品功业亦极服膺，给新园命名时，才远引欧阳文忠公的旧典。"亦非创自予，永叔曾先倡"之句，已将见贤思齐的意思表达得了然，正可以仿佛先哲的超迈。这位多情的帝王，常去阐福寺拈香祝禧，在大西天礼佛祈佑，于镜清斋傍泉流憩，随后，每入画舫斋，对此光景，不忘

绿意廊

赋咏，曰："画舫予所喜，云舟不是舟。雅宜风澹荡，那共水沉浮。"殿堂虽美，犹存戒惧，"譬如水载舟，前贤揭其旨"十字，便把忧深虑远的心思道明了。溯史，又可想起唐人魏征的"舟水之喻"了。受命造园的匠师，诀要自知。兴筑，以意为之，得其概略，就够了。

徐志摩也爱画舫斋，为水色的空明，为藻荇的交横，更为四近的宁谧。他和陆小曼的婚典，就是在这里办的。槛外，渺茫的烟水；心间，绮丽的梦思。厮守顾恋，一时唯将此事挂心。他写北海，一段一句一字，都浸满情意："今晚北海真好，天上的双星那样的晶清，隔着一条天河含情的互睇着；满池的荷叶在微风里透着清馨；一弯黄玉似的初月在西天挂着；无数的小虫相应的叫着；我们的小舫在荷叶丛中刺着，我就想你，要是你我俩坐在一只船在湖心里荡着，看星，听虫，嗅荷馨，忘却了一切，多幸福的事……"这是《爱眉小札》里的话，在那场婚礼前一年写下的。从这上面，似乎见了他一生的情感故事。画舫斋里，也这般静美。水殿前，旧友新雨，相与谈笑。自称"忝陪末座"的梁实秋记得，那日"衣香钗影，士女如云，好像有百八十人的样子"。宴客景况，盛若雅集。操持婚筵的人，真会找地儿！

观景，忆往，驰思，低回之际，犹生人面桃花之慨。脸庞与花朵虽不相映红，暗香袭来，也是旧影依稀。池中波动的碧水，牵惹怅触的丝缕，亦觉处处堪伤。

总能从这样的建筑上看出意义，因为它栖居过灵魂。

画舫斋的后院，还有可赏之筑，多是添建的。西北角的小玲珑，东北角的古柯庭、得性轩、奥旷室、绿意廊，匾联悬垂，彩绘相接，湖石堆叠，皆具风致。那回我奔这儿来，不开门，里面什么也瞧不见。嘿，白跑一趟！

墙后一棵枯瘦的老树，高出正殿的卷棚歇山顶。树身分出好些杈。那是一株唐槐。古柯庭的得名，八成跟它脱不了关系。

画舫斋办过展览。有一年，我逛北海，进了这个院子，看到毛主席接见《智取威虎山》剧组的照片。童祥苓一身戏装，笑着。

那会儿，我还小。

快雪时晴,佳想安善

——快雪堂和《快雪时晴帖》

我到快雪堂逛了一趟。临去,想写点什么,因为找不齐凑手的材料,下笔就颇感迟疑。

据我所知,名为快雪堂的,不止北京的这一处,城南不远的涿州也曾有。堂主冯铨,明文渊阁大学士。《辞源》上说他"以晋王羲之书《快雪时晴帖》墨迹,摹刻为第一帖,并筑堂储石,题堂名为快雪"。冯铨集摹的《快雪堂法帖》,是一部汇刻丛帖,由魏晋至宋元,可观书史的大致面目。丛帖的领军人物,是王羲之。他的拓本数种,我都没有见过。其刻石,由冯家出手,卖往福州,乾隆时,为闽督杨景素购得,献于朝,遂成内府之物,很被弘历看重,他在太液池北岸造堂修廊,嵌石入壁时,不避重复,仍把"快雪"二字题上堂匾。

冯铨因诣事魏阉,趋奉宦党,难以懿名入史,却未必乏善可嘉。幸而他不失痴碑嗜帖的雅趣,后之览者才得以观赏前代书家的墨迹。康有为说:"夫纸寿不过千年,流及国朝,则不独

快雪堂正门

六朝遗墨不可复睹，即唐人钩本，已等凤毛矣。故今日所传诸帖，无论何家，无论何帖，大抵宋、明人重钩屡翻之本。"南海先生属尊碑贬帖派，照这样看，《快雪堂法帖》碑刻，当存书迹本来风貌。冯铨首开其端，功劳可谓大矣哉。

快雪堂不大，不像其旁的静心斋，园景颇多变化。它就是一个四方的院子，有些像西太后在颐和园的介寿堂。正堂不着彩绘，完全是本色。它应该是一座楠木建筑。堂前除去几峰皱出层峦的瘦石、数株高过屋檐的古柏，用来配景的似无旁物。人迹稀，园庭为之空旷。两端的廊壁，浮嵌碑石，能供有书瘾者久看。此境颇可同绍兴兰渚山下的右军祠比方。"快雪时晴，

快雪堂廊壁

佳想安善"，句意上好；"此地有崇山峻岭，茂林修竹，又有清流激湍，映带左右"，亦足堪曼声长吟。右军祠前有可列坐的流觞曲水。我走过一些地方，好像中南海里也有这一景，别处就难说了。这是右军祠能够胜出快雪堂的地方。读《禊帖》和《快雪时晴帖》，纵使书圣真迹无存，有碑拓在，师其行书者，犹可观片石而领略纸上意气。在我，看古碑，揣摩神理，体悟笔势，虽未可成家，也是值得多花些时间的。论书，我独赏王右军。这很像我爱读魏晋名士的文章。我父亲说他的字有几分步趋康有为。康氏云："书以晋人为最工，盖姿制散逸，谈锋要妙，风流相扇，其俗然也。"根子还在书圣那里。或者是家学的力量过大，我不很喜欢剑阁鹤鸣山的《大唐中兴颂》摩崖，通篇字过于肥实。颜鲁公体，大约只能用于气雄力沉的擘窠书。在难于上青天的蜀道，来一篇，模勒上石，美于观望，就不失其宜。说到书派的分野，阮元自有定见，认为"南派长于启牍，北派长于碑榜"，而"王氏一家兼掩南北矣"。此说似为偏辞，有点过了，但大体也还是贴谱的。右军书艺，为历世宗尚。我入学临帖，随取一家，也乐意远《多宝塔碑》而近《圣教序》。后来去西安游赏碑林，此念仍是不改。这次初识快雪堂，才入碑廊，一看那字，就知道是王羲之的手笔！

堂中挂了不少今人书画，引游者来观，有称心的，可以花钱买去。如果有谁得一幅，虽不能上比王羲之，回家往墙面一挂，早晚看看，也是挺雅的。

靠门摆一张木桌，有位工作人员正低头看书，不抬眼。在这儿上班，心很静，翻翻小说，一天就过去了。真滋润！

快雪堂在北海公园的北面，由后门过去，很近便。

天人相感。我游完快雪堂没几日，北京就下雪了。

附 录

本书摄影（按姓氏音序排列）

班若川　陈伟国　顾建伟　关志斌　关志宏　洪志祥
赖庆民　李　彬　李存修　李鹏冲　刘才全　刘亚湖
马　力　梅柏林　米文岐　欧阳昌佩　覃爱民
沈仲亮　宋惠元　唐向东　王立东　王晓民　吴　林
向　辉　肖利平　邢光明　胥　波　杨乃运　尹明伟
余南忠　张　华　张建华　张　坤　张陇堂　张毅兵
张　耘　赵传龙　赵小平　周康启　周伟民　朱庆福

本书供图

安徽省滁州市文化和旅游局